乐园

贺彬 ○著

图书在版编目（CIP）数据

乐园 / 贺彬著 . — 重庆 : 重庆出版社 , 2023.7
ISBN 978-7-229-17681-5

Ⅰ . ①乐… Ⅱ . ①贺… Ⅲ . ①中篇小说—小说集—中国—当代 Ⅳ . ① I247.5

中国国家版本馆 CIP 数据核字 (2023) 第 107395 号

乐园
LEYUAN

贺彬 ◎ 著

责任编辑：张继佳
责任校对：杨　婧
封面设计：桂　描　李柯欣
装帧设计：郝　念

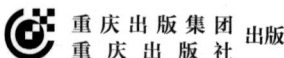

重庆出版集团
重庆出版社　出版

重庆市南岸区南滨路162号1幢　邮政编码：400061 http://www.cqph.com
重庆市博优印务有限公司印刷
重庆出版集团图书发行有限公司发行
E-mail: fxchu@cqph.com　邮购电话：023-61520646
全国新华书店经销

开本：880mm×1230mm　1/32　印张：9.5　字数：216千
2023年9月第1版　2023年9月第1次印刷
ISBN 978-7-229-17681-5
定价：45.80元

如有印装问题，请向本集团图书发行有限公司调换：023-61520678

版权所有　侵权必究

目　录

口琴	001
啊，朋友再见	050
淹没	075
乐园	139
两个兄弟	191
请跟我来	243

口琴

- 罪行 -

1988年深秋，贺明丰成了轰动整个制药厂的流氓犯。他脖子上挂着一块纸牌子，上面用黑色毛笔书写着他的姓名，姓名的上面是一把血红的大叉。他同十来个刑事犯罪分子，站在一辆敞篷大卡车的车厢里，五花大绑，身后是手握自动步枪的警察。那些警察不时还用枪口抵一下他们的后颈，让他们更深地低下头去。

装载犯人的卡车有十来辆，组成了一支绵长的车队。车队并没有开进厂区，只是从厂门外那条弯曲的街道上呼啸而过。厂里的好多人都跑去看热闹，车子的速度很快，当贺明丰那瘦小的、像一片被遗弃树叶那样微不足道的身影出现在他们面前时，人群里响起了深重的叹息。他的脸已经成了泥土一般的灰色，几乎所有人都没能看清他的五官。在很多人的记忆里，只留下了他那泛着青光的头皮。那头皮像一把刀子，掠过熟识贺明丰的那些邻居和同事的心头。

"贺妈要是晓得了，怎么活下去哟？"

"九妹儿呢？千万莫让她跑到这里来哟。唉，娃儿还这么小，真是作孽！"

"应该派人看住她们母女两个……"

那森严的车队，却全然不理会秋天空气中这些飞舞的闲言碎语，一往无前，将那条失修的柏油路上经年的尘埃裹挟起来，又撒落在那时候变得有些痴傻了的人们的头顶。

贺明丰的罪行，竟然是偷盗同厂女工的花内裤。女工叫童秋萍，住在厂区西头那幢灰砖楼房的底楼。她的内裤就挂在那形式主义的后阳台上。

秋天的后半夜，贺明丰从楼房背后那条羊肠小道上拐下来，东张西望后，轻捷地跃上阳台砖石的围栏。阳台上面漆黑一片，但还是隐约可见童秋萍内裤上朵朵盛开的牡丹。贺明丰朝那片隐秘的花园伸出手去。只有一米六几的身高，让他不得不在围栏上踮起脚尖，并且还要全力伸长手臂。当他的手指尖触摸到那因为秋夜露水降临，变得有些湿漉漉的花朵时，脚底下却溜冰似的一滑。

可怕的轰鸣声中，他跌落到童秋萍家后阳台上那堆布满灰尘的杂物中间。那个家中的男主人史红兵，他似乎早有防备，披着厚厚的劳保服，有几分从容地推开后门，将手电的光柱准确地刺向了仍在暗影中战栗不已的窃贼。

公安后来前往贺明丰的家中，搜出了更多的证据。那些赃物就藏在贺家床脚下的一只纸箱里（那是制药厂通常用来运输链霉素、青霉素针剂的包装箱），包括两只奶罩（其中一只还打了块儿补丁，残留着暗黄色的奶水渍印），一条可以御寒的统绒裤，一件白底碎花的衬衣，一双后跟有破洞的女袜，诸如此类的与童秋萍女性身体亲密接触过的衣物。

这都好理解，公安们在第一时间就将这些赃物同那条偷盗未遂的大花内裤归类，推导出了贺明丰作案的流氓动机。

但是纸箱里的另外一些东西，却让他们的推理陷入了迷茫。一只军用挎包，洗得发白。一个铝皮的饭盒，沉积了一层污垢，将饭盒打开来，是红头绳、橡皮擦，还有彩色糖果包装纸之类的杂物。一扎信件，公安们很快发现，那些信件的末尾，都有一个统一的落款，就是"秋萍"或者"萍"。甚至还有一本叶君健翻译的《安徒生童话选》。

他们最后才发现那支口琴，是上海产的国光牌。现场那个姓孔的公安，从纸箱的最底部扒拉出这支口琴来，很专业地将半透明的琴格冲着从窗外透进来的日光端详，谁也没料到贺明丰那时会吼叫着扑上来。他那非人的吼叫，让现场的人寒毛倒立，小孔更是手一松，让那支口琴跌落地板，发出一声喑哑的鸣响。

那时的贺明丰，就像一个垂死的人，忽然发现了可以救命的食物，他两眼发直，闪动着灼热的光芒，盯住地上那件横卧的乐器，还没等身边发呆的人们反应过来，就死死捉住它，将它和自己的嘴唇咬合在了一起。

那口琴原先雪亮的身体，已经浮现出明显的锈斑，但在贺明丰用力的鼓吹下，仍然发出了呜咽。那呜咽仿佛来自古代，让屋里的好几个人都不禁哆嗦了一下。

之前，童秋萍一直没多大动静，就那么悄没声儿地站在距离贺明丰三四米远的地方，甚至有些畏缩。一眼就可以看出这个女人暗地里正经受着疾病的折磨，公安们有些搞不懂，这么一个皱巴巴的身体，怎么会让贺明丰连她的衣物都不放过呢？

但她的脸孔却极力保持着尊严，像一块发光的青石。公安从那纸箱里每清出一件证据，都会递到她面前让她确认，那块岩石每一次都会以最小的幅度点一下头，很配合的样子，直到那支口琴出现，岩石才突然抖动起来。在场的人完全没有料到，之前冰冷如铁的她，会在那一刹那崩溃，她猛地捂住脸，转身奔逃出了门。很快，屋子里的所有人就听见了她拉长嗓音的哭号。那哭声发自肺腑，立刻就盖住了贺明丰口中可怜的琴音。

屋子里的叹息这时候如同涨潮。他们是邻居，还有半路上遇见白衣公安，止不住跟来的好事者。贺明丰的婆婆，还有妻子九妹儿，女儿贺玲玲都没在场。这是贺明丰在抄家前提出的唯一要求。提要求的时候，他对眼前的每一位公安都献媚地笑着，一副讨打的贱相。

搜查结束，贺明丰原原本本交代了自己在童秋萍家的后阳台上，如何一次又一次伸手的那些黑暗时刻。在他的描述下，一起长达一年半以上的系列流氓偷盗案，已经没有任何悬念。

- 爱情 -

他们都是工厂区的孩子。他的父母远在上海，在一家军医院当医生，就将他寄养在了药厂的婆婆家里。他的婆婆，三十岁起就守寡，男人从前是衙门里的大厨，却在一个暴热的夏天突然染上严重的痢疾一命呜呼。所以他几乎成了一个孤儿，没有人会在黄昏来临时，在家门前扯起嗓子让他回家吃饭，他愿意在外面野多久就野多久，再晚进门，婆婆都会从门边那张竹躺椅上爬起来为他热饭热菜。他的婆婆那时已是接近退休的年龄，走起路来却风一样迅疾。她爱吸烟，夏日里穿起宽裤脚的黑绸裤，那裤脚就会跟着她的步伐，飞快地摇来摆去，但她看向他的眼光却温柔无比，总是会用她那干巴巴的骨头手，在他的头顶撸那么一下。

他于是将他傍晚的漫游任性地延长，并且就在那晦暗的时分遇见了童秋萍。

童秋萍的父亲是那年月厂子里罕有的大学生，瘦瘦的，戴着深咖啡色的玳瑁眼镜，几乎是一个俗套的知识分子形象。他也俗套地沉默着，浅黑的脸上始终布满苦闷的阴影。童秋萍的妈妈却苍白而浮肿，脾气也大，总是一副厌世神情，厂子里的人都在传说，说她生下童秋萍后就得了疯病。

那是一个散发着幽光的午后，她抱起当时还在吃奶的童秋萍，来到她家三楼高的窗前，她将那个花布包裹的襁褓举到窗子外面，似乎在测试室外空气的温度。她的脸上浮现出莫测的笑容，吓坏了当时经过那幢灰色大楼的行人，他们有的跑去叫人，有的则守在那窗子底下不敢离开，而童妈妈却对楼前的那片骚乱浑然不觉，继续着一个人的舞蹈，直到最后以一声尖笑结束，谢幕，关窗，消失不见。

从那以后，童秋萍的爸爸就替她向厂子里申请了没有期限的病假。在贺明丰的记忆里，那个女人，似乎从没有离开过阴暗房间里的那张大床。她坐在床上，就像他后来在安徒生童话里读到的那些坏脾气的女王，皱着浅灰色的眉毛，对童秋萍和她的父亲，不断发号施令，又不断推翻它们。

厂子里的人都认为，童爸爸的苦闷就来自这个疯癫的妻子。但又没有人确切地听到过他任何一句的抱怨，他们只是注意到他有一个神秘的习惯，总会一个人推起自行车，沿着厂门外那道长长的斜坡往外走去，然后就看见他骑在自行车上的那条细细身影，消失在弯曲马路的尽头。没人知道他骑着车子要到哪里去,他选择出门的时间也让人捉摸不定,有时是下班后的黄昏,有时候则是星期天清朗的早晨。

就在童爸爸又一次出走的某一个傍晚,贺明丰和童秋萍相遇了。他们实际上住在同一幢楼房里,就是那幢老式的灰砖楼房,有一条走廊直通到底,走廊两边,分布着一户人家,又一户人家,军营一样规整划一。而她,是两个人中间更大胆的那个,在前后左右升腾而起的油烟以及煎炸的爆响中,她截住了他。她的眼睛很大,镜子一样直照着对面那个孤独游荡的少年,说:"给你看样东西!"

从前,在上学或是回家的路上,或者在这幢灰楼里进进出出,他们少不了照面,也知道对方,但那天却是他们头一回真正的接触,没想到竟是如此直接的方式。他乖乖地跟随童秋萍,进入她家如洞穴一般的房间。房间里弥漫着浓郁的中药味,那个女人果然端坐在床头,探过头来,用敌意的眼光打量贺明丰。童秋萍没有理会她,紧攥着贺明丰的前襟,快速穿过阴影深重的通道,钻进了侧旁的储物间。

储物间里竟无比明亮。一天中最后的光线,似乎全集中到了这里。童秋萍这时才拿出那件宝贝,是本《安徒生童话选》(那也许是当时整个制药厂里唯一的一本)。童秋萍说,这宝贝就是从这储物间里翻找出来的,她兴奋地向贺明丰展示着书页间那些精致的线描插图,美人鱼、拇指姑娘迷人的样子,还有丹麦的一片河岸,或者胖嘟嘟的白云底下,一棵像伞那样撑开来的栎树。

可贺明丰的心却止不住狂跳起来,很快他就走了神,发现了童秋萍人中一带细密的汗珠。她右边的小鬏鬏散了开来，头发于是在她右边一侧的小脸旁披挂下来。她的眼角残留着眼屎，睡意还未退去，但眼神却真是热烈，总是冲过来抓你。她的呼吸细小而急促，贺明丰当时并不知道，那其实是她疾病的征兆，只是从那呼吸里分辨出了某种诱人的清凉味道。

他开始一次又一次地前往那个储物间。这两个没人要的孩子（他们在同学中间，也同样总是被嘲笑被排斥的对象），在那个狭小的储物间里，找到了安身之处。

夏天来了，而他们窝在那堆得高高的几乎要倒塌下来的箱子、书籍、旧鞋，还有瘸了一条腿的椅子之类的杂物中间，身体紧挨着身体，汗味交织在一起，中间混杂着储物间里飞舞的尘埃味道，还有暗黄书页散发出来的木头味儿，所有这些，都让他们情不自禁地沉迷。

这成了贺明丰对女性身体的最初记忆。就在那个夏天某个燠热难耐的夜晚，他的睡眠头一次变得焦躁不安。当他从那浅浅的梦魇中惊醒，下身早已濡湿一片。他极力去回想那个还没有完全消散的梦境，只记起了在梦中，童秋萍脖子后面那个浅浅的小窝，还有炫目的日光，如何在那个起伏的颈窝边追逐变幻。颈窝之上，不远的地方，是童秋萍卷曲发黄的尾发，那么的柔软无助。

他和她长时间的分离，出现在中学时代。他的身高停留在了一米六五，皮肤又黑，就像一粒还没有来得及开花结果就干瘪了的种子。而童秋萍却变得有些盛大的样子，眼睛依然是大，眼里依然是逼人的目光。但过去那张猴儿似的尖脸，却被一张丰满如月的圆脸所替代（最初的时候，他当然是忽略了那圆脸上病态的潮红）。这让贺明丰产生了深深的自卑，有时候在厂区大道上遇见，远远看到她穿着草绿的军装，坐在某个男生威武的二八式自行车的后座上，他总是冲动地想要躲到路边某一棵洋槐树的背后。

在班级里，他依然没有什么真正的朋友，更没有一个愿意同他说话的女生。在我们重庆，即使是夏日，也会出现那种幽暗时分。那天贺明丰从午后的小睡中醒来，在那样的幽暗中，又一次感到自己被所有的人抛弃。他走到窗前，预感到一场即将到来的暴雨。那个时候，无论是成人，还是同龄的学生都跑到了这个荒凉的厂区之外，而他却在挥不去的颓丧中，拖出了床底下那个存放旧物的纸箱。

他很快发现了那本《安徒生童话选》，他想不起这原本属于童秋萍的书，最终怎么会流落到了自己手中。书中那些熟悉的插图，描绘出来的另一个世界，让他相信自己和童秋萍之间，依然存留着某种神秘的依恋。他决定要返回到那间储物间去。

他站到了童秋萍家的门前，发现门帘依旧是几年前那条。强压着心跳掀开门帘，连续敲击后，他终于听见门内传来的尖声叫骂。那是童秋萍的妈妈，那个病女人的声音，如同一把钢勺在瓷碗上刮着："闹锤子，连个午觉都睡不安生！给老子滚远点，老子眼不见心不烦！"

他逃离了那个门口，直到后来，身边的同学陆续毕业，人挤人地被敞篷军用卡车，抛撒到几百公里之外大巴山深处的广阔天地，也再没敢动过和童秋萍叙旧的念头。

但是童秋萍却自己找上门来了。那是下乡后的第二年，深秋的傍晚，他们早早下了工，在知青点前的院坝里无所事事。那天恰好轮到他生火煮饭，他刚从墙角抱起一捆柴禾走进灶间，那个叫猴三的活宝就叫住了他："有人找，"猴三边说边偷偷冲他挤眼，"你老婆呵？怎么以前从没听你提起过，保密工作做得好哦！"

贺明丰不理他，一步跨出灶间，就看见院前低垂的核桃树下，站立的那个女生，竟是童秋萍。

她穿着那个年代通行的布裤，格子外套里是耀眼的碎花白衬衣。脚上一双军用胶鞋，上面沾满了漫长路途中的污泥。她明显瘦了，也黑了，很远就冲贺明丰绽放出笑容，贺明丰急忙迎上去，走近了才看见那镜子似的眼睛里布满了忧伤。

果然是出了事。她的那个神经兮兮的母亲，竟在几天前的一个黎明自杀了，就用童秋萍爸爸剃须的刀片，割断了大腿根部的动脉血管。出事的时候，家里没有别的人，那个知识分子一如既往，骑着自行车，不知去了哪里。当上早班的人们听见楼道里童秋萍爸爸求救的呼声时，那个女人的皮肤早已变成了淡青色。

药厂工会的人在总机房摇了整整一个下午，电话才接通了童秋萍她们的大碾河公社。公社负责文书工作的也是一名知青，来自重庆市中区，他用市中区崽儿一向高傲的口吻，向童秋萍传达了这起死亡的消息。他轻蔑的语气，让童秋萍好一阵子都无法摆脱那消息带给自己的虚假感。她沿着公社门外那条一百来米的街道朝知青点挪动，精疲力竭，死亡的寒意在那之后才一点点从她的足底爬上来。她彻夜无眠，被自己同母亲相隔遥远的那种无能为力之感所折磨。同屋关系好的女生过来，抱着她哄她，但她身体里的寒意却始终都在增长。第二天的晨光从高高在上的那只小窗走到她床前来的时候，翻山越岭也要找到贺明丰，成了她唯一的念头。

在屋后的那片小树林里，她对贺明丰讲述着这一切。她讲得有些急切，仿佛要把他们俩之前积压了将近十年的话语，在那个傍晚全部倾倒出来。她甚至讲到了自己的罪责，按她的条件，本可以留在药厂，顶替生病母亲的空缺的，可她却咬破了食指，写了一份血书交到班主任手中。她的身体太弱，本来想写"到广阔天地去"，但刚写到"阔"字，她指头上的血就已流尽，昏厥了过去，那份血书最后不得不由同班的男生帮她完成。她摇头叹息着说："贺二娃，说起来是我害死我妈的，有我在身边，再怎么也不会发生那样的事啊……"

突然到来的沉默中，他们都想起了那个女人，微暗的夜光底下，贺明丰看见童秋萍在无声地流泪。她叹息着对他说，那个女人其实是个孩子呢，尤其在她离家前的那几年，童秋萍说她有好多次，都恍然觉得自己是母亲，而那个人才是女儿。

"她随时都会发脾气，嫌伙食差，没肉吃，或者夜半三更把我从床上扯醒（她告诉贺明丰，上小学的时候，因为父亲常常不在家，她和母亲就约好在各自手腕上系一条细绳子，那样夜里就不用害怕了，有什么事拉一下绳子就通知了另一个人），让我到楼下去接我爸，说都听见爸的脚步了，我就反抗她，一次也没去过，我知道那不过是她想象里的脚步声罢了……"

"我倒有些怕她，"贺明丰想起三年前那个阴暗的下午，"小的时候，她老打你，全楼都听得见你杀猪似的叫……"

"小时候，我连杀她的心都有，她天天午睡，我有时候就站在床边看她打呼噜，却迟迟下不了手。我知道如果我下手，注定了只有失败。她精得很呢，每次我歪念头一转就会被她识破……你说，她的疯病不会是假装的吧？"

她叹了口气，转过脸看定了他，接着说："说到底，她还是个可怜人……唉，怎么尽说我了，说说你妈吧，她怎么忍心这么小就把你扔给你婆婆？"

哦哦，那个人，童秋萍竟会突然提起她来，这让他有点猝不及防，他只好继续盯着眼前的那团阴影，好像那里面就有答案。那个人总是穿着军服，或是白大褂，在那些大大小小的黑白相片上笑着，露出一口饱满的白牙，而婆婆总是指着相片上她脑后晴朗的天空说："上海，那就是上海啊！"他的童年，就这样无形中丢失了母亲，他记得小时候看《白毛女》，那个被黄世仁打死的杨白劳，让他那几天夜里总被同一个古怪的噩梦吓醒，在梦里，他成了同杨白劳一样的死人……那样的深夜，他总会去床头边的抽屉里，翻找那些相片，他一遍又一遍对着相片上那个看上去心情不错的女人说话，可那个女人却一次也没有回应过他。

这些，他不知该怎样对童秋萍讲。而眼下，大巴山正释放出沉甸甸的寒意，不知不觉，他们已经来到那个秋夜的最深处，她累了，没有任何征兆，就将头砸在了贺明丰的右肩上。贺明丰立刻听见了她的叹息和呼吸，依然是童年记忆里那样的细小而急促。她忽然拍打起他的手还有他的肋骨来，喃喃自语："你真是瘦啊。你怎么这么瘦呢？"

贺明丰的脸此时已被那团阴影完全遮蔽，他正努力不让自己哭出来。

他们算是谈起了恋爱。奔丧回来,童秋萍又来知青点找他。这一回,她带来了一件定情物,一把二十四孔的国光牌的口琴。

童秋萍说,口琴是在整理母亲遗物时发现的。比较奇怪的是,无论是那个久病的母亲,还是那个随时都在逃亡的父亲,谁都从来不曾吹过口琴。而且那口琴原本锃亮的铝壳上,已经开始出现隐约的锈斑,透露出一段久远的历史。当她的父亲看见,她注意到他一向泛青的两颊立刻涨得通红,他前后端详着这件遗物,然后说:"怎么会呢?这东西怎么还在这里呢?童妹儿,等明天收破烂儿的来了,你就把这些没用的东西统统交给他。千万记住哦!"

童秋萍说,尽管父亲的脸色在很短时间里就恢复如常,说话也极力不动声色,但她断定,口琴背后隐藏着一个天大的秘密,就悄悄把它打包进了返乡的行李。她对贺明丰说:"你说我妈会不会有个我们都不知道的爱人,这口琴就是他们爱情的见证?我现在才发现,其实我一点都不了解我妈,她有太多秘密,太多的另一面了。说不定这口琴就是我妈有心要传递给我的信号呢……"

两人在深秋的星光下翻来覆去研究那口琴,希望发现更多的蛛丝马迹,却没有收获,童秋萍不耐烦了,就将那琴用力塞进贺明丰的手中说:"不管了,我要你保管好这口琴,今后无论如何,看见口琴,就像看见了我妈……"

贺明丰见她泪光闪烁,有些冲动,一下子将眼前这个宽大的女人揽进了怀里。他好像又回到了少年时期的那个夏天,他和童秋萍身体挨着身体。那个春梦也悄然复活了,让他不禁颤抖起来,就连这颤抖也跟那梦里一模一样。只是浅淡星光下,他却没有找到梦中童秋萍那诱人的颈窝。

他投入到对那支口琴的钻研中。少言的人对于乐器，总是拥有更接近的道路，贺明丰很快就可以流畅地吹奏一些简单的歌曲了。以前，他会有意无意回避知青点里的同伴，而那些家伙，在前往社员同志家中偷鸡摸狗或是下田捉青蛙时，也会将他排除在外。但有了口琴，晚上收工，等待伙食的空当，他会自然加入到院坝里那几个乐器爱好者之中。他们有拉手风琴的，吹笛子的，甚至还有一个女生拉小提琴，他极力让自己口琴发出的乐音，汇入到他们的合奏中。大多是"我们年轻人，有颗火热的心"之类二拍子的革命进行曲，天气好的日子里，夕阳通红，照亮了知青点旁边那片树林尖尖的树梢，贺明丰自下乡以来，前所未有地感到了一丝昂扬。

他当然注意到了童秋萍对自己的需要。他们的交往，从前总是童秋萍主导，这甚至可以追溯到他们童年时在黑暗楼道里的第一次遭遇。但在那个秋天以及接下去的冬天里，贺明丰感到自己不知不觉成了强大的一方。

大多数时间里，都是童秋萍主动来找他。在她面前，他一首又一首地吹奏，这很好补足了他讷言的毛病，让他和她的交往变得轻松流畅起来。童秋萍总是显得很活跃，用欣喜的眼光打量着这个新晋的口琴演奏者："看不出来啊，你竟然是个高手。这把琴真是找对了人了。也许这正是我妈的意思吧，让我把这琴传到你手里……"她的眼里再一次浮出了泪水，而当这样的时刻出现，贺明丰已经可以很熟练地伸出右臂，将童秋萍揽入怀中了。

在她面前,他一首又一首地吹奏。

但她身上挥不去的阴影仍让他不安。比如和知青点里的同伴围坐桌边吃喝说笑中间,她会当众发呆,不知神游到了哪里。他在一旁有时候就会想,这世上还存有一个他所不了解的童秋萍。他还会疑惑,毕竟,这个女人投放到自己身上来的热情,还是突兀了一点。

但贺明丰终究不过是个凭本能行事的人,他其实忽略了太多的蛛丝马迹。比如童秋萍对于酒精的过激反应,当他们的关系确定,知青点里特意为他们摆了一台,桌上猴三儿跳出来,非要将一搪瓷盅的白酒逼到童秋萍的嘴边,所有的人都没想到童秋萍会发出那样的号叫,那号叫如裂帛一般,仿佛猴三儿拿起刺刀刺穿了她的乳房。

还有一次,那是贺明丰少有地前往童秋萍的那边,他们点里的人,看他的眼光相当奇怪,话里有话、欲言又止的样子。连这样的眼光,也被贺明丰忽视了,在那些人奇怪眼光的追随下,他不自觉地恢复了怯懦,取消了本想露一手的口琴表演。

- 疾病 -

童秋萍的生产队离公社最近,只隔了一条大碾河。河不大,十来米宽,只有一座古老的石桥横跨。冬天里一场罕见的暴雨冲塌了上游的河坝,奔涌的山洪将石桥的一个桥墩裹挟而去。接下去是几个太阳天,赶集的日子来到了,石桥却依然是断桥,童秋萍和几个姐妹赶集心切,决定涉河前往。当那冰凉的河水在她脚背上扎下万千根银针时,童秋萍猛然跌倒。她的身体被只有半米高的水流淹没,浮尸一样要随波而去。

几个姐妹慌忙将她抬到岸边,她们甚至嬉笑着,还骂童秋萍神经病,竟然允许这比洗脸池还要浅的河水,来将自己淹死。但当时她浑身上下通电似的颤动,以及迅速爬满她整张脸孔的死亡的青色,很快吓住了所有围观者。再后来她双眼紧闭,无论姐妹们怎样哭喊,也始终毫无回应,似乎已决意作别人世。

公社卫生院的高医生,曾经到重庆的大医院里培训过两个月,很快被人叫到了河边。一片嘈杂中,他先是盯着童秋萍横卧身体边那打湿了的青草,长达几秒钟后,才放下了斜挎的医药箱,他麻利地从中抽出一只纸袋,并从纸袋里抖出两粒鹅黄色的药片,掰开童秋萍仍然紧咬的门牙,将药片硬塞了进去。

童秋萍的两颊,奇迹般地红晕浮现,她随后长叹一声,伸出右手,胡乱抓挠起头顶的空气,极力想要起身。姐妹们连忙上前搀扶,却听见高医生在身后严厉呵斥:"我看你们还是就让她躺着吧,等卫生院的担架过来。起码要观察一星期再说。真是瞎胡闹!她有心脏病,心脏病!你们不晓得啊?劳累,激动,一不留神就会要了她的命!你们竟然还敢跳到这么冰的水里头乱来……"

那天,直到黄昏来临,贺明丰才闻讯赶到公社卫生院。踏进小院,他忍不住想,为什么自己和童秋萍每一次的相见,总是发生在类似的晦暗时分呢。他进而想起横亘在他们之间的那绵延不尽的山路,心情更加深重了一些。

他来到童秋萍的病床边,这一次立刻就发现了她十根手指原来隐约都有鼓槌的形状,她在微弱灯光下的嘴唇也格外灰紫。他握起那不同寻常的手指,一遍一遍揉搓着,问她:"你,以前,怎么不告诉我呢?"

她不看他，一双大眼直盯着灰暗的天花板，那里面是彻底散乱的眼神，黑洞洞的。许久，她才朝他转过脸来，看定他，竟然笑了："看你，这一头的汗。路上跑得急，也不晓得减件衣服！你以为你是耐温将军呵！"

她叹息着，呼吸微弱而急促。她的手在他的前额上轻轻揩拭，冰冰凉凉，像是在告别。那个时候，黑夜正以凶猛之势前来，童秋萍苍白的病容，眨眼间又变得冷漠起来。他看着她将脸孔掉开，冲着那肮脏的墙壁说："好了，你都知道了……不如做个了断吧，就在今天，我们一起做个了断……"

他盯着她一下一下起伏的胸脯，很快就想到那胸脯的左边，有一颗残缺的心脏正吃力跳动着。他开始一下一下拍打起童秋萍的床沿来，说："你这个傻瓜！你这个傻瓜！"

他爬到了她的病床上。他的手穿过覆盖在她身上的薄薄棉被，找到了她的身体。他没有想到，一个重病之人的身体仍会散发出那么强大的热气。他的手掠过她的腰和腹，捉住了她左边的乳房。他不得不再一次想到那乳房底下有病的心脏。他觉得自己的动作有些粗鲁，甚至可以说勇猛无畏。

他从来没有像这样抵达过一个女性身体的深处。在漫长的童年时代，这个男孩总是畏惧说话，畏惧他人，他总是趴在家中或者教室的窗户边，遥望同龄人的撕扯、追逐。那是唯一让他安心的距离。除了童秋萍，他其实从未曾有过一个亲密的女人。即便是这个女人，在过去的日子里，也多少让他有些不敢僭越，哪怕是在那些秋夜，月照之下，童秋萍的眼里流露出完全的无助，他也顶多只是抱一抱，或者用颤抖的嘴唇轻轻啄几下她两边的脸颊，他的右手还从来没有像这个傍晚这样,胀大成一条贪婪的蛇。这条蛇在潜意识里知道,就在这个傍晚,机会来到了,这条蛇决定真正拥有这个女人。童秋萍到底迎上来了,紧握住了他的手。即使在那最虚幻的高潮时刻,他仍然可以感到那手指奇特的形状,像一只又一只鼓槌。

溺水事件后,童秋萍还发过几次病。一次是八月骄阳下,她在包谷地里险些断了气。还有一次是送别童秋萍他们知青点里一个同学,那同学修水渠的时候,被头顶上一块滑落的巨石砸中腰椎,再也没法直立,不得不病退回家。同学的家就在离药厂一个公交站的西南医院,那天贺明丰也被招去了,他搞不懂童秋萍为何要抢着喝那么多的江津老白干。一群人喝到后半程哭闹得跟群鬼似的,房间里弥漫着浓浓烟雾,就像压在他们头顶上的沉重命运。那时候其实已经陆续有知青返城了,离别的愁绪在不知不觉间堆积,正当一屋子的人陷入无边的愁闷中时,童秋萍发病了,她长长地抽噎一声后,歪倒在地。

那个时候,说起来,他和她都并不太知道这病究竟有多么可怕。很小的时候,当她那个神经兮兮的妈妈抱着她的脑袋落泪,叹息她们母女俩有多么命苦,疾病残害了她一辈子也就罢了,为什么连她的女儿也不放过,即使在那样的时候,那病对于她,也仍然只是一片迷雾。后来长大,又有许多传说传到她耳朵里,说那先天性心脏病的患者,都是注定的短命鬼,活不过四十岁,还说这病会遗传,如果生育后代,就会像一个挥之不去的诅咒那样遗传下去。

诸如此类的说法,在她的心里悄悄生了根,也成了她不能对人说的秘密。但平常日子里,那病却并不怎样显形,除了体育课跑八百米的中途,她会感到气绝,并且面如灰土以外,似乎也看不出有太多的异样,她只是本能地远离了同伴,直至那个同样散发出孤寂气息的贺明丰出现。

所以他们总是极力说服自己说,那病不过就是不时发作的麻烦而已,只要及时服下一种叫"消心痛"的特效药就行。他们不顾一切地做爱,有时甚至就在春天里散发着热烘烘地气的某片草丛中躺倒。虽然他们总是小心选择那种有浓荫遮蔽的无人处,但有一次在几十米开外的山坡上,一名社员扛着锄头游荡时,意外撞见了他们。那大哥有点被吓住了,站在原地直发愣,接着又慌乱地左顾右盼,似乎在努力分辨发生在眼前的这一幕,是否只是春日里的一场幻梦。他们只好僵在那里,贺明丰连头也不敢回,一直梗着脖子反复追问童秋萍那人走了没有,而童秋萍在他身子底下,却只敢望向枝叶间一小方白色的天空快速耳语:"他真的看见我们了吗?不会认出我们来吗?他要去告状该怎么办啊?我这回算是被你害死了!"

那人最后到底摇着头远去了,贺明丰却忽然冒起火来:"他要真敢近来,看老子不砸破他的头!"他指着童秋萍身边一块馒头大小的石头说。

他们唯一的不安就是生怕怀上孩子。贺明丰不好意思去向猴三之流打听,有些茫然无措,童秋萍却再次显出了她的老到,她说女生中都流传着这样的说法,头七后七,就是经期的前后七天是安全期,怀孕概率极小。他们于是扳起手指盼着那样的日子到来,然后不辞劳苦地翻山越岭,去找寻对方。而做爱的地方也始终是个问题,树林里,草地上,难免随时都可能像上回那样魂飞魄散,他们只好奔向枝叶繁茂的包谷地,或者钻进夏收后打谷场边堆得高高的稻草垛子。回城探亲的日子，他们也不会放过机会，他们不敢在童秋萍妈妈自杀的那间屋里做，就熬到贺婆婆当中班，潜入贺明丰家中，去疯上一个下午。

贺明丰有时候也疑惑，不知道自己怎么就成了如此流氓的一个人，他觉得自己像是一头被蒙住双眼的驴，在循环往复的道路上没日没夜、没有终点地闷头转圈。而在他赤裸怀抱里，每一回童秋萍所表现出来的疯狂，也让他骇然，不禁担忧她会在激烈的性爱中猝然死去，好在那样的事情到底没有发生。他的脖子上背上还有腰间，都残留着童秋萍在那上面留下的青紫色的伤痕，他看着这些伤痕发呆，越来越不相信这个身体是自己的。他好歹仍然牢记着，每一次都完成体外的射精，但当那灼热液体瞬间变得冰凉，两个身陷痴恋的人儿，仍会被某种耻辱感所刺中。

但是，孩子还是到来了。

他的母亲，那时候已从上海调回了重庆，而且刚好，就是一名妇产科大夫。似乎没有别的选择，贺明丰跟童秋萍向各自生产队请了假，在十月里的一个傍晚赶回了老家。

母亲的医院离药厂仅有一站公交，她特别让他们在晚上下班后再到家里去找她。他和她一起走进那陌生的房间，都感到了手足无措。他的母亲，跑到厨房里为他们端出醪糟红糖水，表面的热情，却掩饰不住长久分居后的疏离。

他谎称童秋萍是自己的老同学，从小在一幢楼里长大。说话的时候他发现母亲眼里有一道金属般的寒光闪了那么一下，贺明丰知道，她那时已将童秋萍看作了"坏女人"。而童秋萍躲在他身后，手里捧着那碗醪糟水,眼光却没地方放,只好盯着从那碗里升起来的白汽。

"你们这些年轻人,怎么总是这么不小心呢?"他的母亲夸张地摆动着两手,他想象得出来,她曾经无数次对那些想要打胎的"年轻人"同样摆动着两手,他的身后,童秋萍死抵着他的那一部分身体,已经颤抖起来。

那一瞬间,他几乎想要放弃逃离了。

"你们绝对不可以在西南医院打娃儿。绝对不可以。人家会说什么呢?这样的事,很快会传回你药厂去闹翻天的。到时候你们根本没法收拾残局!"母亲锐利的眼光再一次飞快从他们两个人的身上扫过,有那么一会儿,贺明丰以为她会当场戳破自己的谎言。

她最后给了他们一个地址和一个姓名,说那是个老同学,在长江对岸的一家兵工厂里当医生。他会为他们安排一切。

他们在第二天的曦光中前往那家兵工厂。转了两趟公交后,他们又穿过长长的河滩,去搭乘那一个多小时才一班的轮渡。他们就在北岸阴沉的趸船上等待。一个四五岁的女孩儿在狭窄的甲板上奔跑,尖厉地啸叫着。那女孩儿突然在童秋萍跟前跌了一跟斗,而不到半米开外,就是泛着泡沫的江水。

贺明丰没有想到童秋萍会那样大叫,她两大步跨到女孩儿跟前,一把将她扶起。她全程都有些用力过猛,当那女孩儿重新站起身,有好一会儿都疑惑地望着童秋萍。而那会儿的童秋萍却温柔无比,蹲下身去,轻声询问女孩儿周身上下有没有哪里伤着了,还用手指为她拭去了脸上的鼻涕和泪痕。

轮渡到底来了,他们靠甲板站着,贺明丰指了指她的肚子悄悄

口琴　021

说:"刚才,至于吗?也不当心点。"

"当心还有用吗?"她冷笑一声,转过了脸去。

他们大多数时候都沉默着,船快到对岸的时候,童秋萍忽然扭过脸来望着他说:"嗨,也不知道是个男孩还是女孩?"

贺明丰不知道应该怎么回答她。

兵工厂医院两层楼上空荡荡的走廊里,贺明丰并没有等待多久。整个事情短暂得让他吃惊。童秋萍面色苍白,牙齿打颤,咯咯咯的声音伴随了他们一路,直至重新回到南岸的渡口。贺明丰小心地问她:"冷吗?"他脱下自己身上厚厚的劳保服,想要给童秋萍披上,却被童秋萍坚决地推开了。从医院出来以后,童秋萍就保持着那种距离感,仿佛一下子成了一个陌生人。

已经接近正午,太阳完全出来了。从趸船方形的窗口望出去,江面上一片金光灿烂。他听见了叹气,然后是擤鼻涕的声音,转过头去,果然看见童秋萍满眼是泪。

"没什么啊,没有什么的。我是高兴。我想起小时候跟爸妈坐轮渡的事情来了。我外公外婆就住在南岸,过年过节我们都会坐起轮渡到这边来,那是多么愉快的日子呵!现在好了,要不了多久,我们也可以一起回城,好好过日子了。"

返回知青点后,贺明丰很久都走不出心中的不安。他搞不懂那天傍晚,自己为什么要对母亲撒谎。童秋萍倒也没说什么,毕竟那一回的任务,就是处理掉肚子里的孩子,结局还算完美啊。但那以后贺明丰只要在怀里抱起那个女人,就会浑身发冷,陷入巨大的自我憎恶中。他们不约而同地绕开了性爱,躲得远远的。

他想要给母亲写封信,坦白所有的一切,并且要将童秋萍的优点一一向她陈述出来,扭转她的看法。可没等他把信寄出,母亲的信却抢先来了。他的父母去探望药厂的婆婆,婆婆就将他和童秋萍两个人恋爱的前前后后,原原本本作了汇报。

母亲的信写在"西南医院公用笺"上,母亲的信是这样写的:

丰儿:

我实在等不及要给你写这封信。你婆婆把一切都告诉了我。郑医生也把你那个女同学(她叫什么?我一点都记不起来了!)的病情,打电话转告了我。我写这封信就是要告诉你,你和她的交往必须到此为止。切记切记!

我知道你在心里对我有怨恨。当你还没断奶,我和你爸就踏上了开往上海的列车,我想你也应该能够理解。但就在写这几句的时候,我还是感到了深深的不安,不知道是不是就因为我们当年和你两地分居,才造成了这样的结局。如果真是这样,就恳求你原谅妈妈,千万不要因为想要报复妈妈而害了自己一辈子!

一个先天性心脏病的人,相当于一个被宣判了死刑的人。你那个女同学不会活太久的,三十岁?四十岁?你们如果结婚,最终的结局一定是你一个人守着你们的孩子,孤独终老!而且你们的孩子,也几乎肯定会遗传先天性心脏病。

丰儿你别怪妈狠心,要怪只能怪医学无情。我们都是唯物主义者,不得不相信科学,所以请你和那个同学绝对不要再继续下去了。你就答应母亲这唯一的恳求吧!我知道,在你眼里,我算不上一个称职的母亲，但无论怎样，母亲都决不会让自己的孩子受到伤害，也决不会允许这样的情况发生！

另：你的婆婆身体不好，知道了你那个女同学的病情后，眼睛都快哭瞎了！她即将办理退休，你的顶替也水到渠成。正在疏通关系，这段时间请你务必好自为之！

母亲亲笔

这封信之前，贺明丰还从来没有见识过母亲的字迹。那看上去不像是一个女人写下的，笔画粗重，尤其是那频繁出现的惊叹号，完全冲破了上下的横格线。他想起小学五年级暑假，他的母亲回重庆探亲，发现他伙同药厂的一帮半大小子下长江游泳，就立刻在一次晚饭的饭桌上，下了最后通牒。他从前因为讷言，甚至有些轻度口吃，一向躲开了同学中间各种的小团体，成了被所有人排挤的孤家寡人，直到在似乎看不到尽头的落寞童年末期，他才发现了自己在游泳方面的天赋。在水中他可以长时间闭气，就在水下几米的地方，水草飘摇，礁石影影绰绰，他找到了前所未有的安宁和温暖。他奇异的憋气功夫，立即引来了包括那帮半大孩子的喝彩。他跟随他们，先是在高滩岩、新桥一带的水库中操练，很快，这帮胆大妄为的初中生，就找来废弃的轮胎，带他一起跃入了浩大的长江。

而那个夏天，他的母亲却来终止他的欢乐来了。要命的是，他从来都没有打算过反抗。当那些孩子骑着自行车，吹着口哨，经过他家楼前，他听见他们呼唤着自己的名字，而他却唯有缩在自家纱门背后，将细长的小腿抱得更紧了一些而已。

从那时起,他就是一个善于为自己设限的人了,甚至还没有等到他母亲叉腰站在门口阻截他的那一幕发生,他就预先撤退了。所以他知道这一次也会这样,收到母亲来信的那个傍晚,他一个人默默去了知青点背后的那片树林,头天夜里下过一场透雨,直到那个时候,地上的落叶仍然潮乎乎的。雾气提前从他脚下的山坳里升起,眼前的一片苍茫,让他在那一刻触及了人生最愁苦的底部。

他哭了许久,哭完过后就决定了要和童秋萍分手。

- 思念 -

他和童秋萍后来都顺利返回制药厂,当上了工人,童秋萍在片剂车间,他进了修理车间。

童秋萍很快结了婚,找到少了一只眼的史红兵做丈夫。史红兵原本高大英俊,中学时候还打破过学校里的跳高和跳远纪录。这个拥有"超级弹簧"外号的体育能手(那时他的长发总是松散地斜挂在他前额的右边,加上一直浮现在面容上的明亮微笑,一度被指责为"玩世不恭"),却遭遇了一颗玩笑似的流弹。那是在一个无人的正午,暴烈的白太阳让天星桥一带的街道,如同史前社会般荒芜。史红兵一个人,无所事事地走在那样的街上,自顾自地吹着口哨,他手里拿着一把自制火药枪,两眼却搜寻着浓密枝叶间一只可能的麻雀。然而麻雀全给之前断续爆发的激战吓走了,史红兵只能朝那些空无的树丛开了一枪。他绝没有想到,那闷闷不乐的空枪,竟招来了一发气枪的还击。更神奇的是,那还击的霰弹竟射中了他的右眼。他至今都搞不懂那霰弹究竟来自何方，也许，就在路边那幢红砖房的某一扇窗户背后吧。

药厂里的人们开始暗中计算，这场婚姻中究竟谁是获利的一方。对立两派的代表，谁也不能说服对方，但他们却有一条共识，就是如果史红兵不是瞎了一只眼，童秋萍怎么可能捡到这么一个大便宜？

诸如此类的争论，一直延续到童秋萍和史红兵的婚礼上。婚礼就直接摆在那幢老楼前的水泥坝子中间。临时搭起的炉灶边大棚下，十几桌人吃得像伙土匪。两个长舌妇跑到楼道里那间公厕一起蹲下撒尿，仍在絮叨童秋萍多么多么可怜，她们同情的话语恰好送进了前往那里呕吐的童秋萍的耳中。童秋萍二话不说，上去就将其中一个掀翻在滑溜溜的茅坑上。

她很快和那两个女人扭打起来，婚礼前精心盘起的头发彻底垮塌了，大红的袄子也被扯破了好几块，而那两个女人的脸上也留下了她手指甲划出的粗大血痕。在一旁劝解的人有些哭笑不得，都说从没见过这么亡命的女人，通红的双眼完全像那些拼刺刀的士兵。

贺明丰却宁愿让童秋萍停留在传说中，包括婚礼上那刺激的一幕，他也只是在工间吸烟间隙，从同事们四溅的唾沫中听到而已。他的老同学为他介绍了一个乡下来的姑娘。那姑娘一米七以上，比童秋萍大了整一号，五官倒也周正，就是黑，同学之前介绍的时候就一直在使用"黑牡丹"这个代号，这让贺明丰后来见了真人，有些不知该说什么好。

姑娘从前的村庄有个美丽的名字，叫梨树湾。据说那里生长着成片的梨树，春天到了，满眼的白花如梦如幻，但后来，就在那些梨树底下，发现了规模不小的优质煤矿。梨树于是被一棵接一棵地砍掉，黑亮的煤炭开始洪水般涌出，姑娘同她的八个哥哥姐姐只好相跟着出来找活路，姑娘排行老九，第二回见面她就直盯着贺明丰说："就叫我九妹儿吧，简便。"

贺明丰不知道该怎样拒绝眼前这个"九妹儿"。她说话的时候甚至让热乎乎的口气，直喷到贺明丰脸上。她的目光也是赤裸裸的：嫁人，换取一张城市户口，然后就在这药厂谋取一份临时工的岗位。

他们就这么结了婚，在贺明丰这边，有一点"事已至此怎么都可以"的意思。他跟她很快就被厂子里的人当成了一个笑话，他们从厂区的大路上走过，也被那些毒舌形容成了大块头女人领着她不听话的"娃儿"。他们还发现，那"娃儿"始终都在下意识地轻轻挣脱着，而女人那只粗大的右手，却坚决攥死了"娃儿"的衣袖。

贺明丰比从前更加经常地发呆，比如到食堂打饭，排队排到了尽头，却好久都想不起自己想要的究竟是什么菜。和婆婆一起晒太阳的下午也是，那么漫长的时间里，他都找不到一句该说的话。吸烟的时候，发呆的时间就更长了，每一次都要等到同事在他的耳边大吼："贺明丰，你的魂儿丢到哪里去了哦？"

结婚大约一年后，九妹儿真在药厂的"大集体"找到一份工，主要就是清洗回收来的玻璃药瓶子。她很快就做熟了，她的乖戾之气也显现出来，不时会听到她和车间里的同伴抓扯、推搡的争斗事件。这个九妹儿成了药厂有名的泼妇，见了对面有熟人走过，她甚至会露出轻蔑的笑容来。她发觉自己直视的目光总是很奏效，会让对面的人一下子仓皇地调开脸去。

她越来越不满意贺明丰的迟疑，还有失措。有时候在饭桌上，她也会劈头向贺明丰飞出一掌，这样的袭击，有时候就当着贺婆婆的面发生。夜里，两口子回到卧房关了门，隔音不好的墙壁背后，也不时会传出他俩的击打声，喘息声，还有极力压低的骂声，这些都准确无误地传入贺婆婆的耳中。

贺明丰想起了那只纸箱子，就去阳台上那堆落了一层灰的杂物中间，将它翻找出来。箱子里不过是些旧物，一个铝皮饭盒，一扎信件，甚至还有一只卷成一捆的军用挎包。九妹儿和婆婆发现，贺明丰只要回到了家里，就会长时间守着那只纸箱出神。他摩挲着那些旧物摇头叹息，或者无声痴笑，明显已身处另外一个世界。

他重新找到了那支国光牌口琴。家里的人，还有隔壁邻居都没有料到，寡言的贺明丰竟有这么一手。他们开始习惯了在晚饭前后的那段时光，等待贺明丰的口琴声定时响起。那水一样的琴声，和周遭这乱哄哄的厂区格格不入，流畅而忧伤。

九妹儿当然听出了这琴音中的反抗，但一时又想不到制止的法子。在她直线式的大脑里，有一点很清楚，就是不能把事情做绝。她直觉到眼前这个男人已经走在了绝路上，这个时候只能静观其变。

贺明丰真是变了，还爱上了和各色人等喝酒。酒醉之后，他几乎成了一个聒噪的人，硬拉着人家聊天，重复着一段情节和一个意思，即使人家脸上不耐烦的神情已变得僵冷，他也不会住嘴。

喝得歪歪倒倒之后，他甚至会跟着那些人一起去舞厅。那个年代，交谊舞刚刚兴起，人们会在可以找到的任何一个空坝或者大厅里，拉开场子跳舞。有时候仅仅是一台便携式的手提录音机，里头的磁带转动,也可以带动起几十百把号人的群舞。

跳舞的人群里也有一个江湖,他们在不同的工厂或学校的舞场里穿梭。灯光昏暗,抑或是旋转闪烁的彩灯下,他们会对贺明丰指点舞池中飞旋、游走的另一些人,女人们。他就这样意外地遇见了童秋萍,那天,她雪白的衬衣在紫光灯底下发出幽灵的光芒。人家并不知道他和她的过往,还在那里说着:"看吧,我们药厂的,高手呢,在这一带的舞场里相当有名!要不要喊过来带你一曲呵!"

贺明丰想要立即逃走,只是含糊地说了一句已经有目标了,就独自挤进了舞池边那大片黑暗的人群中。

这下好了,安全了。他从十几米最远几十米开外的距离,追踪着舞池里那只左右翻飞的紫蝴蝶,觉得再没有比这儿更适宜的位置了。好几回,那个女人甚至转到了离他不到五米的迫近处,他看见她用手绢扇着风,喘着气,脸上浅浅的汗水几乎触手可及。这是一个浓妆艳抹的童秋萍,那种陌生感让他止步不前,只能眼巴巴看着她和身边那些不同的男伴娇声尖笑,将拳头像雨点一样落到他们的肩头。

他的眼里,不知不觉涌上了泪水。那个闪亮的身影,很快被他的泪水淹没,与整个舞池里纷乱的人群混为一谈。

已经是1986年的春天了,童秋萍斜躺在她家靠窗的床铺上,她满眼都是窗子外面新发的树叶,这样的静止,忽然让她很有些不耐烦,就用尖指甲神经质地刮起那老旧的窗棂来。她在养伤,左手的骨折让她不得不打上夹板,卧床打发时光。

那是她丈夫史红兵下的毒手,大约一个半月前的深夜,她从又一场舞会上返回家中。她蹑手蹑脚,生怕惊动已经熟睡的史红兵。没想到史红兵却瞪着一只独眼在等她。他连灯也不开,就在黑暗中愤怒地等待着。当童秋萍经过正对家门的那张长椅时,才听见他忽然粗壮起来的呼吸。

她完全失控地惨叫,那史红兵却站起身,将她像一只小鸡那样捉死了,一下接一下抽打起来。浓烈的酒气从史红兵的口鼻中喷出,他却始终闷头一声不响。厂区里惨淡一片的夜色中,只听得童秋萍凄厉的喊叫:"哪个来救我哦,要打死人啦!"即使这样也仍然没能将史红兵吓住,当邻居们睡眼惺忪地前来解围,她早已经被他猛地一下,推倒在了墙角。她左肘着地,很快就肿得像一只怪异的馒头。

童秋萍后来才知道,史红兵那个午夜的愤怒竟然来自贺明丰。当晚的酒局,猴三儿忽然眯起垂死的醉眼对史红兵讲起了贺明丰,他将他在知青点里亲眼看到以及道听途说的一切,倾倒了出来。他甚至将他们那次共同回重庆打胎的秘密也说了出来。史红兵当即就疯了,他一把将正扶着自己肩膀的猴三儿扫到了地上,一头向黑夜的深处扎进去,他听见一路上自己都在从牙齿缝里挤出那两个字:"荡妇!"

荡妇。在那个疗伤的春日午后,童秋萍想起史红兵居然用这个词来咒骂自己,有些哭笑不得。过去几十天里,她不得不中断那几乎上了瘾的交谊舞,这斜躺在床上的整个身体,虽说仍然没有摆脱疲累,不时感到别扭,但到底是安定下来了。受伤前不断地从这身体里传出来的尖叫,还有悸动,也一下子离开了,到了很远的地方。

她就在这个时候听到了口琴的声音。那是一支从没有听过的曲子,一如既往地瑟瑟颤抖着。正好起了一点点风,不间断的琴声随风来到了她身体上,撩拨着这个在午后半梦半醒的人的内心。她迅速从床上爬起,穿过房间里陆离的光影(奇怪的是受伤后她时常会失去平衡而跌倒的身体,那一刻竟如此轻盈,毫无阻碍地前行),用右手开了门,快步朝琴声传来的楼前空坝奔去。

一个老人,戴着重庆此地少见的毡帽,低着头,正专注地吹着一支口琴。她只能看见他的背影,起先还止不住一惊,搞不懂最多几个月不见,贺明丰怎么会变得如此苍老了。她很快就看见了老人斜挎的布袋,两脚上泥污的波鞋,就定下神来对自己说,不是贺明丰,当然不是,那只不过是个可怜的拾荒汉罢了。

突袭而来的绝望,有点出乎她的预料。

几乎在同一时间,贺明丰也发现自己的口琴不见了,一起不见的还有那只存放旧物的纸箱。他记得很清楚,自己一向都是把那纸箱放在接近天花板的隔板上的,口琴则放在枕边,但那个晦暗的春日,当他如饥似渴地扑向那些散发着旧日气味的遗物时,却扑了个空。

他问九妹儿看见口琴还有纸箱没有,那时九妹儿已有了身孕,她本来就大的两眼,一下子充满了羔羊一般的哀伤。她哀伤地望着他摇头:"什么纸箱,你说清楚点呀……口琴?你不是天天在吹吗?"

他有些绝望,感到完全无法对眼前这个女人解释明白,一切,他的人生,不可能的爱情,还有对这该死的婚姻的憎恶。他像一只困兽,在那个狭小房间里奔突,将每一个角落都翻了个底朝天,那些纸片儿,旧衣服鞋袜,过期的药瓶子,扯满了一屋子。他完全无视了身后那对一直在追随着自己的眼光,那眼光闪闪烁烁,最后变成了两把尖利的铁器。

还没等他反应过来,那庞大的女人就从背后逼近了这个仍在发作的小男人。她竟然从衣服后领上将贺明丰拎了起来,贺明丰双脚离地,被自己老婆放倒在了床上。

他成了一个被彻底打败的人,惊骇之中他还止不住去想,这个女人,而且还有孕在身,怎么会有如此惊人的力气呢。而他的婆婆,退休后似乎一夜间退去了神光,过去疾风摆柳般的行走几近绝迹。从白天到黑夜,她只是待在床上,盘腿打坐,像一尊威严的菩萨(只是仍然烟不离手,让她栖居的那间几平米的里屋终日烟雾腾腾)。那天她也同样坐在那里一动不动,虽然她孙儿如此羞辱的一幕就发生在眼皮子底下,她仍然没有放下手中的烟卷。透过烟雾,她似乎还干笑了两声,带着一个老烟鬼一贯的痰音。

九妹儿仍在那里叫嚣,俨然这片屋宇下的女王,贺明丰却闻到了一股霉味。霉味从他身边的床铺上升起,几乎要将他淹没,而九妹儿密集的话语继续在他头顶上的空气中炸裂着:"你为啥子非要毁了这个家不可嘛!不管我也就罢了,我肚子里的妹儿(从知道怀上的第一天起,她就认定了那是一个女孩)你也忍心不管?过日子过日子,怎么过不是过,为什么就是你偏要想东想西呢……"

屋子外头下起了雨,雨声狂暴。贺明丰觉得那雨是被派来解救自己的援兵,他慢悠悠地起身,从门边衣架上取下外衣披上,出了门。他并没想好要去哪里,只是想要到那雨中去。那雨在春天里真是少有的暴烈,打在脸上竟然火辣辣的,贺明丰却觉得特别配合自己当时的心情,他原打算招辆中巴到尽可能远的地方去的,但当他站在街边,高举右手,那些中巴却躲瘟疫似的急驶而去,他就放弃了,索性让这从天而降的暴雨把自己浇透。

有一只手在他的肩头轻拍了两下。

是个拾荒的老人,他好心招呼贺明丰同自己一起,到街边一个宽宽的屋檐下避雨。老人的身边搁着一只麻袋,里面是可以想见的那些弃物。他掏出一盒皱巴巴的烟来,递给贺明丰一支,见对方摇头,就自己点上了。他长长地叹了口气,烟雾在浩大的雨汽中,并没能走出去多远。

"这雨真是,说来就来,春天里头下这样的雨真是奇了怪了!"

他的口音,显然不是重庆城区的,但贺明丰却似曾相识,他很快想起了九妹儿当初刚进城时说话的样子,就对老人开口了:"你是梨树湾的吧,怎么会有这东西儿(他指着老人头上别致的毡帽,觉得那有点像是鲁迅电影里的道具)?我们重庆,没人戴这玩意啊!"

老人的两眼亮了一下,然后笑眯眯地望着贺明丰说:"夜里着了凉,乱抓了一顶,鬼晓得是哪个的哟!"

雨看上去完全没有停歇的意思,屋檐下这两个人很快就无话可说,老人将手中剩下的烟头扔了,很惬意地靠上了那只麻袋,他随手从衣袋里摸出一样东西,将那东西在自己灰扑扑的衣裳上擦了两下,送到自己嘴边。

国光牌,二十四孔,铝制的外壳上,布满隐约的锈斑,贺明丰一眼就认出,那是自己的口琴。

他成了一个鬼祟的人。童秋萍伤好之后,仍旧回片剂车间上班,而身为管道检修工的他,轻而易举就可以找到各种借口,前往那里。

但他还是没有勇气直面她。当白日的光照从头顶倾覆而下，他正一步步接近心中的那个目的地，想起亲爱的童秋萍就在那不停旋转的制药罐边梭巡，他的心竟然会像个少年那样狂跳。即使在自己和童秋萍初恋的岁月里，他也不记得曾有过这样的狂跳。

他在几乎所有空闲的时间里想那个女人，挖掘关于她身体的所有记忆，当那些细节重新涌上心头，他甚至会感到窒息。

而他家中，九妹儿的肚子已经膨大得像一座山丘，她天天对着肚里的女儿说话（她坚持认为那一定是个女孩儿），装作忘记了这个仓皇的男人。而他自从将口琴和那只破纸箱从拾荒老人手中讨回来后，就变得格外小心翼翼。他在九妹儿出门散步的一个傍晚，将纸箱里的旧物彻底清理了一遍，然后藏进了床底的最深处。他认为这样不仅安全，而且躺在这些旧物上面入眠，也成了一种安慰。

他错了，低估了那被封存在纸箱里的口琴。不能吹琴，让那些阴天，那些没酒局的夜晚，几乎没有办法度过。他只能一遍又一遍地跑向片剂车间，发疯一样地想要更接近那个无视自己的爱人。他后来在女更衣室背后阴暗的天井里，发现了一个绝佳的偷窥点。

这天井也许只有贺明丰那样的管道工才有可能知道。那里有各种隐蔽的管道经过，天井的上方安了块玻璃天窗，原本可以看到透亮的青天，但年深月久，上面积满了泥污和落叶，即便出大太阳也仍然显得阴暗。一次偶然的检修，贺明丰踏进这里，正对着女更衣室开向天井的后窗，他就这样轻易望见了当时独自一人的童秋萍。她端着一口足有半个脸盆那么大的搪瓷缸，正一口一口用力吞咽缸子里的开水。这是他从未见过的童秋萍，在他的印象里，她的脸上总是流淌着明快的光彩,而那一刻,却只有灰黄的疲惫。

他躲在一根粗大的管子背后,屏息遥望着她,兴奋又好奇,想要发现更多关于那个女人的秘密,直到几分钟后,有几个女工进门来,将那走火入魔的一刻打断。

他搞不懂事情为什么会演变成这样。堕落,流氓,你还真是不要脸啊,他一面咒骂自己,一面仍然管不住自己奔向那个天井的脚步。旁人眼里,他就像一个伤寒病人,整个人都显得畏缩,脸上随时会有惊慌的神色划过,熟悉他的同事都在问:"睡得不好吗?脸色看着怎么跟偷了一晚上鸡似的!"

这样的询问,几乎让他以为那些人发现了他偷窥的秘密,但他仍然难以自拔。他偷窥童秋萍换衣服,她穿的那只奶罩洗得发黄,恰好在右边乳峰那里打了块灰色补丁。他还偷窥到了童秋萍哭泣,看见她对一个女友撩起衣袖,展示手膀上紫色的淤痕。他甚至偷窥到了童秋萍唱歌,唱的竟然是电影《红孩子》的主题歌《共产儿童团歌》,只唱了两句就走了调,但她仍然摇头晃脑,坚持到了最后的"帝帝打帝打,帝帝打帝打"。

贺明丰前所未有地接近了这个女人,甚至比青春期那场多少有些懵懂的恋爱中还要接近。从天井里看到的童秋萍,可以说是一个全新的童秋萍,而且让他暗自欣喜的是,这个童秋萍也一定是秘密地专属于他一个人的。

天气一天天热起来,不知是不是与气温的升高有关,老鼠开始频繁出没,有一次就从那更衣室里直窜到天井里来。而那些管道里不时排出的蒸汽,也让这天井成了一个蒸笼,有些让人待不下去了。

五月末的一个傍晚，白班和中班交接之际，紧挨片剂车间的那口负责供应热水的锅炉，忽然发生了爆炸。大约半小时后，贺明丰受命前往检查，在现场，他看见浴室、还有连通浴室的更衣室，后墙被炸塌了半边，让那属于夜晚的凉气直透了进来。最初的人群已经散去，片剂车间留下来同他交接情况的刘调度，仍然一直在旁边兴奋地描述爆炸发生后的那一幕，那些正在淋浴的一丝不挂的女工，如何尖叫着，随手抓起无论什么蔽体之物，就往厂区的大道上奔逃，"哎呀，可惜你没看到那鬼哭狼号的场面，就跟日本鬼子打来了一样。好多人跑到半路上，才发觉屁股光溜溜地露在外头，手头的衣服又要遮正面，就像死了亲娘似的哭起来呐……"

贺明丰没怎么搭理他，真正的黑夜来了，车间里又断了电，微弱的星光下，刘调度热切讲述的脸上，油亮正急速地消褪。他拐进之前曾经在天井里无数次窥视的女更衣室，背光那面的墙上，好多衣柜都柜门洞开，慌乱之中，逃命的女工将衣物扯得遍地狼藉。贺明丰雪亮的电筒光柱，从那些衣物上掠过，一面故作镇定地让刘调度先走一步："我再搜一圈，看还有没有隐患。你辛苦一天了，先回家吃晚饭去吧。反正过会儿我们那边还有人来增援……"

刘调度的脚步声很快远去，贺明丰的感官却一下子膨胀开来，它们正无比敏锐地搜寻着那个目的地。他忽然明白，原来，之前长达两个多月的偷窥，不过就是为了接近眼下的这个终点。事后，他已经没有办法对公安解释清楚，稀薄星光下，自己是怎样找到那个属于童秋萍的专柜的。但当时他却一点也没有犹豫，最起码柜子里那只右边打了补丁的奶罩可以作证。就在那同一个衣柜里，他还发现了一条内裤，电筒的光芒下只能看见上面白色的碎花。他的手指，从那织物的表面颤抖着抚过，感到了如同皮肤一般的绵软，还有那些皱褶的无辜和娇柔。

- 口琴 -

贺明丰最终被判了七年。照例，他会被同一间牢房的狱友追问，到底犯了什么事。每一次，他都只好硬着头皮回答，是"因为女人"。

他们的那间牢房住了十四个犯人，犯人的床铺从门边，笔直地排到了对面的窗前。牢房里倒也算整洁，晃眼一看还会以为是身在军营。但就因为牢里"欺负婆娘没出息"的潜规则，贺明丰随时都会被同房的那些暴力犯修理，诸如端屎倒尿、清洗马桶，还有进贡伙食之类的倒霉事儿，都会落到他头上。但他实在是瘦小，而且当威胁迎面而来时，他的眼中总会闪烁出小兽般的亮光，一点对抗的意思都没有。那些想要为他"褪褪神光"的暴徒反倒有些失措，觉得面对如此自觉的一个软柿子，耍霸道既没意思，也没有必要。

他变得愈发寡言，时间长了，仿佛又回到了寂寞无边的学生时代，别人视他为空气，他也格外小心地躲避别人的眼光。

天气好的下午，狱警会允许他们到屋后那封闭的坝子里去，晒太阳。坝子的地面上，铺着一层薄薄的预制板，还是有一些顽强的青草，透过预制板的缝隙生长出来。在那样的放风时间，狱友们三五成群，喁喁低语。而贺明丰却仍然吊单，就只好去抚摸那些青草，当太阳走到那两层楼的牢房背后时,那些草叶摸上去又清凉又潮湿。

那个哑巴主动找到了他。哑巴四十多岁,脸上粗大的皱纹看上去又宽厚又悲伤,想象不出他会伤害任何一个人。六月底的一天,贺明丰入狱已有大半年,他正蹲在墙角的阴影里,逗弄几只从砖缝里爬出来的蚂蚁,肩头上忽然被人重重地一拍,他心生惊恐,转回头去,却看见哑巴正冲着自己傻笑,阔嘴咧得很开,直射下来的阳光让那张脸庞像一块烧红的砖头。

变魔术一般,哑巴从自己灰蓝色囚服的口袋里,掏出了那支口琴。没错,就是那支锈迹斑斑的国光口琴,这个如此私密的物件竟出现在这高墙之内,尤其是通过这个老实巴交的哑巴传回到自己的手中,让贺明丰产生了强烈的魔幻感。他犹豫着不敢伸手,但那哑巴却急了,又是瞪眼,又是哼哼,还指点着身后走廊里正背手巡逻的高教官,硬将口琴塞了过来。

触到口琴的那一瞬间,贺明丰觉得自己的手被烫了一下,他将那灼热的口琴揣进怀里,就像将自己失而复得的一部分身体珍藏了起来。他想不明白这究竟是怎么回事,又不敢轻举妄动,只是处处呵护着那琴。

第二天,他意外地被叫到厨房去帮忙,当他在一大锅翻滚的红薯稀饭前搅动一只铁铲,很快就汗流浃背时,高教官朝他走来了。

高教官是个精瘦的小个子,但透过大锅升腾而起的热气,一对小眼里锐利的眼光仍然刀子一样飞了过来:"怎么样呵?这食堂里可比车间里强千倍万倍吧?(贺明丰同屋的那些犯人,此时正在幽暗的车间里,埋首于那些机油里的零件,他们在生产电风扇,那种取名为'新生'牌的电扇竟然十分畅销,订单源源不断,他们的服刑生活于是变成了看不到尽头的劳役。平日里,他们最嫉妒的就是那些可以摆脱这劳役的肥差,诸如图书管理员、监区板报主编,当然也包括这随时可以偷吃的伙头军)只要你好好给我吹,我可以让你在这伙食团待到出狱那天!"

他就这样稀里糊涂加入了那支乐队。乐队是为了向市里的领导汇报演出临时拼凑起来的,任务下达后,他们紧急查阅犯人们的档案,搜罗了一圈仍然差人,恰在此时,那支旧口琴出现在了寄给贺明丰的邮件里。寄件人很神秘,没有留下姓名地址,也没有任何一句留言。当然,在贺明丰的潜意识里,那人就是童秋萍。

排练安排在每周三和周五的下午,他会在监区看守的监护下,走过曲折、蜿蜒的过道,前往办公楼尽头的那间教室。那十来个人,吹拉弹奏起一支曲子来,常常像是自由市场上妇女的嘈杂叫骂,惹得牵头的那个白脸教官总是用尖厉的嗓音呵斥他们,说演出的任务就在九月,谁再乱来就罚谁回车间去加班。

贺明丰倒是很快找到了自如吹琴的感觉,那就像找回了一个老朋友,哪怕周围全是其他乐器荒腔走板的拉扯、干扰,但当那口琴颤抖的声音一点点攀爬上来,扩散开去,他仍然会有点忘记了自己身在何处。那时候的天气已经有些热了,教室的左右两边安着的两台他们自产的"新生"牌风扇,在乐声的间隙,就会呜呜地响声大作,那时候,暗红的夕阳也会走进教室里来,将贺明丰握琴的手照得雪亮。

他的才华,很快被小白脸发现,竟然获得了独奏的机会,一共是三首,《让我们荡起双桨》《我们的田野》,还有《在那遥远的地方》。九月到来的时候,他们被拉到市中心的劳动人民文化宫礼堂里汇报演出,轮到他独自一人登台,炽热的灯光兜头照下来,贺明丰一时间竟有些迟疑,甚至后退了两步,他在台下隐约的嘲笑声中,试探着在台子中央的空白处站定,深吸了一口气,才闭眼吹了起来。

那成了当天最出彩的演奏,贺明丰有意放慢了每一个节拍,将颤抖的琴音无限地拉长,让属于他的那七八分钟,完全成了如泣如诉的时间。当最后一个音符消逝在台下的黑暗中时,他才缓缓睁开眼来,如同喝醉了似的双眼,在黑压压的人头中间热切地搜寻着什么,直到大幕急匆匆地拉上,他仍然站在原地发呆。

后来,他告诉当时在台下组织观看的哑巴,说那一刻自己完全中了魔,竟然希望在人丛中找到童秋萍的脸孔。

第三年的春天,他的母亲来看他。他将自己减刑一年的好消息告诉她,而她带来的,却是坏消息。

他被判刑后,九妹儿就拖着还没断奶的女儿离家出走,她去了重庆远郊的璧山县,租了间房,每天背起娃儿,在那里遍地开花的皮鞋作坊中找了一家,钉起了皮鞋。贺明丰的妈妈生怕婆婆一个人在那老房子里住着出意外,就拉老人去西南医院同住,可老太婆却死活不肯。

没想到真出了事,就在刚刚过去的那个冬天。厂子里的人事后告诉母亲,头天下午还看见贺妈在院坝里晒太阳,头发梳得光生生

他独自一人登台,闭眼吹了起来。

的，别了个压发梳，还对隔壁领着孙女儿的姚婆婆开了几句玩笑。但那个太阳很好的下午以后，药厂里就再也没人见过活着的婆婆，直到好几天过去，那幢老楼里的邻居忽然想起贺妈好久没露面，跑去敲打那紧闭的房门时，他们才产生了不祥的预感。

果然，婆婆就歪倒在那个套间的卫生间里。好在气温偏低，死去的婆婆穿着睡衣的尸体才没有腐坏。

贺明丰的妈妈说着直摇头："真是个犟人，这么大年纪了连个痰盂也不愿意用，偏要去蹲什么卫生间！"她叹息着告诉贺明丰，从现场看，基本可以肯定，老人家是半夜爬起来上厕所，蹲在茅坑上的时间太久，引发了高血压。

贺明丰回想起那个熟悉的家，卫生间里砌着半米高的水泥台阶（过去他们一家人除了大小便，还会轮流在那卫生间里洗澡，那高高的水泥平台朝蹲便器倾斜聚拢，可以防止洗澡水流进客厅），他想象着婆婆如何在孤立无援的深夜，一个人两腿打颤地攀上台阶，眼睛里一下子充满了泪水："婆婆怎么冒出高血压来了？我以前怎么没听说过？"

妈妈也哭了："你们婆孙俩不是无话不说吗？她这都是老毛病了，你咋会不知道？"

探视临近结束，他妈妈起身离开，好像是忽然才想起来似的说："差点忘了，有件稀奇事儿，那个童妹儿竟然生孩子了！"

妈妈接着说，更加稀奇的是，童秋萍竟然选择了在西南医院生产。那天，接生的护士急匆匆推着一名产妇来到贺明丰妈妈面前，妈妈说自己起先只是紧盯着那先天性心脏病的病历，安排可能出现的抢救预案。她没想到，在为那个高危产妇注射麻药前，手术台上，白色的床单还有白帽、口罩之下，竟然传出一声小心的呼唤："阳阿姨，我是童妹儿啊，还记得我吧？"

那呼唤就像来自地底，却让母亲立刻明白了过来。那时候，两个女人的脸上都只剩下了两只眼睛，母亲在童秋萍那一对颤抖的大眼中，看到了汹涌而来的激动和恐惧，这让这位职业医师立刻换上了严厉的眼神："深呼吸，再深呼吸！没什么大不了的，你只需要放松，剩下的全交给我吧！"

童秋萍最后就在母亲的眼皮子底下产下一个儿子，"母子平安，也算个小小奇迹吧。"说到后面这一部分，母亲的语气明显轻快起来，职业的自信，让她忽视了那戏剧性的一幕，可能会带给贺明丰的打击。

"这怎么可能？他们明明是没有生养的，你倒是说说看，结婚几年都没孩子，怎么会突然又有孩子了呢？"

"你瞪我干什么？这事儿在医学上完全可能，没人能说清。这男女间的事儿，又有哪个真能说得清呢？"

那次探视后，贺明丰一下子变得特别嗜睡，同牢房的狱友们仍然围在一起吹聊斋时，他就一个人蜷到自己床上睡去了。他的双手抱在肚皮上，睡得像个婴儿，好多时候甚至忘了将被子拢到自己身上。哑巴大哥有些担忧地看着他，总会默默去抖开他脚边团作一团的棉被，小心为他盖上。"你老婆病了，快喂他颗糖吃啊！"狱友的打趣，也不能中止他对贺明丰的看护，直到四天的时间过去，贺明丰才从无边的昏睡中走出来。

第五天的清晨,哑巴大哥发现贺明丰醒来后,两只眼睛像刚刚洗过一样清亮。过去几天那挥之不去的睡眠,让他瘦得更厉害了。早餐桌上千年不变的馒头、稀饭,他竟然也吃得狼吞虎咽。那一天随后的放风时间里,贺明丰将哑巴大哥拉到一个无人的墙角。哑巴发现眼前这张沉静的脸,就在几十厘米的距离外微微发光,他的额头上多了一道横向的皱纹,那道深深的刻痕让贺明丰变成了另外一个人,有些陌生,却明显比过去多了点狠劲儿。

贺明丰开始讲起来。他讲起那个楼道,楼道里飞舞的灰尘的味道,照进童秋萍后颈窝里的阳光。他讲了童秋萍卧病在床的母亲,病床边的墙上,那最后的鲜血。他还讲了他和童秋萍的那片树林,夜晚,雾,以及树林以外的群山,讲了公社卫生院里,他们拥抱之外的世界怎样的如同深渊。当然还有后来的离散和追随,最后是那支口琴的启示。

在贺明丰的记忆里,他还从来不曾编织过如此绵绵不尽的话语。他足足讲了三天,只要有机会就逮住哑巴,然后让自己的讲述毫无节制地流淌出来。贺明丰并不确定哑巴哥到底听进去了多少,他止不住到哑巴哥的眼里去找寻答案。他发现那眼神的起伏、明灭,无论怎样还是暗合了他和童秋萍的那个伤心故事。但另外一些时候,他又没那么有把握了,因为哑巴哥的眼神还是过于天真了,看上去顶多只有六七岁,直接、坦诚、毫无杂质(比如当贺明丰讲到树林里阅读母亲来信那个悲惨下午时,哑巴哥仍然一副兴致勃勃的样子),这让贺明丰心生怀疑,过去的几天,自己不过是在对着一团泥巴说话。

但他顾不了那么多了,仍然急切地述说着,一边为自己沉默背后竟潜伏了这么多话语暗暗吃惊,一边又发觉,之前的讲述,不过是一个过于冗长的铺垫,说穿了只是想让哑巴帮自己一个忙。

贺明丰早就发觉了哑巴同监狱警方暗中的联系,他完全可能就是狱警安插在牢房里的眼线。可哑巴哥实在是面善,让贺明丰相信他绝不会暗害自己,所以当他将那封好的口琴最后塞到哑巴的手中时,他知道,哑巴一定可以让那口琴顺利通过监狱的邮件检查,投递到他想要它前往的那个地址。

他在包裹口琴的信封上,写下的邮寄地址和收件人是:西南制药厂片剂车间,童秋萍。

多多少少,他是盼望着回音的,他希望在某一天的早晨,可以收到一封来自童秋萍的信件,哪怕上面只写着"寄来的口琴收讫,费心了,我会好好保管"之类冰冷的话语也好。他终于明白,原来自己仍然渴望着来自那个女人的讯息,任何讯息。

但是,却完全没有回音。这之后,也许因为越来越适应,或者只是因为他察觉到了世事的空茫,狱中的时光变得柔软而模糊,当出狱的那天忽然来到眼前,贺明丰甚至吓了一跳。他开始整夜整夜地失眠,在半梦半醒中做着各种混乱的梦。他很想将那些凶险的梦境讲给哑巴听,但当白昼来临,他又将那些梦忘得精光了。

狱中的最后一夜,他又做梦了。是在那种崎岖的山间小道上,童秋萍走在前面,他呢,紧随其后。他后来在梦中恍然大悟,那小道就是插队时他和童秋萍都曾经无数次走过的大巴山的山路。在梦里,他们又回到了昔日的那条山路上,不知为何,日头直落到他们的肩头上,火一样灼热。在他的前面,童秋萍开始脱下了外衣。她边走边脱,而他起先也没怎么在意,但童秋萍脱了旧军装,又接着脱衬衣,脱了衬衣又要脱奶罩。他这才慌了,在童秋萍的身后直喊:"萍啊,你这是干什么呵?路上到处是知青,还有社员,人家会看见的!"童秋萍不理他,她甚至连脸也不肯冲他掉过来,仍然专注于自己脱衣的行为。贺明丰就这样眼睁睁看着她又脱去了长裤。接着是长裤里面的统绒裤。只剩下大花的内裤了,他只有朝童秋萍扑了上去,一边喊着:"萍啊,真的脱不得了啊,你恨我骂我打我不理我都可以,就是不要脱了哇!"他的手底下是童秋萍光光的身体,又冰凉,又滑溜,他用力地想要将她揽进怀里,可她却泥鳅一样溜走了。他手里只剩下那布满姜黄汗渍的奶罩,还有那牡丹盛开的内裤。他死死攥着这两件可怜的遗物,伤心地痛哭起来。

他就这样哭着醒过来。

从监狱出来,贺明丰就听人说童秋萍早在一年前就死去了(他算了算,差不多就在他寄出口琴那阵),就是因为先天性心脏病发作。他想起了那个梦,原来,那梦里的童秋萍已是一个托梦而来的鬼魂,难怪无论怎样都看不到她的脸。一个人的时候,他又哭了一场。

大约过了一周,有人来找他喝酒。竟然是猴三儿。他们在七十中门前那条背街的一个夜啤酒摊儿前坐下,不知道是不是因为秋凉袭人,那一带虽然夜摊林立,但真正的饮酒人却寥寥无几,让贺明丰感到无比荒凉。

"喝吧喝吧，老喽老喽，也没多少年头可喝喽！"猴三儿来回撸着自己银色的寸头，叹息着。

他忽然将脸向贺明丰凑拢了过来："说老实话，老子连那里的毛都白了，不服老咹个得行？"

贺明丰有些愕然，他不知道如何应对这突如其来的赤裸言谈，只是嗫嚅着："不会吧……"

"还没见到九妹儿吧？人家都开鞋厂了，发了！倒真是个奇女子，一个人拖个娃儿，等你这么多年，也没听说她有变心的想法！"

第一份热菜端上来，猪耳朵炒青椒，贺明丰撵起一块猪耳朵放入口中，也不嚼，只是含在舌头上，等它自己融化掉。

"你那个妹儿，长得跟你像一个模子倒出来的，那年贺妈下葬，九妹儿还牵起她回来过一趟，是个机灵娃儿，一个坝子头那么多人，她见人就是一个笑脸。唉，你也莫再傲起了，哪天自己坐车去看看她们娘儿俩，见了面，有什么说不开的哟？唉，人就是这短短几十年……"

贺明丰有些走神，他想着那个孩子，无论如何也想象不出，一个女孩儿可以怎样复刻自己的容颜。即使是在这已喝了三五瓶啤酒的夜晚，他也不得不承认，那个女人，还有和她相伴的那个孩子，其实都是同自己没有多少关系的陌生人。

"真是，人活起有啥子意思哟！那个童妹儿，还不是说走就走了。听说她发病，我们马上打车赶到西南医院急诊室，连最后一面都没见到！"

相隔了十几米的另一个摊上，一对青年男女，恋人的模样，那女的忽然弹了起来，然后跑开去。那男的快步追赶，不出十米就将女的堵在一棵树下，女的立刻泄了气，一屁股瘫坐在了那树底下。

"那个史红兵，哭得那才叫一个惨哟，嗷嗷的，就像被逼到绝路上的狼……"

"那她有没有提起过什么呢？我是说童妹儿，留了什么遗言没有呢？"

他期待着那个答案，但是醉醺醺的猴三儿却再没有回答他。

他觉得自己已经死去了，在重庆如火的夏日里，也只会感到寒冷。路上遇见熟人，几乎没有例外，人家一定都会惊叫："生病了吗？脸色怎么这么难看？（有人还会更直接地说，怎么跟个鬼似的）过去的就让它过去吧，你可千万想开些啊！"

那个猴三儿倒真是个热心人，替他在一家同学开的摩配厂找到了一份分发、看守零件的工作。大多数时候，他斜坐在那陈旧的红砖库房里无所事事，发呆，大脑里空空荡荡。

那口琴声就在这样的时节，从仓库背后传来。他循声而去，发现仓库背后有条土路，一直延伸到一片杂草丛生的荒地里。荒地中间，有一截废弃的围墙，无始无终地杵在那儿。那些进城的民工，就将到处搜罗来的垃圾堆在墙下，上面搭块塑料布，等到天气好的时候，再将垃圾拖出来，在太阳底下挑拣，翻晒。

吹琴的是个男孩儿，边吹着琴，边穿过那些垃圾和民工，朝着荒地的更深处走去。贺明丰跟在那男孩儿的身后，大约已是下午四点多了，斜落下来的太阳仍然力道十足，而那个孩子背着一个比他屁股还大的书包，有些吃力地往前走着，口琴也吹得越来越接不上气了。

他觉得自己就要喊出来了，恰在这个时候，也许是听见身后贺明丰急切的脚步，孩子朝他回过脸来了。那张脸上，一对大眼无邪地凝望着贺明丰。

贺明丰禁不住抖了一下，因为他看见那对大眼里，有一个活着的童秋萍。

啊，朋友再见

　　胡一飞的爱人后来找上了门来。那是重庆最冷的一月份，她穿着件笨拙的灰色羽绒服，就摸到报社八楼我的办公室来了。那天下着星星点点的冷雨，她头皮顶上的一块，已经完全湿透。这个女人一看就知道赶了很远的路而来，怎么也不带把伞呢？她由同事领到我面前来以后仍然怯怯的，有点不敢看我的样子，她的脸色也不大好，灰扑扑的，也许正生着病，她的那双手在那早已湿迹斑斑的羽绒服上来回搓了好一会儿，最终好歹将目光投向了我说，您是，贺彬吧？贺彬就是您？我们一飞提得最多的就是您的名字了⋯⋯

　　一飞，哪个一飞？⋯⋯我当时多半把她当作了某个贸然找上门来的投诉者，职业性地使用了那种淡漠的，有些提防的语气。

　　她有些急了，直接凑上来，手里托着那个旧巴巴的黑皮本子。她说，你看，我们家一飞将你的名字排在通讯录的头一个呢。我朝那本子瞄了一眼，果然看见蓝色钢笔书写的歪歪扭扭的我的姓名，那后面的手机号是我的一个旧号，我将那部摩托罗拉丢在了一家面馆后，就连同新手机一起换了新号⋯⋯那女人的头顶那时冒出的热气，也飘了过来，有股淡淡的酸腐味儿，这大冬天的，她得多少天没洗头了啊。

　　我的语气有些软了，招呼她在对面那张黑沙发上坐下，还顺手端来一杯热乎的纯净水。女人接了水,也不喝,依旧絮叨着说,我们一飞老说,您文章写得可好了,人又和善,低调,不凑热闹……我们一飞老说,他一直默默欣赏您,好容易才同您接上了头呢……

不知是不是那些顺耳的表扬话,一下子唤醒了我的记忆,抑或是因为"接头"这个神奇的动词,让我一下子打捞起了那个姓名。

一飞一飞,你说的是胡一飞吧?怎么不早说清楚啊,他不是去广州了吗,我想想,得有大半年了吧?

你没法想象我的记忆复苏,在对面那个女人身上投下的化学反应,她的脸居然像拧开了开关的灯泡,一下子亮了。她的眼睛不大,上下的眼睑都有些浮肿,那会儿也像通了电似的,急速哆嗦着,到最后居然捂住脸,陷入了恸哭。

那哭泣起先还是有些压抑着的,但终于不可收拾,呜呜地连成了长音,在办公室门外那条冷寂、灰暗的走廊里传出去好远。

我等着这场哭泣的风暴过去,其实是有些手足无措,直到她那张宽大的脸盘又一次从下方抬起来仰望我。泪水已将那张脸完全打湿了,她用那只发泡面饼般的右手手掌,狠狠揩去满脸都是的泪水,大声地清起了嗓子,抽泣着说,我不哭不哭,我们一飞一定不会同意我这么找上门来,冲您哭鼻子的,我这耳朵边啊,一直都听见他在对我说,重庆的那几个朋友对我可好了,你一定得去找到他们,当面对人家说声谢谢……

她说着,又哭开了。

我同胡一飞的见面,是在这个城市里最著名的那家精典书店。那时的"精典"还藏身在重庆最繁华的解放碑,一条灰暗的背街深处,与一座公厕为邻。书店的老板听说过去做过房地产,也就一座单体楼的规模,后来洗手上岸,卖起了图书。在那店堂里,任你怎样冷僻的文史哲书籍都能搜到,再加上小巧雅致的摆设,很快就成了城中有文化或自认为有文化的雅士们的根据地。

自从本世纪初"精典"刚刚开店时起,我就成天在那丛林般的书堆里穿行,有些饥渴,又有几分焦灼地翻阅着自己热爱的作者,尤其是那些和自己同时代的中国作家,他们一本接一本地构筑起了属于自己的帝国,而我的创作却有些搁浅的意思,我的身体和精神被报社的那份工作吸食得只剩下一个虚浮的躯壳,只有将最后的那点零散时间,用来在"精典"的书山里翻找。我也不知道自己究竟想要翻找到什么,只知道那样的翻找让自己越来越绝望,自己身体里的创作之火也越来越虚弱,渐渐变得气若游丝。

那天,胡一飞就在我转过某座书籍垒就的金字塔时,仰起脸来朝我看,我慢悠悠地扫视着陈列架上的那些新书,而他经过我的左侧,看了我一眼,又看了一眼,我正略略奇怪,不想那人竟折回来截住了我。

你是贺彬吧?我胡一飞啊。他生就一张小圆脸,褐色眼镜背后,闪动着一对生气勃勃的杏仁儿眼。这个热烈的、精灵似的人物,我后来看了那部叫《魔戒》的电影,几乎立刻就认定了,他跟电影里的霍比特人是同类,也是"矮烁烁"的,精力四射,目光仿若孩童。

面对我的错愕和迷茫,他一点儿也不着急,嘴里急速吐露出一连串的姓名。那些人我都认识,算得上是这个城市里小有影响的文艺人士,作家、诗人、电台主持人、画家什么的。他一边说着一边拉我到角落里的两张沙发上坐下,我们身边的书架上,陈列着雄伟辽阔的二十四史，清一色的翠绿书脊，他就在那时看定了我说，贺彬，你知道吗，我知道你很久了，一直关注你，也知道终有一天会在"精典"这里遇见你，没想到，这一天真就来到了。

我后来才知道，这样的打捞，胡一飞一直在悄然进行着。他从前是重庆师范大学中文系的一名学生，从那时起，就显露出追逐文名的巨大野心，他写诗，比如这首：

时间，这个恶魔
就住在烟囱之上
2002年9月22日下午5点55分
这个隧道无穷无尽
隧道那头
黄桷坪的红烧肉飘香
女人发亮
她们穿着半透明的衣裙
尖叫，奔跑
我在隧道的这头
被黑暗洗白

诗中提到的黄桷坪，是四川美术学院的所在地，上个世纪末开始，就算得上重庆的文艺中心。那里的各种展览，还有讲座，那些来自奇特国家的留学生，以及据说作风大胆、令人瞠目的美院女生，曾经像一块儿磁铁那样吸引着胡一飞三天两头地前往。诗中的烟囱，典出和美院相邻的发电厂，发电厂紧挨嘉陵江，那两根直立的烟囱有些粗暴地将自己长长的阴影投向美院的校园，那些追新逐奇的美院学生却对这样的"强暴"报以欢呼，他们渐渐地甚至有点将自己当作了那对烟囱的儿女，在那烟囱脚底下作息、做爱，同那两个水泥的怪物产生了相濡以沫的灼热关系。胡一飞当年从心底里要和美院里流行的自由、放荡的风气打成一片，自然也会迅速地认同那对烟囱。当然也少不了女人们。胡一飞个儿矮，貌不出众，很难说在这方面有丰厚的回报，但他作风泼辣，直接，比如在某个不开灯的走廊里，一群男男女女抱着不知从哪搞来的劣质红酒，喝得两颊发烧之后，他就会不由对方分说地拉起某个昏了头的女生，跑去说不清楚的哪间租赁房内欢娱一番。我都可以想见，好事儿完结后，胡一飞的那对鬼精鬼精的大眼，在眼镜背后忽闪，如何像个耗子似的偷笑。

但他却落到了后来那个老婆，也就是冒雨前来找我的那个粗笨女人的手里。那女人其实是他的同班同学，他在川西某个县城的老乡，那个身体宽大如同蒙古族后裔的女人，口讷舌笨的，究竟是如何将飞扬跋扈的胡一飞弄到手的呢？如今已很难考证，但我相信，那个头发肥厚的脑袋里，一定有一根执拗得要命的神经。她终究会找到她的目标，就像她穿越那白砂糖似的冬雨前来找到了我一样，她终究会坐到胡一飞的身边，一言不发，或者一再地逼问他，怎么会想到将"洗白"这个重庆方言写进诗里去的呢。

洗白，大抵就是让某人完蛋的意思，所以我们也可以说，那女人就那么执拗着，消磨着，将胡一飞"洗白"了。

他们成了情侣，胡一飞当时号称重庆师范大学四大才子之首，居然找了这么个乡里乡气的大姐跟在自己屁股后头，很快让那些白裙飘飘的文艺小妹们都别过了脸去。胡一飞后来同我们相熟以后，还曾多次提及那一段,总是说,那是噩梦的开始啊……我们,大多数时候是在某一口火锅的周边围坐,就会哄笑着说,他不过是做了他下体的奴隶罢了。趁着酒劲,我们甚至讨论起像胡一飞这一类的袖珍男人,为何总免不了痴迷宽大女人的性学问题来。记得那样的时候,胡一飞总会独自摇头,通红着脸,大口吞菜,仿佛真有说不出口的隐情。

大学毕业后他们一同分回了老家,在那个峡谷里的县城,一起当上了县中老师。他们应该是很快就结了婚吧,一脸孩子气的胡一飞,应该一开始还不能体会一桩婚姻固有的那种沉甸甸的分量,而令人窒息的空气倒是很快合围了过来,那个老婆,忽然就去除了过去师大时代的俯首帖耳、当牛做马,在购买任何一个大件,甚至每天晚上吃什么这样的琐碎事务上,也要当家作主。胡一飞有些被吓着了,不知她身体里忽然冒出来的那股强悍意志从何而来,他开始逃离,在各种来路的酒局上撒野,发疯,他的老婆就会一直追到那些酒桌上来,将多半正在上蹿下跳的胡一飞拽回家,有时还会直接掀了人家的碗碟。那样的情形下做爱,也全然退去了曾有的魔力,他后来会在喝得意识混乱的时候,对着认识或不认识的人狂喊,声称自己天天夜里都要遭受老婆的强奸。

那个老婆呢,也许并非有那么炽烈的性欲,她也许只是急于要和这个男人生子,她本能地以为,只要那个孩子在自己的肚腹中降临,一切就会稳固下来,不会再改变了吧,她当然感到了胡一飞的那个灵魂,正随时随地地骚动着,那对她当然是一种莫大的威胁。

至于文学,表面上看,也早已死去了。胡一飞曾经在一次酒桌上同县报的一名编辑相识,第二天上午就兴冲冲抄去了十几首诗歌给那人，但却自此没了回音。大约几个月后，他同那人再次相逢于某张酒桌，那人从头到尾躲着胡一飞，却仍然没能躲掉，酒局将尽时胡一飞跳起来的凌空一击。胡一飞使用的武器，是一只暗绿的啤酒瓶，那编辑当时就捧着流血的脑门哭开了，他号叫着说，胡一飞那些满篇乳房、大腿的流氓诗，真要是上了县报，自己连饭碗都会保不住啊。见头顶上的血很快止住了，那人的眼里立刻又向胡一飞射来两道寒冷的光，说，你这人本质上就是个流氓，求你以后就别在这儿充什么诗人文人了。

胡一飞后来在他那篇《回忆县城生活》的随笔里，写到了这一场羞耻：过去我总以为文学是一种救赎，一张人见人爱的通行证，但是在这世纪末的荒凉时代，在川西那座被人遗忘的县城里，文学就是一块破纸片儿，连用来包裹早晨刚出锅的油条都不配……

他也许就是带着这样的幻灭之心，投入了所有那些女人的怀抱的吧。他勾搭女人的天分在那个地势狭长的，风箱一般的县城里，迅速鼓胀起来……他的一个过去高中班上的死党，1993年严打，因为夏天的时候，冲对面街上穿短裙的女生吹了几声口哨，就被捉进去关了几年。他出来后和胡一飞重逢，不遗余力地支持他的霸业，经常和他坐在一起探讨女人，他还将自己去世父母留下的那套一室一厅的老房子，无条件出让给了胡一飞。那房子修建在峡谷东边的山顶上，每次胡一飞领着那些陌生女子前往，都会爬坡爬得腿肚子酸软，脸白得像一个死人。他和那些女人多半在夜深时分将那小破屋的房门紧闭起来，进入那座无人知晓的洞穴里狂欢，他们放浪形骸，以为完全脱离了那座沉闷的县城。有时候夜里山顶上的劲风，刮得他们头顶上那已经没法儿严闭的木头窗棂咔咔作响，胡一飞的想象力就会再次膨胀起来,把那些身子底下的女人,叫做"我的压寨夫人"。

在那些悠长的,没有语文课的下午,胡一飞常常在他靠窗的办公桌前陷入绵绵不休的昏睡,他觉得自己的体能、精气,还有勇气,都随着窗前那条叫做棱磨河的河水,向南流散了。那样的时刻,如果有一个人前来注视胡一飞的脸庞,必定会吃惊地发现那上面确定无疑的病容。他的那张圆脸已无可挽回地浮肿而灰暗,厌世而疲倦。他后来对我们说,那时候总是感到累,但并没有意识到疾病已然上身,在那总是会不请自来的昏沉睡意中,他竟然还会去想象那些同自己只有转瞬即逝交往的女人。那些女人的面容还有身影已然模糊,混为了一谈,在他的回想里,总是对他以背影相向,并且总是行路匆匆地将要离去。他想象着那些可能的孩子,由于某一次避孕的失误,真的来到了其中某个女人的肚腹之中,说不准是哪一个,也说不准还不止一个。他想起米兰·昆德拉《为了告别的聚会》里,那位阴险的妇科医生,如何将自己的精液,植入那些不孕不育的妇女体内。他想象着那个长筒靴一样的县城里,一天天布满了自己的儿女,那些儿女不可避免地要相会在那条由南向北的直通通的大街上,他们统一长着自他遗传而去的圆脸、大眼,还有招风耳,他想着这些,总会一个人在角落里偷笑出声。

可孩儿们却始终不见踪影。不仅是那些放荡的对象一律风平浪静,连他辛勤耕耘的老婆身上,也全无反应。老婆坐不住了,不由分说地拉他去县医院检查,他的一个中学同学在医院里当副主任,那天下午将他叫到走廊的尽头吸烟,冬日的稀薄阳光透过落地窗的玻璃洒到他们的头顶上,胡一飞很快就听到了同学的叹息。同学告诉他，你的精子实在稀少，达不到怀孕要求的三分之一，而且，那同学说下一句的时候忍不住又叹息了一声，你还患上了糖尿病。

胡一飞后来和我们已经无话不说，他用他在精典书店打捞我的方式，在重庆打捞着那些相熟的，或者不那么相熟的所谓文化人，然后在某一个可爱的黄昏，在市中心的某一条黑暗巷子里，我们一帮人找到一家地道的老火锅店，然后粗碗里满上冒泡的啤酒，开始一场久违的欢聚。很长时间以来，我们都不知道这个活力四射的小个子，其实是一名早期糖尿病患者，他不忌油腥，毫不推诿地大碗喝酒，不显露丝毫的病态，他的被遗弃在遥远县城里的妻子，也几乎从未被他提起，要等到一年多以后，他跑来向我们道别，说是不得不远赴广州了，我们这才听到他隐约提及，他一直是有一个老婆的，就在他的老家，像那种看守家宅的、沉重的石狮子，始终蹲守在原地。

那个老婆前来报社寻访我的第二天，我就接到了顾小梅的电话。顾在电话里说，那女人也去找了她，竟然直接找到了她隐居养病的那幢从父亲手里继承的旧楼房。她说那女人进门没多久就哭开了，同样也是掏出那本破破烂烂的电话本，一再申明，他们家胡一飞有多么多么看重顾小梅。电话里，顾小梅忽然中断了讲述，开始向我发问，她说，那女的我觉得有点儿别有用心的样子，绝非她表面看着那么愚笨，她这么挨着挨着找我们有什么企图吗？人都死了，不就一个电话的事儿吗？这么亲自找上门来通报，有这个必要吗？

说起来，在重庆的文化圈里，顾小梅算得上是个彪悍角色。她在1990年代末的一部长篇小说里，就写到了她生长的重庆下半城。

重庆是座依陡峭山势而筑建的城市，最早的母城发源于一个切入长江和嘉陵江交汇处的半岛，最繁华的街市环绕在半岛山顶的一块平坝子上，而一百多级的石级之下，则沿江伸展着平民的居所，民国时期的银行旧址，还有一条神奇的暗道，据说是当年国民党高级将领所修建，在地底下直通著名的朝天门码头，危机到来，他们就可以摸着这条暗道潜行，然后在码头上登船，逃往三峡以外的广漠世界。

顾小梅从小就听着这些稀奇古怪的传说长大，她身处的那个下半城，那时已日渐凋敝，灰色墙壁上蔓延的青苔，不知从哪里冒出来的疯狂藤蔓，某一处神秘楼房之上忽然碎落的窗户玻璃，那盲眼一样的窗洞背后，黑黢黢的、潜藏着的鬼魂……她在那衰败的街中出没，感受着那些孤魂野鬼投射到自己脊背上来的阴凉之气，但那时她还只是十八岁青春的年纪，还穿着条灰白的连衣裙，是那种十分质朴的棉布料子，在她的身体周边急遽飘飞着，速度很快，速度很快。

多年以后，顾小梅在她那部轰动一时的长篇小说里写道，我们下半城的儿女，身体里总是绵延不断地涌出活力，我们健康并且清亮，就像是不竭的泉水。她在那本书中颇有几分自豪地继续写道，下半城的孩子，其实多半都是有几分这样的特质的，又纯真又大胆，重庆土话里有一个名词叫"天棒"，就是形容他们这样的人，他们来自于这座城市最阴暗最潮湿的皱褶深处，却皮肤白亮，天不怕地不怕，要出来闯世界了。在那部长篇小说中，文字里面奔跑的，多半就是这样一些人，他们从广州等沿海城市批发服装，成了重庆最早的百万富翁，而其中那个男主人公很快发现了痴迷服装设计的女一号,女一号其实是重庆头一批站上T台的模特儿,她野心勃勃地应邀加入到那个打算自创品牌的服装公司里去……

我不知道小说里那个妖冶的、对男人具有毁灭性杀伤力的野模,在多大程度上投射了顾小梅自己的青春期,反正后来我们眼里的她,却变得像一棵老树那样暗淡。听说她一直饱受疾病折磨,一种神秘的头痛症时不时会侵入她原本生机勃勃的身体,她成了一个依靠头痛粉过活的女人。以前同她一起喝茶聊天,就常会见到她变魔术般从衣裳口袋里摸出一个小包来,指尖轻巧地一弹就开了包,然后仰脖倒光,一口水冲下,愁苦的面容才略微舒张开了一点。她的脸孔那时也已变得相当干枯了,暗沉肤色上,布满了让人惊心的斑点,颧骨在她的两颊上突现,像两只恶生生的拳头。那些当时慑于她文名的男性写作者,常常会有些心情复杂地在背后评说她,那真是条汉子呢,你看她那些刚烈的句子里,刮着怎样的呼啸罡风啊……

这两个人的相遇,胡一飞和顾小梅,后来在重庆的文化圈里成了热门的话题。那些好事之徒都在说,这样的两个人,碰到一起,怎么可能不飞溅起骇人的电光石火呢?

变化最先从那份纸张灰暗的报纸版面上显露。他们主政的是那张报纸的副刊部,胡一飞最早由他从前同班的一个同学引荐而去,但顾小梅慧眼识英雄,不到半个月时间,就将他提拔为了主编。胡一飞于是着手让那份副刊脱胎换骨,卡夫卡忌日,他们会做一个整版,后来连那个法国符号学大师德里达去世,他们也要做一个版。在胡一飞热切发动起来的那些酒局上,他将那些高端的版面带来,在翻腾的火锅边挥舞,他会那有些尖细而轻飘的嗓音也跟着嘶喊到了极限。他说,这样的版面就是拿到北京、广州去,也不逊色啊!

他的那位被一举超越了的同学，蓄着长发，一对老鼠似的眼睛在黑框眼镜背后滴溜溜转着，有时候喝到放肆的程度，就会对此很不以为然，他会咬牙切齿瞪着胡一飞质问，你们这到底是要干什么啊，你们这套洋玩意儿，放在重庆这个大码头，有个屁用啊？他的质问，总是会让我们陷入赞许的沉默。

我们后来知道，那个顾小梅的心思，其实远不止改造一个副刊那么简单，他们所在的那份报纸，以前隶属于重庆市某委，当那份周报来到濒临死亡的边缘，市里的某个摩托车大佬出手了，那个一九六几年的应届高中生，后来从机关里下海，很快建立起了自己的摩托车王国，但他从来都把自己看作是一个知识分子，也许在他虚无的想象中，早已通过心理暗示，完成了对自我的高等教育。他戴着那种茶色的玳瑁眼镜，尖瘦的下巴有些迫不及待地要回收进脖子里去，像是一只奸滑的禽类。他就那么背着手，投身到传媒大业里来了，他挥一挥手，就让那份报纸变成了日报，不吱一声地就向市里另两份红火的都市报叫起了板。

顾小梅原本是他招来的干将，那一年的春天，她刚离了婚，从前披散肩头的那几把头发，那以后被她仔细地梳到脑后绾成了一个髻。她就那么头发光光地出没于大小场合，一身米色的风衣，一副要大干一场的模样，而那些远远将这一切看在眼里的闲话者却爆料说，之前她的那个工人出身的老公，背着她在外面搞小妹儿，被她当场捉了奸，一周内就让她扫地出了门……恰在此时，她接到了摩托大亨的办报邀约，二话没说，就同妇联主办的那份婚恋杂志一刀两断，投奔这边的前程而来。

她的身边，很快聚集了市内的一帮文艺小青年，胡一飞这样的区县浪子也包括在内。他们野心勃勃，要将报纸办成重庆最有文化、最高雅的一份市民报，可是半年的时间还没有过完，整个重庆还陷在暴烈而又闷湿的苦夏中难以自拔时，摩托大亨就披着他那身标志性的深灰色中山装，找上了门来。

据说他们在顾小梅的办公室里，爆发了一场疾风骤雨级别的争吵。大亨起先还用他惯常的那种循循善诱的语气，装作不经意地提起，广告中心另一位女干将对眼下办报方向的抱怨，说会不会有些和市场脱节……但他真没想到，这会激起顾小梅随后那么强烈的反弹，她反问大亨，难道和那两份都市报同流合污，就是与市场接轨吗？难道那个小人（她当然指的是那位胸部饱满的广告中心负责人）在他耳边吹了两句阴风，他就要跑来质疑他们的办报方向吗？他力邀她出山时，不是说好了要让她放手一搏的吗？他当初口口声声激励她的豪言，难道就是放屁啊……

已经没人可以还原那天下午他们两人争执的原声了，比如顾小梅究竟有没有用过"放屁"这样粗俗的词语，而摩托车大亨从那间办公室里怒气冲冲地快步离开时，他那接近于死人的惨白面色，报社里的好多年轻人倒是看得确凿无疑。后来圈子里都在传说顾小梅太过张狂，最要命的是，她居然攻击摩托大亨和重庆这座码头城市一样"没文化"，她是不是疯了哦？没文化，不是那个摩托大亨的命门吗？所有的人后来都因此认定，这个离了婚的女人那时正在经历可怕的更年期。

她同胡一飞的隐秘私情，也在那个夏天流传了开来。那究竟是不是通过同部门的那位老同学之口传出的，同样也无从考证了，反正那些人说，顾小梅的确是宠爱胡一飞身上那股子冲冲杀杀的劲儿，将他当成了自己最值得信赖的铁心豆瓣,她对他的爱称竟然就叫"娃儿",那是重庆人对小孩儿的叫法,也流传一时。

我们随后看见胡一飞在任何顾小梅出没的场合都跑前跑后,还总为她拎着那只皮革严重老化的黑包,就忍不住去设想这样的两个人躺在一张床上的情形,我们总会想得吃吃发笑。

谁也没有真正拿到过两人地下情的铁证,也讲不出两人幽会的具体场景,关于两个人私交的流言,有点类似重庆惯常的那种黏稠空气,说不清道不明地包裹着我们的皮肤,暗中要逼出我们的油汗来。以至于后来,在他们报社背阴的开敞式办公间里,当那两个人一前一后地经过,办公格子里的旁观者们就会露出诡异的、会心的笑容来。

这时另一个人出现了,刘青青,她是胡一飞的师妹,比他小两级,大学毕业也跑到那个副刊部来了。她是格外沉静的女孩儿,皮肤有点儿接近淡巧克力的颜色,两片儿眉毛格外油黑,她瘦瘦小小地来到你面前时,也不怎么言语,却会让你印象深刻。怎么说呢,这女孩儿的力气是藏在她的某个你看不见的地方的,她只是暂时不想使出来而已。

胡一飞怎么将她搞到手的呢,说法不一,说到底还是源于两人都痴迷的文学吧。青青是个书痴,尤其热爱那些大部头的西方名著,好多人都曾见她在餐桌边问胡一飞,他最热爱的十大西方作家都有哪些,她还会十分不甘地追问,他的"十大"里,为什么只有玛格丽特·尤瑟纳尔这一个女作家呢?那个时候的刘青青总是会两眼发亮,像是刚上了油的枪械。记得有一次,某个下午的茶话会上,她就坐在我的右手边,我们说起了玛格丽特·阿特伍德的《猫眼》吧,她忽地就热切地扑到我的脸颊边上,对我倾诉起她对阿特伍德的热爱来。她小小一团的呼气，就像一只昆虫那样细小，那呼气来到了我的脸上，让我闻到了一股子青草味儿。

那摄人心魄的小东西，怎么也被你糟蹋了啊，胡一飞要还活着，我一定会当面这么质问他。

事情的爆发是在随后的那个秋天。在我们重庆，每年的秋天都会有那么几天，天气晦暗得如同发生了霉变，接近于那种民国时代的照片，暗黄而模糊，白天里也必须开灯照明。那天下午，顾小梅照例走进副刊部的办公室，她自己也不知道那天挥之不去的焦躁从何而来，她为自己泡了一杯浓酽的沱茶，她使用的茶杯也很大，足有半个热水瓶那么大，她端起茶杯环顾自己那几十平米的领地，却不见一个人影。下午三点已过，这让她的心中燃起了小小的火苗，就冲到了办公室隔间里的那个小小床铺前。她是去找人吗，她难道以为胡一飞在那个昏暗、潮湿得要滴出水来的下午，会在那张床铺上贪睡吗？那床铺上当然空无一人，但她却发现了一块血斑，那血斑就落在蓝色条纹的床单中央，有一朵牡丹花那么大，到了下午时分，已经发黑接近于茶色了。顾小梅被那块血斑击中，痴痴入定了半分多钟，才发出了非人的号叫。起初，办公室里的那些人都以为她是踩在了一只死耗子身上。

说起来那张行军床还算是胡一飞的福利，那是他在重庆城区的落脚处，他也基本上就生活在那里，那也是他"顾老师"给他开出的特权，至少可以为他省下一笔租房费。那个隔间里，除了那张床，就是一张老式的条桌，其余几无空隙，胡一飞的那只行李箱就只能码在那桌下，书籍泛滥成灾，像是一场过境的洪水，漫过那床头床脚边所有的空隙，要将他的整个人生也淹没不见。用来当作墙壁的隔板，是那种简易的三合板，呈现牛皮纸的那种浅褐色，胡一飞在那上面胡乱涂鸦，画了好几个大乳房的女子，报社里有人看见了，就说，你小子这是把公厕搬这儿来了啊……

没法想象，刘青青会和他在这么龌龊的地方做爱，但那块儿血斑却铁证如山，在那个如同坠入地底的下午，散发出令人发指的淫邪之气。

下午的剩余时间里，顾小梅完全形同困兽，她一遍又一遍地找人，把胡一飞给我叫来，把刘青青给我叫来……紧邻的开敞办公室的同事们，都听见了她的低吼声。不知过去了多久，当副刊部的所有人，包括同胡一飞结怨的那个同班同学，全都聚齐在顾小梅的面前后，那两个人，偏偏是那两个人，却仍旧迟迟没有现身。在场的那些人，不得不替那两个人背负罪责，闷头不语，也不敢乱动，直到窗外那片农田之上的天空，转换为了深蓝的夜色，顾小梅才从那张宽大的朱红色办公桌后站起了身，她的脸愈发黑了，已接近于泥污的颜色，她冷冷地对着一屋子的人说，明天起，让那两个人就别再来了，我不想再看到他们中的任何一个。

说完她将那件铁甲一样僵硬的呢子大衣，笼到身上，然后扬长而去，她的话音却仍在身后飘落着，这可是办公室啊，成何体统……

她和他，顾小梅和胡一飞，就这样连最后的一个照面也没打，就彻底分道扬镳了。胡后来有没有去找过顾？至少报社的整幢办公楼里没人见过，倒是几天后的酒桌上，他又找到了我们，他在这个城里辛勤打捞出来的同道们，我们再一次围坐在两口拼起来的火锅跟前，构成了他即将要告别的那个国度。

火锅边，他仍是没心没肺地啸叫着，对那起被驱逐事件只字未提。

我们下意识地在他煞白的脸上找寻阴影,却没有找到,他的那张脸就像是一棵水煮白菜那样寡淡,而且肤浅之极,这让我们都误以为那小子真是一个大玩家,将一切都纳入了他的游戏人生。

他告诉我们说,他认识了一名广州女网友,很谈得来,不料对方竟扭定了他不放,非要他现在就奔她而去,他很有些装模作样地叹息着说,办报环境恶劣,不留我啊。

这应该是记忆里我们同他见的最后一面,在他离开后没多久,顾小梅也不得不离开了青年报。让她没怎么搞懂的是,自己身边忽然而起的反对浪潮,怎么会一夜间就变得浊浪滔天了?她搞不懂,周围人的恶意何以如此深重?这都是那个胡一飞私下里发动的吗?她不愿对此深想,唯有默默离开。她返回了那幢从自己老爸手里继承的老房子,两楼一底,那老房子屋前原先的柏油路后来扩建成了绕城高速,而她依旧默不作声地栖居在那里。小说是没法再写了,一度听说她在写电影剧本,计划要写一个宁夏的劳改犯穷其一生,从那片荒漠里出逃,又屡屡中途夭折的故事,这样的故事,又哪有过审的可能?

有人说开车经过,曾见她还有陪着她的那只半人高的萨摩耶,相伴在楼顶的露台上读书。她依旧患着那种神秘莫测的免疫系统疾病,大多数时候都只能瘫倒在竹躺椅上。那可是咱们重庆独立办报的"末代皇后"啊,那个途经者难以克制自己的嘲讽语气,还补充追问说,搞不懂顾阿姨为什么要死守在尘土飞扬的绕城高速路边,他说那楼前茂密的槐树,都快要被灰尘压死了,搞不懂她这样一个病人,为什么还要死守在那边……

至于刘青青,几乎无人知晓她去了哪里,在重庆报界,还有文艺圈子里,她算是彻底蒸发了。许久之后,有人才提起她其实是一对老实巴交的药厂职工的后代。她追逐西方文学,还有她暗藏的进攻姿态,多少都有点算是对窝囊父辈的反叛,据说她后来成了网络游戏界的一匹大咖,只要一登录,就会引来大队喽啰追随,已经达到了一呼百应的崇高段位。

一张文化生活类的周报,这就是胡一飞后来奔赴广州的目的地。没人知道是不是真有那名女网友的存在。有天深夜,我同他在微博上相遇,我在报社值夜班守版,在那间火车车厢一样狭长的办公区里正熬到垂死的绝境,就随便吐槽了一句,却忽见他甩过来的一条留言,他说,不要轻易谈死,兄弟。我们接下去私聊,他说他也是刚在报社做完了版,每周都会有这么一天,要折腾到凌晨两三点钟,他还宣告说,短短不到半年的时间,那份周报在广州就很有些起色了。

我并没多么关切他在那个遥远异地的日常,以及他口中总是光辉灿烂的未来,因为我自己正被那份绝望的工作消磨得奄奄一息,就很快关闭了私聊的对话框,对他的滔滔不绝避之不及。

后来,在胡一飞的那个老婆离去后的又一个深夜,我重新点开他和我的私聊记录,发现他居然还自顾自地说到了他在广州的那间小小租赁房。他说他每一次下了深夜班,都会穿过宽阔如草原的天河路回家。那是体育场的周边,满眼空旷,每一次都会让他默念艾略特的《荒原》,或是卡夫卡的《在流放地》。他租住的是一间老厂的旧家属楼,楼下有时候直到很深的深夜,也会亮着白炽灯,开着夜宵摊儿,出售咖喱鱼丸、撒尿牛丸之类的小吃。他的房间在九楼之上，远在这一片沸腾的尘俗之上，连这一片楼房脚下最高的那棵树木，也无法企及他的窗台。他说他在那样的夜里，有时候会长久地睡不着，就望着窗外的天空发呆。冬天如果是下起了雨，那个高度上会布满薄棉絮一样的灰云，他说那个时候他就会以为自己处身在一个无声飞行着的机舱里。

我在那段长长的文字中间找寻。那一段文字，应该是那一夜我们匆忙的对话后，他有些冲动地接续敲击下来的，我为我那夜的不耐烦，还有冷漠感到羞耻。在那段堪称遗言的话语里，他并没有提及他远在川西某个县城里的妻子，也没有说起顾小梅，刘青青，还有其他的我惘然不知的女人，他只是叹息说，他从重庆带去的那一箱书居然发了霉，箱子里包括他最热爱的佩索阿，米兰·昆德拉，还有马尔克斯，他说黑色的霉菌从书页的夹缝中生出，斑斑点点的，有一些居然有铜钱那么大。他最后问了我一句，我记得在我们重庆，衣柜里的衣服不是总在春天刚开始的时候长霉吗？这广州怎么回事，冬天也长霉？

我在《南方都市报》的官网上，翻越了一重又一重的子栏目，才找到那条消息，总共不足三百字：

昨天午夜两点半，在广州天河路上发生一起车祸。一辆本田思域轿车撞上一名横穿马路的青年男子，男子当场死亡。记者前往事发现场了解到，车祸发生在主干道的人行斑马线上，路边的红绿灯事发时处于停止工作状态，有群众反映，该红绿灯已停摆长达两周，他们曾多次反映，有关方面始终不见行动。肇事司机也证实，事发

他租住的房间在九楼之上,远在这一片沸腾的尘俗之上。

时未见警示，天色暗淡，自己驶过斑马线时没有丝毫减速，完全没法看见那个匆匆横穿的身影。不幸身亡的男子系广州某周刊编辑，姓胡。胡的同事告诉记者，他们每周出刊都会加班到两点左右，也许他是太过疲惫，才未能对直冲上来的本田做出避让。

没有自杀的可能，在那篇不及巴掌大的报道末尾，报社的记者有些反常地添加了这么一段。记者写道：死者的同事都说他平时特别积极，总是意气风发的样子，还特别豪爽，爱请客喝酒，他刚从内地的重庆投奔而来，喝得高兴了总会拍胸脯说，一定要干出个样子来。同事们的意见很一致，这样一个人，怎么可能自杀？

我们，也就是被胡一飞那个一丝不苟的老婆，从那本残破通讯簿里召集起来的故人们，决定在那个哀伤女人返乡以前，请她吃顿火锅。我们选择了七星岗老城墙背后的一家老店，将油碟儿摆开来。我们没想到顾小梅也会前来，也不知道究竟是谁将聚会的消息透露给了隐居的她。她最后一个到场，穿着件深灰色的风衣，在幽暗、嘈杂的火锅馆里，更像是一个格格不入的外来者，而她自己也通过高耸而僵硬的双肩、端起来的下巴，提醒桌子边挤作一团的另外那些人，她自有更加高贵的来处，一个曾经的女皇，尽管已被废黜了许多年。

我们的兴趣，无法克制地转向了现场这两个女人同桌的对垒。胡一飞的两个女人，多多少少可以这么称呼她俩吧，那个原配在酒桌上很快就显出了朴实的一面，见人就举杯。弟妹真是海量啊，在我们故作惊讶的欢呼声中，她越战越勇，眼里几乎要喷出火来，我们后来看见她直盯着那一身灰暗,仿佛随身携带着黑夜的顾小梅说,这位姐姐是不舒服吗,又不吃菜又不喝酒,今天我们就当一飞还在这儿,他一定会让我陪好你们每一位,让他们都像他那样开心尽兴,做一个拥抱生活的人……

顾小梅不为所动,伸手挡开胡一飞老婆推塞过来的酒盅,那张一直在回缩着的脸孔,也如同石头一般。我们没有想到那个老婆会因此爆发出一阵大笑,我们听见她说,顾姐,我可以叫你姐吗,你可是我们家一飞的大恩人、大伯乐啊,从前我们一飞回家来,或是写信,总是小梅姐小梅姐地叫个不停呢,他还说,你是他三生修来的造化呢,我说,这酒你怎么也得喝,喝喝喝,死不了人。

我们并不清楚,那个原配,对于曾经惹得重庆报界沸沸扬扬的那起风波,究竟获悉了多少,也很难去判断那一夜的早期,她就开始的疯傻,究竟有多少可以算作是针对那个传说中情敌的进攻。女人的直觉,我们会说,那个女人毫无疑问会嗅出顾小梅身上非同于我们这帮狐朋狗友的气息,那气息里无可避免地暗含了她与胡一飞秘密的往昔。

我们没有看到顾小梅的反击,她原本也没打算反击,她在我们不着边际的劝解中,点燃了一支烟,她厚厚的嘴唇收缩着,似乎是要将那一整支香烟吞下肚去,她吐出烟气来的时候,会将头刻意地扭到一边儿去,那样子就更像是一个君临我们这桌火锅的女皇了。

而那个女人,那个被遗弃者,到底还是耗尽了她蓄积已久的勇猛,开始默默地流泪,她对我们说,之前的一周,她赶往广州,收拾了胡一飞所有的遗物,没别的,除了一箱发霉的书,就是那本通讯录了。她翻遍了通讯录的每一页,诵读了那上面的每一个名字,每一个阿拉伯数字,却没有找到一个字属于自己,连家里的电话号码也没有……我们中的一位反应倒是够快,立刻宽慰她说,家里的号码还用记吗?早记在心里了啊。可那女人却仍旧自顾自地悲伤着,喃喃自语,她说,怎么会到头来,我在一飞心里,却一个字都没有留下呢?他这么一次次地离开我,前往我全然不知的远方,我原先还以为,在他心里,始终是想着我的吧,在他最深的潜意识里,还是认定了我这个妻子的吧,可没想到,我在那个出租屋里,就只找到了一片空白,还有就是你们……一飞的好朋友们,你们实话告诉我,从前,当着你们,我们一飞就从没说起过我吧?

我们无言以对,还有些惴惴不安,夜晚裹挟着火锅店里的那片喧嚣,急遽坠入了后半夜的深井,我们这桌人于是成了剩余的一群,那种阑珊的离意,开始在我们中间扩散。我们没有想到这个时候顾小梅会直接叫住那位原配,她用"喂"来称呼那女人,让相熟的人因此想起过去她一贯生硬的处世方式。喂,她接着说,我这里倒还有一封信,我今天特意赶来,也是因为这信,我想了大半天,也没能琢磨透这信的含义,一飞这小子,这么多年了,行事还是这么诡异。

那信装在那种航空信封里,周边围了一圈漂亮的红蓝花边,信纸只有薄薄一页,抬头是广州某周刊的通用信头。那页稿笺纸上,抄着一段歌词,有些张牙舞爪的笔迹,但还是可以看出抄写者极力要抄得工整一些的,那一颗郑重的心。

顾小梅将那信纸更迫近地凑到那个遗孀的眼前,你给看看,这真是一飞的笔迹吗,我不大有把握了。两个女人的脑袋凑拢在了一堆,在我们的眼里结成了一个奇怪的同盟,遗孀的脑袋更要沉重并且肿大得多,像是一个奇怪的黑色口袋,很快,我们就看见那口袋沉甸甸地叩击起来，当然，当然，一飞的笔迹烧成灰我也认得啊。

她接着又去翻看那页纸的背面，她前前后后地翻找着，想要找出可能潜藏的另外的暗号，却只有雪白的空无，她叫了起来，为什么我们一飞要给你写这封最后的遗书啊，她戳着那歌词下面的日期落款，流着泪说，那就是一飞被车子辗压的前一天啊。

那个时候，顾小梅已经有些被吓住了似的，从那桌子的边上弹跳开去，黑漆漆地立在了一边。我们这群人于是头一回看见了一个畏缩的顾小梅，她只是用她那生硬、鲁莽的喉音重复着，我也不知道怎么回事，那信上的地址是原来的报社，转了好几个人才到我手里，可能就因为这个耽搁了吧，中国的邮政，你们也知道，一向都这么不靠谱……

她嗫嚅着，像个被当场拿住了的窃贼，而另外的那个女人之前一直埋首于哭泣，却忽然像获得了某个启示，跃身而起，像一只敏捷而凶悍的豹子，照准顾小梅猛扑过去……

对了，那封信里抄写的歌词如下：

那一天早晨，从梦中醒来

啊朋友再见吧，再见吧，再见吧

一天早晨，从梦中醒来

侵略者闯进我家乡

啊游击队啊，快带我走吧

啊朋友再见吧，再见吧，再见吧

游击队啊，快带我走吧

我实在不能再忍受

啊如果我在，战斗中牺牲

啊朋友再见吧，再见吧，再见吧

如果我在，战斗中牺牲

你一定把我来埋葬

请把我埋在，高高的山岗

啊朋友再见吧，再见吧，再见吧

把我埋在，高高的山岗

再插上一朵美丽的花

淹没

- 何秋 -

女孩儿的出现,彻底改变了这两个男人之前稍显枯燥的专车旅程。

初夏的某个夜晚,投射到何秋那辆路虎揽胜前窗里来的婆娑树影,在远郊那片黑乎乎的别墅区一带,橘黄路灯的映射下,显得有那么点儿骚动不安。

等待早就习以为常,何秋那间地处重庆市中心的代驾公司,几乎指定了他专车接送那人。家明,重庆某大学教授,那个戴副黑框眼镜的精悍男子,从之前的那个冬天起,就和何秋组成了不变的二人组。每个星期的周二和周五,大约深夜 1 点 50 分,他都会尽可能无声地,让那头墨绿色的巨兽,在别墅区三号门外的某株梧桐树下蛰伏下来。他可以任选一株梧桐,并且感受自己对那部路虎完全的、刻意小心的操控,他区分着自己每一次栖息的树影跟树影之间微妙的不同,聆听着发动机的轰鸣如一头巨兽,太息着,略有几分不耐烦地吐出最后那口浊气,沉寂下来。

那样的时刻再三上演,让何秋产生了某种错觉,以为自己真的已经心如静水了。

十分钟，最多一刻钟之后，家明就会急匆匆从那个被门房节能灯幽微照耀着的弹簧门里踅出。他步履急迫，在那静谧的午夜，也像是在奔赴某件刻不容缓的要事。他算得上是位模范主顾了，守时，不多事儿，也没什么大老板派头，不时还会用那对机灵的斗鸡眼盯牢了你端详，对你饶有兴味的样子，一来二往也让何秋丢失了距离感。他好几次都忍不住对自己说，这人倒真是活力四射啊，深更半夜的，他的脸怎么还会像块金属片儿那样铮铮发亮呢。

他当然知道他们在绿树掩映的别墅里，都干了什么勾当，但他恪守专车司机的操守，极力不显出哪怕一丁点儿的好奇心，做出一门心思开车的一招一式。那是重庆北部新区八车道的水泥路，无比空旷，车辆稀少的午夜，更像是无边的原野。他甚至好几次有意拒绝了家明亲切丢过来的香烟，冲他挥舞两下雪白的手套，并将那支软中华码放在操作台前，"摆了车再抽。"他用很有把握的明亮微笑，又一次强调了自己的职业化。

有时候，他们也交谈，而且家明总是发起话题的那一个。驾驶术，各款新车，微博微信上正热烈传播着的新闻，家明的观点时常会让何秋暗自吃惊。比如有一次他们说起公交车上，一位七旬大爷对不让座的小伙儿扇耳刮子的视频，何秋没想到家明竟会那样义愤："我说啊，你都那么大年纪还到处乱跑个什么劲啊，老实待家里不成吗？你这样东奔西跑和年轻人抢地盘，我看就是为老不尊！"

他留意到家明带出来的脏字儿，却仍然眼睛也不闪一下地轻声问了句："今晚还去夜市吃水饺？"

那是他们回家中途不时会上演的戏码。家明每次上车，尖下巴的脸上总透出勃勃的饥渴来，何秋后来才知道，那样的饥渴，其实同他当晚在牌桌上的输赢并没多大关系,即便惨败,他也会显出对观音桥夜市尽头,那家河南人开的饺子摊儿丝毫不减的胃口。他会招呼着"老规矩老规矩",然后不断催促那个瘸腿的小伙儿将半斤韭菜馅儿的大饺子端上桌来。何秋照例会婉拒,声称胆囊有毛病,没法儿夜食。他会在一边研究狼吞虎咽的家明,察看他的腮帮子怎样像两块儿馒头似的鼓起来,由此揣摩当晚牌局的走势。

有时情况真是出乎他意料地走向了反面。那晚,家明将一只牛皮纸袋落在副驾座儿上,没露任何声色就下了车,甚至连他惯常的饺子夜宵也省了。何秋取过纸袋查看,封口处的棉线也只是不经意绕了几圈,轻易就抖露出里头七八万的现金。他立刻拨打了那个方便他们联络的号码,刻意用平淡的语调对着听筒说:"您的东西,昨晚落车上了,我啥时候给您送去?"他没料到对方却那样的漫不经心:"那什么,我们过两天不是还老地方见吗?你到时带来就是。谢了谢了啊。"何秋有些失落地回想起头天夜里那男人扒开车门窜上来的情形,竟然连一丝一毫的自得也没有,甚至比往常还要颓唐几分。他有点儿愤愤地想,真要不出声地将那纸袋据为己有,让那七八万的现钞在那个有些虚张声势的车厢里悄没声儿地蒸发了,那个泰然的赢钱者会不会稍许有点儿失色?

女孩儿叫小安,是家明那所大学里研二的学生。

那夜,何秋照例接了家明,却有些诧异地听到仰靠座椅上闭目养眼的主顾,含混吐出几个毛线团儿似的字眼:"去接个人……"

按他吩咐,何秋驶向了内环高速的最北端。路灯愈见稀少,最后完全坠入城乡接合部的黑暗中,直到那时,小安的白裙才在路虎大灯的照耀下飘然浮现。

那应该是一片建筑工地的正脸儿。横跨他们头顶之上的，是黑黢黢的轻轨高架桥，只修了一半，那女孩儿就那么从那片破败的待兴之地中现身，的确有点儿不同寻常。

她像是头小兽，进了车子就大呼小叫，兴奋察看着那个空间里的一切，那对大眼从何秋的侧后方逼人地投来。当然还有气味，封闭车厢内很快充溢了某种类似青草的气味，应该来自她身上淡型的香水。她后来还笑了起来，一个人窝在后座的暗影里，为了家明的随便一句玩笑，发出竹板儿那样响亮的笑声。

那晚的目的地，变更为了重庆周边的某家温泉酒店。从酒店的大门望去，茂密的树丛几乎遮蔽了那片园林所有的光线，小安跟随那个不知为何有些踌躇的家明，一阵风似的下了车。直至那时，何秋才发现小安其实是颇为高大的女子，甚至高过了家明半个头去。她足蹬深褐皮凉鞋，黑暗中依然可见繁复的样式，橐橐敲击着酒店入口的石板路，白裙扑闪了两下，就被树影吞没了。

何秋当然注意到了那晚家明的异样。他说话的囫囵劲儿，暴露了心虚，他不情不愿地介绍着小安，声称是自己的助理，已特别准备了一整天的资料，明天一大早，将要协助他同当地镇政府展开一轮真刀真枪的谈判。

独自返程，何秋终归看破地哂笑起来。那个场景，小安和家明如何赤身裸体紧搂在宾馆荒凉的床铺上，毫无预兆地闯入了他的头脑。他并没有过多地去设想，那个尖嘴猴腮的家明忘情俯身在小安宽大的躯体之上，是怎样一幅滑稽景象。在他幽暗的想象中，倒是那女子后仰的一张阔脸，吸去了他的注意力。他的眼前，夜灯下的公路也因此变得虚浮起来，像是忽然暴涨起来的河流，而那张脸却还在往后仰，无尽地后仰，脸上的那对大眼却死命紧闭着不愿睁开。

何秋出生的那座县城，距离重庆主城不到一小时车程。他父亲是彻头彻尾的农民，就在他祖父那片广柑林间的老屋中长大，却不愿安守农田，一对眯眯眼儿仿佛一天二十四小时都不曾睡醒，却执意眺望乡村以外的城镇江湖。

父亲很快在紧邻县城的老街上寻得一个门面，开起他自创的江湖菜馆。他将辣椒、花椒，还有各式奇怪的大料像是浇灌混凝土一般，浇在鱼片、兔丁、鸡丁上，餐馆很快成了半死不活的老县城里最红火的去处。他的母亲，粗放得就像是一株胡乱夸张的广柑树，几乎在那同时气球一样膨胀起来。他至今都记起餐馆里那些嚣张的食客，县城里的公务员，新近发家的老板，还有面黑如土、一年到头了要来犒劳一下自己的农人。母亲那夸张的、风暴一样尖厉的笑骂总是穿堂而过，成了昏暗店面里永不消逝的背景声。

何秋多少有些排斥那一切，从长相起就开始了自己的叛逆。他细皮白肤，清秀得像是那对夫妻不知从何处拾来的异物。他的沉默也格格不入，总是龟缩一角，埋首于一本厚厚的武侠小说不发一言，他母亲旋风似的在那四五张桌子间周旋，蓦地回头，会忽然心疼起来，就像自己莫名将那孩儿弄丢了一般，就会有些冲动地扑过来摩挲几把他的硬发。那肥厚的手掌带着田地里与生俱来的粗鲁和滚烫，同样令他反感，让他尖尖的小脑瓜要倔强地偏开去。

后来有了网络，县城里几乎每个角落都开满了细菌一样的网吧，他一头扎了进去，那里黑乎乎的、带着人体潮气的空气，反倒带给

淹没

了他母体般的温热包裹。他迷失在游戏还有虚幻的聊天里,整个人更加苍白,迅速虚弱了下去,走路也无声,慢慢接近于一个幽灵。他母亲背着他像只狗那样号哭,他父亲喝醉了酒,还会抄起棍棒兜头劈来。让他奇怪的是,那样的击打竟没产生多少痛感,而且,他注意到,他那瘦小的、没事儿爱跨上台嘉陵摩托轰到最大油门去县城之外的父亲,已不及他下巴,比自己矮了整整一个头。

他就这样懵里懵懂地参了军,据说是他父亲托了好几重关系,同县武装部管事儿的干事喝了好几台大酒才争得的名额。他当然明白他们的用意,说来也奇怪,去了云南那片蓝天白云之下,他的网瘾竟神奇地消退了。他成了个清瘦青年,当然还是肤白皮细,在他回家探亲的春节,他母亲依旧会止不住揪起他的耳朵叹息说,你一定是从江南水乡偷跑来的鬼灵精吧,投错了胎,才落到我们山沟里来。

他呢,照例沉默着,倒也不会像少年时期那般叛逆了,只是斜在一边羞涩地笑着。村子里,县城的街上,那些大大小小的妇人,都看出了他的乖顺,还有某种说不出的柔弱,都说那小子不是个凡胎俗子呢。

好运,他也说不清那两个字是不是从那时起就开始跟随自己。部队里他被调进汽车班,很快又为首长开上了小吉普。贴身司机的命运自此与他形影不离,复员被分配到重庆江北那座占地十几平方公里的汽车城,那个君王一样的董事长王鹏,也几乎没费什么周折就相中了他。

那是辆奥迪 A6,黑色,王鹏要求驾驶室内务必一尘不染。他之前也是当过军人的,他同他是不是由此产生了某种难言的亲近感呢？

他是个矮个儿男人，走起路来噔噔作响，花白短发下的那张方脸常常因为充血涨得通红。他爱激动，动不动就发火，不时抛出硬邦邦的粗话来。这样的一个头儿，在任何一点上都可以说是他的反面，何秋搞不懂他究竟看中了自己哪一点。

王鹏后来患上眼疾，右眼发生了黄斑病变，但照常会急匆匆地打开车门，跑去端坐在高高的主席台上训人。何秋当然可以比台下那些人更多地看到他的另一面，他瘫倒在副驾座上精疲力竭的样子，他如何叹息着让他递过眼药水去，吃力翻开那只病眼来的样子。他的不耐烦甚至会在滴眼药的时候爆发。

他渐渐感到了这个成天冲冲杀杀的男人对自己的依赖，愈发尽心尽力地为他做好一切。他端上的茶杯滴水不洒，冬天里厚重的呢子大衣，挎在他的手臂里也折得纹丝不乱。他喜欢他眼中不经意流露出的赞许神情，而另外一些时候，他跟随他参与不那么正式的会面，比如一间幽深得如同山洞的茶馆，层层叠叠的屏风背后，和另外的官员或老板会面，人家见了在一边垂手而立的何秋略有迟疑，他就会不耐烦地挥挥短粗的手臂说：" 他不是外人，有话尽管说。"他喜欢那个时刻他略有些粗鲁的样子，有时在那种数千人的大会会场，他从侧方遥望，王鹏圆滚滚的脑袋只是冒出在主席台白布上方不高的地方，那脑袋正激愤地宣讲着什么，即使是那样的他，在何秋心里也是真实而鲜活的，他会默想着漫长的宣讲后，他怎样侧身钻进奥迪，那时的自己又该怎样准确地递上那块儿浅格子的方巾，以便他拭去脑门上无一例外的大量汗水。

之后那年的春节，何秋打包好了准备回家过年，却忽然接到王鹏要求出车的电话。他当然不会多问，载着他驶离了那时还未完全贯通的外环高速，接着坠入波涛起伏的县级柏油路。除了指路，王鹏并不多话，他呼吸粗重，何秋深知他正陷于盛怒之中。那辆黑乎乎的奥迪，后来在那座偏远县城的直通街道上，掉头又折返，像是巨轮误入了狭窄河道。他们要找的是王鹏的女儿王敏，她因为爱情在年前出走，直奔了男友这边的老家。

天气湿冷，那县城中心的白雾直至中午都还没消散。奥迪倒来倒去，最终蛮横地歪停在县农机局的大门中央。王鹏让何秋待车里别动，自己则怒气冲冲地杀进了那座大门，彻底沦为了一个深入虎穴、捉拿逆女、急火攻心的老父。

何秋在薄雾中静候，零星的炮仗平添了一份异域之感。那个女儿，最终还是现身了，颓唐地跟在矮个儿父亲的身后。她只穿了件白色高领毛衣，连外套都没来得及披上，右手拎着的那只双肩包几乎拖曳到了地上，拉链也只拉了一半。返程路上她一声不吭，何秋忍不住透过后视镜偷瞄一眼，只见她雪白的脸庞，正无比高傲地迎向半开车窗外刮进来的劲风。被打败的，似乎反倒是副驾上的那个老人，他歪倒在椅背之下，无限疲惫，后来更反常地在车内抽起了烟，甚至直接将烟灰抖落在车座底下。

那夜是除夕，他们赶回厂级干部小楼时，天已断黑，王鹏的老婆，那个一向高雅得如同文工团女一号的女人，不顾一切地扑向女儿，发出尖叫。他们一家人几乎立刻进到了里屋，紧闭房门，门后隐约透出王鹏的号叫和王敏的啜泣。末了，王鹏缓缓步出，黑脸上皱纹下垂，嗫嚅着让何秋自己把冰箱里的冻饺子煮了吃，愿意的话就打开电视看看春晚吧,自己实在来不起了,要先睡了。

他一个人吃了水饺,也不知紧闭房门的背后,那三个人是怎么解决肚皮问题的。他在客厅当中的折叠行军床上躺下,盯着窗外倾泻而入的河水一样的夜光,久久不能入眠。他想起县城里的父母,反倒觉得他们成了遥远的异客,他后来不时从不安的睡梦中惊醒,好几回都恍若身在一列不知开往何处的火车上。

他说不好那个除夕之夜究竟有没有那么重大的意义。如果那夜真的无关紧要,那为什么后来当王鹏忽然被纪委双规,会激起他那么大的反弹?当他坐在纪委那绿树掩映的木结构老楼里,他又为什么会在那几页红条横格的信笺纸上,写下自己从未犯下的罪行?

那位纪检女主任之前找他单独谈话,用春风拂面的语气,追问他记忆里早已模糊一片的某几次会面。他搞不懂自己为何要将她言语间暗示的所有行为,全都揽到自己身上,可当他用那支有些漏水的签字笔,一五一十地虚构完所有那些交易以后,却并没有如愿解救下王鹏,反倒让自己和那个君王一起,身陷更加难以自拔、百口莫辩的泥淖……

他被隔离在木楼尽头的一面坡屋顶下,倾斜的木头窗棂毫无防备地敞开着,一眼就能望见院子里那些秀美的矮种树。白天的辰光变得格外悠长,他埋头编造着所有那些细节,他不知道当时裹挟着自己胡言乱语的那股冲动从何而来,只是一泻千里地交代着,撒着欢儿,要将过去几年积攒在心底的感激挥霍一空。

他被关进了铁山坪上的监狱。女友获准前来探望,隔着长条木桌,那个扎着马尾辫儿的质检科科员从头至尾泪流不止。她仍然没忘了追问,两只微突的圆眼透过眼镜片儿直逼了过来:"为什么要替他分担那些？那家人究竟给过你什么好处啊？……"

何秋一时语塞，时过境迁，书写那份交代材料时自己腹腔中央的那团灼热早已冷却，那个君王，从前在不足十平米的车内对自己施加的魔力，也彻底消散。或许，他真的就是中了王鹏的魔，让他觉得只有一次牺牲，才能报答他们长达三年多的感情……父与子？如今，那样的称谓只会让他发抖，而在随后那沉闷、无望的牢狱生涯中，又带给他无尽的自嘲。

可在那个探视的下午，他又如何能对较真的女友说清呢？他讷讷埋下了头，只是用左手一把接一把地死掐自己的右手，直到对面飘来那句结语："真是个怪人，不可理喻！"

后来，何秋能够记起的，就只剩了女孩儿那凌厉的脸色，还有她水白面皮下渗出的青幽血管。出狱后他才听人说起，那之前她肚里已怀上了他俩的孩子，却因为那句"真是个怪人"，义无反顾地去打了胎，以最快的速度撤离了。

提前出狱后，何秋对自己说，从此就做个潜伏的人吧，可是当来自王鹏女儿王敏的帮助从天而降，当时并没有更好去处的他，还是选择了随波逐流。

那个王敏，经历了青春期的冲动后，和重庆烟草公司老总的公子结了婚，两口子在市中心开起一间高端代驾公司，她应该是接受了王鹏的指令，一等何秋出来就联系上了他。

见工那天，王敏坐在公司二楼的总经理办，隔着陆地一样辽阔的茶色办公桌，一本正经叮嘱何秋要好好干，别辜负这来之不易的机会。一时间，关于她那年春节私奔，包裹在白色高领毛衣里的记忆变得那样虚幻……何秋低头，一眼瞟见自己刻意穿上的灰蓝西服，忽然想起，那还是从前王鹏要让他看着"体面些"，特意为他置办的，一年多的牢狱生活后重穿，西服显得松垮了不少，让他更像是个轻飘飘的冒牌货。

他很快在这份以黑夜为掩护的工作中寄居下来。那个王敏呢，看上去格外投入到了这份事业中，她快人快语，成天在两层楼的办公间里发号施令，质地高档的一套深蓝职业装，妥帖包裹着她的长腿和圆臀，有时候还会用那精心描画过眼线的杏仁眼，大有深意地看向他，仿佛在提醒着那仅仅属于他们两个人的秘密。那样的时候，何秋居然会慌乱起来，在他心里，是绝不想再有进一步的事情发生了，于是，工作头一年的岁末，他竟嗫嚅着提出了辞职的请求。王敏吓了一跳，一再追问他是不是嫌这份随时应召的工作太辛苦，她随后很大气地摊开两手说："没办法啊，代驾有时候就是让人很气闷啊，那些醉鬼不是疯子就是傻子，不如这样，公司里有几单专车业务我看倒更适合你，毕竟，你和那些刚出道的小司机不同……"

那份心知肚明的默契感再度上身，何秋没想到自己又一次成了特殊人物。他懒得再去撇清自己绝没有什么要挟的心机，认为还不如默默接受这居高临下的关照，更安全一些。

所以我们也可以说，那之后的每个周二和周五的午夜，在那些大同小异的梧桐树下迎接家明的那个何秋，已是一个心如死灰之人。

小安后来的加入，倒有点儿解救了他。

她是那样好奇的一个女孩儿，会越过椅子高高的靠背探向铮亮的仪表盘，发出毫不掩饰的赞叹来。她甚至会央求何秋将手中的排挡杆儿让她摩挲一会儿，然后发出咕咕的傻笑。连她投向自己的眼光也充满了好奇,现在,他出车前往接驾之前,都会仔细修剪嘴边那几根不听话的胡子,当他忽然意识到自己这样的举止时,又不禁哂笑起自己来。

小安的妆容,总体是趋向浓艳的,眼线还有唇线都透出一股狠劲儿,放在她的宽皮大脸上倒也挺适合。她果真是来自北方,一次何秋得令单独接送小安,她在他右手边胡乱拨弄车载音响的按键,忽然一个女声倾泻而出:"我的家在东北,松花江上啊……"她当即爆笑,跟着亮开了嗓:"那里有满山遍野,大豆高粱……哎,我们东北人(她刻意将"人"字咬成了"银")在你们南方人眼里,是不是都一股子土坷垃味儿?哥,你说实话,你是不是第一眼就看出我是东北人了?"

她的大身量不由分说地占据着何秋的视线,这让何秋总忍不住担心家明有没有足够可以在她身上消耗的体力。当那两个人一次次地告别专车,消逝在各式各样的夜色中,他也越来越将那个生猛的女孩儿归为了那类没心没肺的存在,他会暗自感叹:"现在的女学生啊,真就这么百无禁忌了啊……"

他们幽会的目的地,后来固定在了长江南岸某个有些凋敝了的花园小区。那是当年红极一时,如今却被潮流抛弃了的老牌小区,何秋琢磨,那应该是家明多年前私藏的老底儿,这会儿金屋藏娇派上了用场。

有时恰逢那些午夜的赌局,家明也会事先安排何秋去接了她来一起守候。最初,小安倒也没显出多少不耐烦来。她会掏出烟来,那种女式的绿摩尔,当她仰头冲路灯光下亮闪闪的空气吐去烟雾时,何秋常会莫名有种恍惚之感。那会儿,女孩儿一向夸张的眉目,在暗影中收束了许多，她的香水，仍是那种植物的气味儿，也在他的鼻息下半梦半醒，像是一匹烈马奔突了一整天，终于可以一卸鞍鞯，做回纯真而温柔的自己……何秋有点儿忘记了他们在等待的究竟是谁了，一时间，他很想由着性子，一车将她拉到尽可能远的地方，四下无人，对她说出所有的秘密。

秋天的一个下午，何秋接到家明电话，让他去机场接下从沈阳老家返回的小安。之前的一周，小安独自飞回那里的钢厂，为死去的父亲奔丧。那天何秋开车驶上机场高速，不想却遭遇了秋天里罕见的大雨，那雨下得车窗的前后左右白茫茫一片，他在瘫痪的车流中挣扎，比预定时间迟到了两个多小时才赶到国内到达厅。

大厅里黑压压堆积的人丛中，小安安安静静坐在立柱边上，除了随身行李，还拎了口大箱子，箱子顶上开了个小口儿，从那里竟探出一只肮脏的狗头来。见何秋远远招手，那女孩儿仍一副不慌不忙的模样，何秋心想，机场路大堵车的整个过程，她居然连个催问的电话也没打来，也真够沉得住气的……走近一看，却见她刘海儿耷拉在方正的额头上，汗水湿透，那对湿漉漉的大眼溺水之人那样套牢了他，又像是一个被遗弃在嘈杂无比的机场大厅里的弃儿，正等着他这个姗姗来迟的领养者，心里不禁一动。

他没想到她可以在接下去的一瞬立马又像接通了电源的手机似的活力重现，滔滔不绝对他说起了托运那只老狗的周折。她沈阳的老家那边居然再也找不到一个人愿意接手这垂老的狗儿，只好跑检疫站开了个证明，又托机场的同学办好手续，好歹让它坐了回飞机。

她把那狗儿径直举到何秋眼前说："这狗狗一下飞机就这么死蔫死蔫的，难不成它也会晕机？"

机场大厅里,她像是一个弃儿,正等着他这个姗姗来迟的领养者。

小安的面皮上，酡红的血液弥散着，何秋不知她那刚死了父亲的悲伤去了哪里，仿佛成功托运那只半死不活的狗儿，才是她值得骄傲的终极任务。他们后来去了邻近机场的小面馆，他见她深埋进碗中，将半碗通红的面条通通塞进嘴里，甚至浮起了浅浅的泪水，就更加哭笑不得了。

这个饥饿的女孩儿，当着他的面就大声叹息说："才走几天，就想死重庆小面了，哥你说我是不是特没出息？"满血复活的她，回程中途又拉开阵势补妆，眨眼间，那另一个女孩儿，也就是他午夜里见惯了的那个冷艳女子，又倏忽降临在他眼前。

他们并没有立刻开回小区，小安特意要求他将车子开到滨江路上，在最荒僻的路段，眺望了好一会儿长江的对岸。对岸，就是光辉灿烂的渝中半岛，雨雾仍未散尽，红红绿绿的灯火变得毛茸茸的，她没让何秋下车，只是自个儿跑去了路边，攀上铁栅栏，半个身子都探了出去使力摇摆着，还将脑袋甩来甩去，任半长的头发在江风吹拂下彻底飞扬起来。

远远看着，何秋觉得，那就像是一只极力想要挣脱束缚的大鸟，一不留神就会冲天而去。

- 小安 -

小安那拨女研究生中间，几个作风泼辣、不善掩饰的闺蜜，私底下结成了一个猎男同盟，从入学起就爱凑一块儿，半开玩笑地，去捕猎她们感兴趣的那些男生，男人。

家明很快成了她们锁定的目标。那个家明，和讲台上、学院里穿梭往来的男教师们如此不同。那些老师通常都带点儿书生气，细边儿眼镜，用打字机的速度哒哒哒地说话，她们当然也知道，他们并不像看上去那样呆头呆脑，也会撸起袖子喝大酒，在牌桌上没日没夜地消磨人生，但那样的人物，用小安的评语来说，总归有些苍白乏味，只要走近，你立刻就会识破他们战战兢兢要去维系的那份老婆孩子热炕头的安逸日子，以及他们所背负的论文一样的人生。

所以相比起来，家明绝对算是个异类。他头顶那撮头发随时涂抹得油光锃亮，即便是温暖的春天，细脖子上也系着根花哨的丝质围巾。牛仔裤紧绷在他那两条麻秆儿似的细腿上，她们曾暗笑他因此显露无遗的腿形，略微有点罗圈儿，但裤子却从来洗得发白，始终纤尘不染。他的面色也是最时髦的小麦色，像是才从东南亚的某个海岛上晒满了一整个暑假归来。课堂上讲得兴起，他还会一屁股坐到讲台上，在阶梯教室全体学生的注目礼下，接连抛出尺度惊人的冷笑话。另外的时候，他又会带着无比的厌倦，扫视底下年轻的脸孔，他们那时多半正神游天外，或偷瞄课桌底下滑动的手机屏，他就会摆出一副受辱的高贵神色立即缄口，直至课堂里的每一位都意识到他那一触即发的沉默，被吓了一大跳。

研一的大课匆匆结束，小安主动申请，加入了家明的课题小组，闺蜜们都笑她动机不纯，叫她千万小心提防，说一旦陷入那种男人的圈套，注定麻烦缠身。

春夏之交的一个午夜，莫名燥热，来自家明的第一条微信，在小安的宽屏手机上发出了闪烁的振动："睡了吗？"

那间燠热宿舍里，那一声午夜问候带来的震颤，开始持久地扩散。

那是学院分配给四名女生的宿舍，另外的三位，要么返回了重庆本地的家中，要么就外出和男友租房共筑爱巢，无处可去的小安在那个夜里，只能独自面对这凭空响起的微信，感到仿佛被追逼到了悬崖边上。

之前她正靠在床头，用借来的iPad打着那种最无聊的扫雷游戏，打了整整一晚。烦躁也许来自几天前的晚餐，学校二食堂的长条餐桌边，一名研一男生忽然冒了出来，一张脸涨成了猪肝色，竟要约她晚饭后出去转转。闺蜜在她身边发出极力压抑的嗤笑，而她呢，一眼就盯上了男生匡威鞋上凌乱的泥点。

怎么可能，怎么可能？在那男生仓皇退却后，小安也加入了姐妹们对他脸颊上淡淡粉刺的挖苦中："难道我看上去真的那么具有母性的光辉吗？"她后来对何秋说，不知为何，那些在自己情爱史上现身的男人，总会猝不及防地打击到她，将她拉到此前从未意识到的新低……

那个午夜，家明的追问仍在继续："不会吧？你们这个年纪，怎么会这么早睡？故意不理我的吧……"

她说不上这样的瞬间，是不是自己一直在暗中企盼的，但仍然感到了羞耻，那手机屏幕上却兀自跳出了又一行触目的字句："我睡不着，你知道吗？每当夜深人静，我就苦闷得没法呼吸……"

为什么偏偏是我？她头脑里搜索着课题组里另外两名女生，一个是戴着深度眼镜的白瘦女子，成天两件套深灰职业装，另一位则是典型的小家碧玉，说话的声音就像蚊子叫……难道像她这样生就人高马大的，就天然向身边的男性发出了诱惑的信号吗？她的大脑变得越发灼热，最后只好用颤抖的手指键入了回复："老师一定喝醉了吧，等你明天酒醒，一定什么都记不得了……"

可等到那个"明天"真的到来，小安又不禁在家明投向自己的眼光里找寻别样的意味。可那咄咄逼人的眼光，除了更加明显的近视症状，却并没有更多的什么。她不知自己的黯然失落又是出于什么样的逻辑，直到小课间隙，家明无声地游荡到她身后。在那逼仄的空间里，他总是这样前后流窜，而那天他却忽然站定，从她后背上那团慢慢凝固的空气中降落，猛地一击。那来自他小小手掌的一击，貌似绵软无力，却滞留在她颈后的那件单衣上，迟迟不肯撤离。

"那个不要脸的流氓，简直是个不折不扣的老手啊！"小安很久以后对何秋这样感叹。

接下去的夜里，小安开始做梦，梦见黑漆漆的房里，她始终平躺，等同于一块儿软和的、春天的泥地，而那男人则执着于自己的耕耘，像是忽然从铁笼里释放出来的野兽。那一夜又一夜连绵的梦中，她都从未看见过他的脸孔，他成了一颗无脸的头颅，只剩疏浅头发底下煞白的头皮，那头皮在她胸前起劲儿地翻拱着，她会恍若正被一只豺狗蚕食，在震惊中大汗淋淋地醒来。

夏日的燥热迫不及待地到来，在那个夕照血红的黄昏蒸腾而起，那天家明在课后留下了她，不露声色地声称要跟她商榷她作业里一个偏激的论点。她跟随他走在林荫道上，树影幢幢，像是一群正朝他们挤压过来的巨人。那个家明忽然朝她掉转过脸来，他尖尖的小脸就像一只刺目的灯泡，她听见他咬着牙齿地对她说："你是不是恨不得杀了我？"

几乎势不可挡地，他和她的第一次接吻，就在那个火烧火燎的黄昏发生了。

那记亲吻冰凉而迅疾，可以感到那个发起者嘴唇的薄而有力，然后，她就只是看着那个人，在她前方不到两米的暗影包裹中，浮现出那种自得的笑容，像是一个危险无比的水潭。

家明出生的那片街区，是重庆市中区那座半岛紧邻长江的低洼地带，被当地人统称为下半城，在民国时期那里属于水码头的集散地，密布洋行、大型商号的深宅大院，还不乏秘密的官邸。解放后改天换地，那一带没有例外地建起大大小小的工厂、医院，以及那家隶属于重庆市委的党报报社，再就是杂乱的批发市场，还有癣疥那样散落的小市民聚居地。

他在贫瘠的 1970 年代末度过了少年时代，追在那伙无法无天的待业青年屁股后面，酗酒、扒火车，去遥远的歌乐山背山的荒坟间冒险。

他最值得夸耀的一起英雄事件，就是在一场轰动了整个街区的群殴中（他对怀里的小安说，你们这些小孩是根本没法想象当年一整条街的青皮少年倾巢而出的阵仗的），用带铁钉的木条将临街一个小头领的光头抽打得鲜血淋漓，然后逃去军医大的停尸房，在那黑漆漆的走廊里躲了一整夜，搞得之后三四天里，浑身上下仍然一股子福尔马林的刺鼻味儿。

他给她看过那些灰白的老照片，照片里他剃着光头，寸发不生，一条吊裆军裤让他的下半身看着就像是空荡荡的木偶，他嘴边还叼根香烟，那几乎就是当时二流子的标配，可他居然对她说自己"实在发育得太晚"。一队调皮捣蛋的顽童中间，他总是忘命冲杀在最前列，但他身体里汹涌的变化却落在了后边，待他薄薄的唇上终于冒出几根卷曲的胡须，他的同伴却早已在吹嘘同女人接触的冒险了。

所以他的整个儿情爱史都有点儿后来者穷追的意思。大学毕业那年暑假，他顺利留校任教，志得意满的他返回下半城闲逛，偶然撞见从前高中的女同学周琳。没考上大学的周琳那时已分到粮油公司上班，几年不见，出落得茁壮。那些热汗淋淋的傍晚，他开始与在报社大院公共澡室里冲完凉回家的周琳频繁遇见，周琳蓬勃的身体，忽然像大规模杀伤性武器那样击中了他，一次次从他那猴儿般自惭形秽的身体上辗压而过。

他说他被身体里的欲火烧得走投无路，有一晚就径直冲上去对周琳说要带她看样东西。他头脑肿胀地一路领她去了粮店背后的仓库，进去了就反锁房门。堆积如山的大米和面粉麻袋之间，两人的身体几乎没法周转，他直抵那个刚才沐浴完毕的女人，在喷射而来的香皂气息以及仓库里腾空而起的尘灰中，绝望地发出粗壮的鼻息，却不知接下去该如何处置。最终，他褪去军用腰带的铁扣，掏出了自己那家伙。黏稠的幽暗中，那女人缄默良久，到底发出了一声叹息，反问他，你要给我看的，就是这个吗……

他之后读到弗洛伊德，每每忧心那一次的惨败，已不知不觉给两性交往中的自己，烙上了挥之不去的伤疤，连同他的婚姻，也变得不明不白。经一名同学介绍，他闪电般同那家著名医院的一名住院医师结了婚。妻子有个男人一样的名字，胡伟，即使在他们的热恋时期（真的有过吗？），她也始终紧扎领口或是高领毛衣护身，一副不容侵犯的圣女模样。她一再夸奖家明是聪明绝顶的人，却在他们单独相处的那些黑夜，和他横眉冷对。婚后很久她才对他坦白，她那是在下意识地考验他的忠诚。之前的那场恋爱让她始终心有余悸,那个男友在他们布置新房的前夜,忽然人间蒸发,电话、传呼一律作废,人也从石桥铺那间电脑公司撤离,不知去了重庆的哪个角落隐身。

胡伟说,整个恋爱时期,她都禁不住为自己担当一名评判者,冷眼旁观这个后继的新人,会不会也像之前那位那样背叛自己。

家明说自己也许有点儿被强行扣留在了同胡伟的夫妻关系之中,"真是苦闷啊……",这是他对小安提及自己婚姻时,最常用到的哀叹。他说胡伟十分谨严地对待自己的医学事业,在她那一书架专业书籍的书页间,用直尺画着着重记号。她仍会说她爱他,那有些肿泡的超大眼睛里,却是黑白分明的眼色。他们按部就班生了个儿子,一切程序化得就像那是胡伟计划中的一项医学实验。当那个又黑又瘦,如同胡伟再世般的小子扑进家明怀里叫他爸时,他说那感觉就像是遇上了一个来历不明的小鬼。

他不明白自己怎么就被挟持在了那家里,任由那对母子像是先后而至的两名使者,赶来当面嘲笑他的怯懦和弱小。

她没想到他们那么快就出了事。

那应该是她跟他的第一次单独出行,家明说一个区县的生态农业基地特邀他去考察,她明知他的意图,却故意反问,她该以什么身份出现呢?家明开着那辆黑色牧马人慢悠悠地出城,挤着眼回她:"实习生,女秘书,助理,还是女粉丝,你看上哪个挑哪个呗……"小安白了他一眼:"粉丝?你自我感觉不要太好吧!"

那个清晨,在小安后来无数次的回想中,慢慢沾染上了宿命的光照。想起踏上那条不归路之初,自己义无反顾的决绝,还有自我暗示的勇敢，她总是不免有些自嘲。

说起来，在出发那天清晨，她倒真有点儿希望可以不经意地，同过去那几个总是背后热议家明的闺蜜偶遇，然后在她们的注目礼下开门登车，让她们错愕的脸孔迅速成为后视镜中渺小的圆点的……

哪知他们刚起步就遇上外环高速路史无前例的大堵车，盘踞不前的车流仿佛来自上天的魔咒，横亘在他们去路的前方。她只能由着满不在乎的家明，吹起轻佻的口哨，颇有几分卖弄地将车子拐下那条隐秘岔路，驶上了前往那个偏远区县的盘山老路。

绿树掩映，音箱里许巍唱起了一首歌曲，是他一贯的颂扬旅行的调调，歌声在对他们张开怀抱来的乡野之间舒展，树丛外的阳光时明时暗，投射到他们的脸上，似乎祛除了自清晨起就对二人一直纠缠不休的魔怔。一切变得就像那吹拂而来的清风一样光明正大，小安闭上双眼，完全放松了下来。

那只半路杀出的野狐狸，后来只出现在家明有些狂乱的叙说中，却从未真正进入过小安的视线。

没错，她的确是听见了那记沉闷的重击，来自那辆牧马人的车头，就像是被埋伏的什么人掷来的一只盛满土豆的麻袋。

他们的车子当时正昂首拐过那个几乎呈九十度的直角弯道，家明坚持说自己看见了那野狐狸妖媚的身影，它无声地划过前窗，撞上车头，他于是眼前一黑，方向盘当即像是飞驰的箭矢，从手底滑脱了。他的后脑在突如其来的翻转中，遭遇了不知从何而来的敲打，立刻陷入了昏厥。

他其实是个迷信之人，那莫名到来的灾祸，后来始终在他的内心盘桓,久久不去,"那会不会是冥冥中的一次惩戒呢?"之后的无数次,当他面对小安,那样的阴影都会沉渣泛起。

在小安身上,那起事故也起了微妙的变化,她看向他的眼神开始变得情深意长,仿佛一杯清水经历了足够长时间的烧煮,终于在表面升起一层氤氲。她一再同他争辩,那样的一个上午,青天白日,那片水洗般的山林间,突然窜出一只野狐狸,还撞上了他们的车头,是多么荒诞不经:"完全是你臆想症发作……""那,那声重击你不也听见了吗?车头的保险杠呢,又是谁撞弯的呢?你该不会认为是外星人出没吧……"家明接着说起那只狐狸掠过他眼前时,还如何回望着他,两边嘴角的白花纹又如何弯曲上扬,形成了一个媚笑的弧形。在他无数次热切的叙说中,小安总会陷入一本正经的沉思,眼里的氤氲变得更重了……

不过很快,她又会噗嗤一声笑了出来,他就知道,她一定又想起了那一幕:车祸发生后变得无比漫长的悬空时间里,车子的左前轮半悬在那道数十米高的陡峭山崖外,摇摇欲坠,车内的两个人不知过去了多久,才都感到了失重的眩晕。小安一眼就看见他脑门儿上流淌而下的惨白浆液,心里尖叫却强忍着没发出声来。而另外的那个人,在他缓慢拾捡回来的破碎意识里,还是明白了他们身处的险境,执意要让身边那个女人离开,而女人却只是悠悠地扭转开脸去,沉痛得甚至来不及掩饰滑落的泪水。她终究背过了脸去,用明显呜咽的语声说:"打了110了,救援队已经在路上了。"

他动弹不得,万念俱灰,以为真的死之将至,而那女人的悲伤又让他疑惑,只有凝望着她那个硕大、无声、比最黑的夜晚还要黑的后脑。那后脑抖抖瑟瑟,不知还在忙活什么,几乎是愚笨的。

"你傻啊,那时万一车子真要翻下山去了呢……"

"我以为那是你的脑浆,白花花的,就心说,原来人的脑浆就长这个样子啊,原来这么容易人的脑浆就会流出来啊……我又怎么可能让你一个人在那荒山野岭里死去呢?"

事情过去许久,只要一说起那个瞬间,小安看向他的两眼就又会变得无限漆黑,像是外太空的永夜。

原来,她当时守在他身边,是一心一意在为他守灵啊,他回忆视域里那个无言的后脑,每一次都会让他涌起温热的柔情,会将她往自己的怀里搂得更紧一些。

可那并不是他的脑浆。那白色的浆液,不过是他储存在车后箱的盒装牛奶,忽然迸裂,倾泻在了他头顶。

那一幕的滑稽意味,最终也没能让小安释怀,反而认定了那是一个不容忽视的警示:

今后不许单独开车。

不许在盘山公路上自驾,到区县考察就去申请单位派车。

不许开夜车。

头天夜里喝了酒,第二天不许一个人跑高速。

那辆牧马人会不会真有什么毛病?黑色会不会不吉利啊?我们干脆别开它了吧……

他感到了说不出的软弱,那车祸到底还是让他的颈椎出现了错位,他戴着那种狗项圈似的颈椎牵引器长达两个半月,脱去那副铠甲后,就去联系了王敏的专车。

– 家明 –

那个初夏,小安在何秋面前第一次现身,她其实正和家明闹着一场感情危机,导火索即是那年春天起,家明忽然沉迷其中、难以自拔的深夜赌局。她几乎立刻就感到了他无可挽回的变化:当赌局的邀约通过手机传来,他的脸色会瞬间僵硬起来,整个人眨眼就退到离她很远的地方,他会将他们两人之前吃饭、看电影的计划匆匆打发掉,甚至鼓励小安约上闺蜜血拼,然后迫不及待地赴约。

那赌局成了横亘在他俩之间的异物,让小安深恶痛绝,却又无可奈何。那天深夜,何秋在家明指示下驱车前往那片开发区的工地,其实并非他想象的那样,是那两人私情的暧昧开端,而是家明对那个小情人负气出走的一次极力挽回。

小安后来告诉他,那里其实是自己一个东北老乡的租住地,气极了的她,原本打算制造和老乡同居的假象,自此从家明生活里消失的。

可那神秘的赌局却并没有因此消停。在何秋这边,他坐在那辆路虎揽胜里看到的,还只是这对地下情侣暗夜里的拉锯战:小安焦躁的等待,家明忽然抛出的花园洋房,还有那女孩儿每每不期而至的崩溃⋯⋯在和她现在越来越多的单独相处中,那女孩儿已不再对何秋避讳自己的悲伤和自我怜悯,每次泪水冲刷后,妆容一团混乱,她会将那颗蓬乱的脑袋紧靠在后座的车窗边发呆,或是大声吸溜鼻涕。有时还会在那随身携带的小包里兜底翻找,将包里所有的杂碎像动物内脏那样全摊开在何秋眼前。

她描画的粗黑眼线，那时已七零八落，直盯着何秋的眼睛逼问："哥你说老实话，你是不是认为我就是那种坏女人？不要脸的女人……"

何秋当然不会中她的套，只是将眼光掉了开去。坏女人？不要脸的女人？他倒宁愿把她叫作野人，来自于他无比陌生的某个遥远部落。她的下巴在那么近的距离看来，无比宽大，有种蛮力，牙齿也大块，两瓣分岔的门牙又显得格外容易受伤。一颗暗褐色的痣，生在她厚厚嘴唇的右上方。那一刻这个女人袒露着自己十足蠢笨的呆相，从前她身体里的那个剽悍自我，也倏忽退缩到那两粒有几分痴狂的眼仁深处去了。

家明和他身边的那帮老友，在更早的青春岁月，大多还是习惯在癫狂的酒局上度过重庆这里总是喧闹的夜晚。即便在湿冷的冬季，市区里的夜饮食摊也通常灯火通明，持续到深夜两三点钟。麻辣烫，火锅，或是从周边区县舶来的小炒，一碗红艳艳的抄手，甚至是寒风底下的一盘卤菜，也会让家明他们喝掉成件的啤酒。

酒友多是儿时街区的发小，生意场上气味相投的伙伴，还有那些莫名贴上来的、寄生虫般的角色。家明对他们的高低贵贱、喜好脾性概不计较，看重的只是他们身上挥之不去的市井气村野气。接二连三的酒局上，他那对小鸭梨似的眼睛常会鼓得像是两只发亮的铃铛。三十五岁过后，他头发中央的一圈就成了地中海，索性彻底剃了光头，酒局进行到后半程，就那么光着头，杀气腾腾地直视对手。他在酒场上"土匪"的名声由此广为传播，他倒有几分受用的样子。

事情的转捩点出现在一次深夜酒局的尾梢。那晚他一个发小同夜场那个出了名的交际花夏玲闪婚又闪离,他邀约了一大帮兄弟为发小庆贺,洗脑。他们从市中区的烧腊摊儿一直喝到黄花园桥头的"黑娃蹄花",豪情满怀地追忆少年时代在梨树湾火车西站偷扒运煤专列的壮举,将那个总爱浓妆艳抹、脸上浮肿的夏玲贬得一文不值,甚至咒人家五十岁后就肾衰……

一波接一波的爆笑期间,没人留意到家明已暗自面有菜色,虚汗淋淋。凌晨三点,他终于一头栽倒在了那碗灰乎乎的蹄花汤前,他们嘻嘻哈哈拍打了他好一阵仍不见动静,这才慌了神。

送医院抢救,值班的小医生呵欠连天,直摇着头说:"没见过这么拿命喝酒的。"他的结论是,家明患了严重的冠状动脉粥样硬化,今后再这样喝大酒就是找死。

家明后来像讲述一个传奇那样,对小安讲起那晚自己如何去鬼门关兜了一圈的故事。蜷缩在他怀里的小安,皱起眉头侧过脸来看他:"真搞不懂你们这些男人,为啥就对那玩意儿一点儿克制力没有呢……"

家明的两眼慢慢眯缝起来,显然有什么心事将他牵走了,让他有点儿走神,过了好一会儿才眨巴着眼睛说:"唉,你们又哪里懂得我们男人心里的悲观……"

那个时节,家明的那个医生老婆正谋划移民加拿大蒙特利尔,牵线人是她医科大学念书时那个风流倜傥的学生会主席。她向家明开列的理由是,儿子已显露出非凡的洞察力,初一作文就虚构出一片外星的大陆,在那里,父亲入夜都会变成恶魔,生食自己的小孩。他的那个医生妻子将儿子的那本幻想故事集摊开在家明面前冷笑说:"你看你给我儿子带来了怎样的梦魇,我想我们娘儿俩还是走远点好……"

悲观，他乐于使用这种似是而非的词语，将自己那个时期晦暗不明的心境一带而过，所以也可以说，自酒场捡回一条命，他有些命中注定似的转移去了那个地下的赌场。

对，命中注定，这也是家明愿意使用的词。在一次龙水湖生态农业区规划的研讨会后，那边负责接待的秘书有几分神秘地提到湖滨那片别墅区里有间赌场，家明本能地就跟了去。

赌场实则是那个别墅开发商的副业，别墅区开发起来，却因为距离主城实在遥远，高速路又没修通，前来购买的业主十分寥落，双休日里，除了驱车前来漫步湖光山色、大啖湖鱼的游客，大多数时间，那片别墅区里就跟史前文明一样杳无人迹。可那桂姓的老板还是很快发现了商机，那些周末短暂出游的城里人租住在空阔的别墅样板间里，夜来无事，无一例外都嚷嚷着要打牌、搓麻，临时添置的几副机麻完全供不应求，恰巧桂老板自己也是个赌徒，索性就开起了赌场。

赌场的名声悄悄扩散开去，即使是平素并非周末的黑夜，也开始有豪华轿车黑色幽灵一般，只有轮胎发出沙沙的摩擦声，然后匍匐在了别墅区里最顶级的八号楼门外。

八号楼里的灯光开始彻夜通明，令无意经过的路人对那全无声息的灯光愈发好奇。家明由那秘书领着蓦地置身那神秘的楼中，见所有参与者都自动遵守无形的约束，尽可能地噤声，大厅里那张阔大的、铺着墨绿色绒布的牌桌上，赌局正如精密机器那样运转，一眼望去，完全不输澳门的赌场，又绝不会那般欢腾、阵仗，倒更像一场私下的密谈。

家明全无障碍地同那赌局里汹涌的暗流接通，身体里产生了某种对类似情爱诱引的兴奋回应。他对数字的敏锐和记忆力，慢慢变得所向披靡，在八号楼的那些赌徒中间，很快声名远扬。

奔向那张赌桌来的，大多算得上权贵阶层，大家都源于某个可靠的引荐，在那牌桌边围坐，摆出讳莫如深的架势，"桂老板的朋友"成了他们最安全的隐身衣。

那桂老板反倒成了众矢之的，人人都跟他很熟络的样子，他撸起袖子亲自上阵的回数，在此起彼伏的招呼声里反倒变稀少了。他慢慢成了那间赌场的一个巡视者，总在那些忘情的赌徒背后转悠，不时沉吟，一脸深意。

他腿脚有毛病，家明注意到他行走起来左腿始终僵直，像拖着块生铁。那秘书告诉家明，他全名叫桂松，早年因为身有残疾找不到正经工作，却是个不肯服输的主儿，先在菜园坝火车站周边做起水果批发生意，纠集黄沙溪一带的地痞流氓为自己争抢地盘，很快将那里的小商小贩要么逐出领地，要么就收归了麾下。龙水湖的这个别墅项目，说来还要归功于他的幺爸是当地主管经济的副县长，否则，这湖滨的上佳地块怎么轮得到他？

之后进出赌场，家明就禁不住偷瞄那阴魂一样来回飘荡的桂松，只见他整个人像块儿老树皮那样缩水、皱巴，有张老太那样的瘪嘴，但看向你的眼光却从不会正面迎来，而是阴风般从你的侧脸边刮过，心下就认定了那是个狠角色。

他万万没有想到的是，那桂松竟会在那个星期天的下午，主动邀他同去长江边上喝茶。

冬天的午后，历经了自周五以来的连夜鏖战，家明去卫生间里擦了一把热水脸，他发现自己面色残破，有如从一场严刑拷打中幸存。他照例大获全胜，脚底有些虚浮地走向停车场，不想赌场内惯见的一个黑衣服务生却截住了他，说他们桂总要找他说话。

那小伙儿大步流星领他径直走到那辆大切跟前，那桂松则在车内一把推开门来，也不看他，只说要带他去见一个人。

飞驶的车内，家明用熬夜后奄奄一息的意识一直在寻思，却始终没能猜透对方的意图。太阳大好，连桂松一向阴晦的脸色也明亮了不少，一路上他都在大赞家明牌技高超，弄得家明只好摇头谦虚说："运气而已，运气而已……"

他们去了长江南岸的一座小洋楼，半私家的性质，开敞的露台上，冬日暖阳垂直落到一张云石台面的茶几上，茶几边端坐一名女子，一袭贴身套装衬出袅娜身姿来，桂松几乎立刻打起了哈哈："王敏，我暗恋的对象，从小仰慕，只可惜高攀不起啊……"

家明侧身，待身后的桂松有些吃力地落座，却见那王敏只是无声地一个浅笑，将早已翻涨的茶水冲了两杯为他们一一呈上，她叹息了一声说："别听他瞎说，老桂从小就是我们那里的孩子王，嘴上缺个把门儿的……"

从高高的露台望出去，河坝上起起落落都是人，冬天的阳光对重庆人来说如同上天的恩赐，人们几乎倾巢而出，喝茶，打牌，拍照，扯着嗓门儿笑谈，而他们这一桌呢，气氛却有些可疑。两个发小有一句没一句地追忆着他们在那长江边的兵工厂（汽车城的前身）度过的少年时光，那桂松的老爸是厂里食堂的大厨，王敏的父亲退伍分来却早早当上了副厂长，后来更是提了一把手，但孩儿们之间没什么等级观念，不分昼夜地黏在一起。他们说起有一年的夏天，码头上卸货的肉联厂卡车上,忽然滚落下半扇冻得硬邦邦的猪肉,那王敏竟奋不顾身地扛起,哼哧哼哧直奔了派出所!桂松说得仰面大笑,笑声的末尾发出了耗子一样的啸叫:"你扛着那半边猪肉从我们面前冲过,奋不顾身,横眉冷对,我们还以为你是要偷搬回家去打牙祭呢。"

家明插话说自己母亲就是肉联厂职工,从前夏天里就常在河坝上卸猪肉,垫肩的麻布总被汗水打得透湿,桂松立马接过话头说:"原来我们都是这条江的儿女啊,江湖儿女是一家啊!"

家明心里愈发疑惑,那天的笑谈,直到最后也没有抛出那个谜底来。

他们后来在那天轻薄透亮的夜色里一起吃晚饭,几盘精致的家常菜让熬夜后昏沉的家明一时食欲大振,桂松却有些奇怪地没怎么动筷,他晃动着手中的杯子,杯里是小半杯晶亮的白酒,除了不时啜上一口,其余时间里,他都只是看向那时已经撤去了喧哗人声的江水。夜色笼罩,那江水如同一个无可穷尽的庞然大物,隐隐地向前,宣示着这个世界以外深不可测的维度。家明就像在少年时期无数次经历过的那样,又一次被那条江的静穆所震慑,而那人黑豆子那样的两粒眼珠子,却从朦胧台灯背后投来,盯向了他,他口中的那句断言也因此拥有了某种深沉的回响:"你不是一般人,我看出来了,做起事来绝对亡命,一点不比这大侠(桂松朝王敏偏过头去)差……"

直到事情过去好久,他朝向王敏眼光流转的样子,都在家明的脑中挥之不去。

就在那年的隆冬，春节将近，发生了轰动一时的九龙湖枪案。

市民中间，后来比较通行的说法是：一个被香港富婆包养的小面首前来那九龙湖边的赌场，却连遭浩劫，欠下赌资，被负责看守的桂松的服务生扣押，直到富婆差人抱来十几大万才得以脱身。面首自此怀恨在心，之后接二连三向治安总队打电话举报，直至第四天的那个周末，治安总队才终于派出特别行动队，不声不响突袭了别墅区。

那四五个人身着便衣，开辆别克轿车在八号楼前刚停稳当，就下车直扑线报里摆着牌桌的大厅。几名看守措手不及，连忙反锁大门死也不开，骚乱的房间里一片鬼哭狼嚎，还有人直接从后窗跳进了冰冷的湖水。

大门这边，行动队的一名前锋执意拍门，索性喊出了自己的身份，门里的人竟隔门叫骂："管你什么狗屁警察，都给老子闪开，不然老子不客气了哦！"当下被惹毛了的几名便衣强行破门，冲在头里的那一位绝对没有想到，看守的手里居然有枪，昏暗中猎枪的霰弹袭来，轰得打头阵警察的胸前血肉模糊了一片。

后来所有津津乐道的人，都忽略了暗中出逃的桂老板，只是极力渲染着那片湖区的险恶，说那大大小小的湖泊并未连成一片，而是九曲十折，从高空上俯瞰形若一个大大的"龙"字，那是典型的凶险之地啊，连大义凛然的抓赌民警也没法幸免。

那位牺牲民警的遗照，后来刊登在几家都市报的法治新闻版上，那个接近四十岁的男人看着略显疲惫和焦躁，若隐若现的微笑里暗藏几分苦涩。那片别墅区则彻底荒芜了下去，蒿草疯长，从前自天擦黑起就有神秘轿车前往的那条水泥路也破烂爆裂，家明接洽的那个生态农业的开发项目也因为这起从天而降的大案,被无限期搁置。

度过了一年多的沉寂期后,家明的手机那头,有一天突然响起王敏遥远的声音:"老桂回来了,想见见你……"

并不是没有关于桂松的传言:按说该被穷追猛打的老桂,事发后躲去了深圳,地下赌场的黑锅被他的一名手下顶包,匆匆就判了个无期了结,"上头有人"成了大家对这个结局心照不宣的默认理由。而家明因为事发当晚并未身在赌场,对那起血案反倒成了一个旁观的看客,只是偶尔想起从前在那里出没的鬼魅周末,才颇有恍惚之感。他随后收敛了许多,几乎绕开了所有那些通宵达旦的欢闹,独来独往,一个人逛街、进食,背后拖着一道长长的阴影,他没想到一年多的时间过去,他前往北部新区那片高档别墅区赴约,席间王敏的两眼会忽然放光地看定了他,说起半年前曾在市中区的街边见他踽踽独行,当时她开着车本想招呼,却见他一脸执迷,一副要弃那个闹市而去的决绝样子,就没敢打扰……

桂松在一旁添油加醋:"我看我们王大侠是怕搅了你的好事,你那时候一定不是一个人吧?"

他暗自吃惊,不知自己和小安的私情是不是已被那两人撞破,只好有些掩饰地将满满一杯白酒直对着他们干了。

他揣摩着王敏口中的那次偶遇,应该是在他老婆办结移民手续,他同那母子俩在江北机场国际出发厅告了别之后。他的两个至亲,都长着像是克隆出来的一对黑森森的大眼,他过去就注意到,他老婆的黑眼仁占据了眼睛的大部分,长期弥漫着迷离的烟雾,这多少让他有些忌惮,而别离到来的那天上午,她一身棕黄的皮外套,纯黑的高领毛衣像副支架，硬撑起那张煞白的脸孔，整个办理登机的过程，她都不容家明插手，全权由自己像熟练的机器人那样搞定。

他们的儿子缩在长椅另一边，和他保持着一米以上的距离，先是骨碌碌盯着来往的人影看了好一会儿，然后叹息一声，独自抱紧背包发起了呆，像只小乌龟那样缩回了自己的壳中。

登机口打开了，妻子仍在他耳畔唠叨着关于保护心脏的注意事项，用的是一名尽职医师对病人下医嘱的郑重而刻板的语气，而家明却对儿子那对秀气的大眼产生了特别的兴味。那和自己那对平淡无奇的圆眼多么不同啊，那样幽深，眼睫毛投下的阴影那样深重，关键是长在一个男孩儿脸上，就显得格外无辜。他的眼光继续在儿子头顶那片软塌塌的卷毛上流连，感到一阵说不出的怜悯。从前，他多少有些看不惯儿子从他母亲那里习来的柔弱习气，私下甚至有点儿觉得，那并不是自己真正想要的儿子的模样，可那一刻他却有些冲动地将儿子揽进了怀中，儿子温顺地伏在他身上，他忍不住又半蹲下去拧他的脸蛋儿，说："儿子，加拿大那边冷得很哟，去了就不许后悔哦……"

他拧得太过用力，儿子的那张小脸都充血涨红了，妻子在一边看不下去，一把将他的手打开："乱说什么呢，他又不是个孤儿……"

送别他们母子的当天晚上，他就去找到了小安，在床上紧搂着那个北方女人的身体不愿松开，对着她的耳朵不住呢喃说："和我生个儿子吧和我生个儿子吧和我生个儿子吧……"黑暗中，那女人尽力地同他缠绵，当他说话的热气打到她的耳廓，她还嘻嘻笑了几声说好痒。他仍不罢休，打开了床头灯端详着她的脸面说："真的，我们要个娃儿嘛。"小安不再嘻笑，伏在他身上的那个她那会儿抬起脸来望定了他，她的额发被汗水洇湿，打着小卷儿，眼里的湿气却一点点消散了，她似乎是思考了一会儿，最后说："你今晚又喝了酒吧？我怎么一点儿酒味儿都没闻出来呢……"

难道连这一切，也被那两个人尽在掌控了吗？家明心里忐忑，同王敏那拨人的赌局只好不明不白地接续了下去。

牌桌就设在王敏家那座独幢别墅的地下一层。那里被装修成一间十几平米的影音室，几张沙发，一面投影电视，却几乎完全荒废了。四散的几张CD倒是常被赌客们拿来反复播放，就几个英式摇滚的老将，用来当作那深夜赌局的背景音乐，倒也再合适不过。有回家明拿起那磨得斑斑伤痕的硬塑料外壳来询问，没想到桂松竟然招认说是自己背来的，他说自己自1980年代末起就开始迷恋这类老摇滚，听从一个电台女DJ的引领追听那些慵懒的曲目，"粤语歌西北风什么的不是太低幼了吗，还是这些糙歌听着来劲。"一旁的王敏紧盯着桌上的麻将，头也不抬，一撇嘴说："什么嘛，你明明是迷上了人家主持人好不好？"桂松听了也不恼，反而豪气地将手里的一张幺鸡掷到桌上噼啪作响，摆出一副冥顽不化的无赖样："年轻嘛，谁没疯过？当年我就是不够疯才没有把你弄到手哇。"

这里已和九龙湖边对外开放的地下赌场有了天壤之别，来的都是桂松、王敏的私交，生意伙伴、亲密老友还有老同学，搞得家明倒成了他们中间的一个外来户。他当然没忘记那个冬日下午桂松忽然向自己示好的蹊跷，那谜底保留至今，可那两人看上去却并不急于亮出底牌，倒是那每周二和周五定期到来的赌局接踵而至，让家明陷于了心甘情愿的自我麻痹之中。

那个自始至终的缺席者，王敏的丈夫，也令他好奇。有时在那四下通透的客厅里歇脚，零落案台上摆放的大小不一的相框会映入家明的眼帘。相片里与王敏相拥浅笑的男子，有张雕像般英俊的脸孔，长长的头发拖曳到脸颊两旁，从他翘起的嘴角边，家明看出了明显的嘲讽之意。另外的一些单人照上，他的身后是变幻的异国风景：荒僻的街角，颓败的楼底，一座陌生的门边，高速公路中段随便的一处树丛。那男人看着也渐渐老了，胡须越留越长，看向镜头的眼底是和那些景色相同的荒凉。家明知趣地从不多问，只是听那些人隐约提及，说他又走到了哪国哪国，就断定那丈夫一直在无边无际地游荡着。除此以外，那屋里就剩一个乡下来的中年保姆，那个在赌桌上纵横捭阖、巧取豪夺的王敏，在家明眼里也因此多了几分落寞。

冬天将尽，一群人相约出游了一次。目的地竟是江边那座荒凉的汽车城。家明知道，那条失败的引进生产线，让那座曾经红火一时的工厂几乎陷入了半停产之中，他们一行人在破落的、颜色灰沉的老厂区里张望，引来好些无所事事的眼光。

故地重游让桂松和王敏都格外激动，指指点点，喋喋不休地诉说遗失在那灰白老路上的青春往事。桂松推开那名跟班的搀扶，一定要领他们去见识见识厂区临江的那座著名的民国建筑圆庐，他大声吆喝说："你们有谁能说清这宝贝的来龙去脉，我就请他吃大餐。"

而王敏则捷足先登，跨上最后那几步石级，拐到那老房子前几乎掉光了果实的苦楝子树下，冲他翻起了白眼："嘚瑟个什么劲，所有这些不是小时候我跟你普及的吗？"她同样兴奋异常，满月似的脸庞红得发亮。

家明的眼光扫向王敏身后那座碉堡似的平房，它隐身在紧邻的那些1980年代的老式单元楼前，怪异得让人苦笑。

他当然知悉那老屋的来历，它的建筑者是国民政府的某位高官，1930年代初期，他在那房子里养了个情人，对外宣称是妻子的表妹，其实那女人来自贵州某个神秘苗寨。那苗家公主宽皮大脸，说不上有多么美丽，却热力四射，没一天愿意消停。这圆庐于是就被她用来举办日日喧嚣的舞会。那碉堡似的主楼，沿柱状的围墙开出好些狭小的通风口，往昔岁月里的那些达官显贵，就在通风口底下夜夜挥汗如雨。

彼时重庆的夏夜同样燠热不堪，在家明栩栩如生的想象中，不知道为何，他们舞动的身影却全无声息。他们光亮可鉴的皮鞋踩在那涂了蜡的地板之上，也不发出一点声响，如同鬼魅。舞池以外，那时还没有安装眼前这种铁栅栏似的粗劣防盗门，而是木质的弹簧门，镶嵌着大面积的玻璃，从那幽暗舞池的中央，不时有闪烁不明的光线投射而出，映在门边放哨站岗的卫兵们身上。卫兵的面目隐没在夜色里，依旧无声无息。

就在前年年初召开的市政协会上，家明联合几位委员对重庆的抗战文物保护实施了一次深度调查，其中就包括这诡异的圆庐，他们呼吁各方协作，紧急保护这些濒危遗迹。今年年初的提案中，他们又再度联名，希望政府职能部门对规划中的汽车城改建项目重新评估，强化监督滨江片区的拆迁开发，确保老建筑留存，延续城市文脉……

家明这才终于醒悟，自去年以来，那个桂松还有王敏拉拢自己的意图。

1979年夏日骄阳的炙烤下，桂松领着一群人前往江边的河滩游泳。那时的小桂穿着一条新买的蓝布泳裤，窄窄的裤头紧绷在他完好无损的两腿上，他在浑浊的江中凫水长达几个小时之后，爬上了岸边黑色的礁石。白花花的日头下，那两瓣橘子一样玲珑的屁股闪闪发亮，也牢牢黏住了跟屁虫一样紧随他们身后的王敏的目光。

　　午后昏昏欲睡，那王敏眼珠子一转，讲起了那个暑假以来一再造访自己的梦境。梦魇的发生地就在神奇的圆庐，那间亡灵密集的昔日舞厅，那年代早已改造成了兵工厂职工杂居的公用厨房，摆满了锅碗瓢盆，成天被煎炒烹炸的热烈声响填塞。王敏说，在梦中她一次又一次穿过深夜里偃旗息鼓的厨房，走向那月光照耀下的廊道。那年月，人们时常遭遇突发的停电停水，随处可见一只储满清水的脸盆，或是倒映着晃动不已夜空的储水池。之前，那绵延不绝的梦境总会神奇地中止于那空无走道的尽头，而那天正午，王敏却对身边这几个冒着热气的少年宣告，就在前晚的梦中，那个一直以来秘而不宣的谜底终于揭晓，梦的最后，一个非人的身影期期艾艾，领她转到那座圆形碉堡的背后，面朝江水的那株苦楝子树旁，就在开满头顶的紫色花影下，她开始了挖掘……

　　所有人的好奇心都被调动起来，围拢来追问她究竟刨出了什么宝物，可王敏却翻了下白眼说："可我那时偏偏醒来了。"

　　他们于是蜂拥奔向圆庐，却见围绕着那灰暗的老房子长了好大一片苦楝子树，却并没发现王敏梦里的紫色串花，只有满树青果随风飘摇，就笑她想发财想疯了，然后一哄而散。

　　半个月后，偌大的厂区里闹起了窃贼，关于那窃贼的传说也越传越神，曾经同他擦身而过的那些失窃人，在厂保卫科或是夏日纳凉的对质中渐渐发现,那个传说中的贼影竟如此相似,形同一人。在他们的描述里,那窃贼身形娇小,轻盈如燕,他会在你半梦半醒的午夜悄然入室,即便你的惨叫撕裂夜空,也能从容不迫地飞越窗棂,只在楼前竖立的下水管道上留下猫儿一样细碎的足印。还有人坚称在下夜班的中途,曾与疾走如飞的他狭路相逢,他窄窄的脸上浮起的微笑,如同对面匕首上的寒光。

那个夏天,几乎这一整座兵工厂都被这从天而降的飞贼搅得人心惶惶,保卫科还特别加派了巡夜的值班员,组织了义务捉贼队,在江声浩荡的黑夜里无助地打捞他的踪迹,可失窃的家庭却仍在悄然攀升。

桂松那伙同伴坐不住了,不知是不是受了王敏那个怪梦的蛊惑,他们认定那毛贼必将光顾圆庐中那些厢房里的住家。夏天漫长的后半夜,他们自告奋勇开始了守株待兔的埋伏。他们在那几株苦楝子的树边吸烟,身子挨着身子笑闹,江风袭来的时候又埋怨同伴暴露了目标……

说来蹊跷,事故发生的那一夜,坚持值守的就只剩下了桂松和王敏两人。王敏不知从哪儿捎来一瓶江津老白干,两个人嘿嘿傻笑,就着一小纸包油炸花生米瞬间吞下去了大半,他们昏沉沉地相依睡去,恰在那时,贼影在那圆庐的门前忽然现身,真的就像厂里人传说的那样,那人从容不迫,跟任何一个普通的夜行者没有两样,年轻的桂松吓得酒醒了大半,猫身而起,拔腿就追,他力图不被对手察觉,可喉咙里的一声断喝却脱缰而出。

那之后发生的一切,在他的记忆里变得恍惚,他一再声称那夜光之中的黑影真的仿佛失去了重量一般,"就像一次突然的起飞,我一点没有吹牛……"

那时,一群出游的赌友已坐进了江边趸船上的鱼庄,喝下了好几瓶烧酒,桂松正说着那个注定将绵延他一生的捉贼之夜,在他故意停顿的间隙,家明的耳中灌满了船舷边塑料布噼啪作响的风声。

在桂老板接续的讲述中,那个当初的少年追随而去,就在圆庐廊道的尽头,和之前王敏的那个梦境几乎如出一辙,他和那毛贼一同起飞,跌落在了江边那丛黑色的礁石上,毛贼当场毙命,而桂松的左腿也在石头上摔得粉碎。赶来救援的人们,百思不得其解,这样的逃跑和追击的两个人,何以像两粒发射的炮弹,坠落到了几十米开外的礁石之上的呢?

"所以说啊,这里真是我的劫数,我们的劫数,千里万里,都必须要绕回来的……"那个出游之夜,追忆往事的桂松最后来了这么一句总结,那话音听着恶狠狠的,在后半夜直立起来的江风中,让家明打了个寒战。

- 他们 -

2012年和2014年,王敏曾两次重返滨江的汽车老城。

第一次是汽车城启动整体搬迁,她去劝服固守旧居的母亲。在那堆满杂物的三室两厅里,她闻到了腐败的气味,她问母亲:"家里有什么过期食物吗?你一个人在这边千万别老吃剩菜,会得癌的!妈你还是搬我那里得了,反正有的是房间。"她后来发现,腐败的气味竟来自母亲自己,仿佛她七十四岁的身体就是一件过期食品。她过去高挑的身材已然歪斜，之前那个秋天来临时，膝盖里忽然像是被抽去了一根筋，每走几步就会针扎般疼痛。她告诉王敏，自己连跑了好几趟那家著名的军医院，那里的医生却始终支支吾吾，说不出个所以然。厂里一名中年保安见她走路一瘸一拐，就热心向她推荐了江边菜市里租了个门面的游医，那自学成才的进城民工在她后腰上捅了一圈针眼，为她放了几管黑血后，她好歹可以每天挪步去超市买两棵青菜了。

说起这些，她那张长脸上，浮起王敏从小就熟悉的讥诮浅笑："我没那么容易死的，绝不能如了那些人的愿。"

"那些人"，那天午饭后，王敏独自沿老厂的水泥路漫游，始终想不明白，那些让灾祸降落到她家头上的真正敌手究竟是谁。

那场在重庆上空刮起的打黑狂潮，在那年的二月之后烟消云散，但至今仍没见任何人前来，向她们母女俩交代"王鹏涉黑案"的转机。那起案件的细节，也成了她始终不愿深究的黑暗地带。事发后她只在重庆晨报上读到过一篇综述，父亲的大名夹杂在那张四开小报密密麻麻的文字间，就像两片微不足道的尘埃，她读到"向黑社会采购高价钢材""扶持涉黑车行"等字眼，恍惚记起那应该是他父亲一个昔日战友儿子开的公司，却仍然没法将那个铅印的姓名，同那个总对自己板起脸孔，并且因为眼疾泪流不止的老爸联系起来。

那天下午是重庆常见的灰扑扑的天气，厂区里的人多半不认得她，所以当她这个孤独游客经过，他们也并不会停止正在进行的热烈讨论。他们提到汽车城即将迁往的偏远郊县，落到了一个多小时的高速路程以外，更让他们焦虑的是，重庆从前散布的化工厂、轮胎厂都将在那边齐聚一堂，而那化工厂从前正对厂门的那条小河里，连条死鱼都不会游过。

我必须让我儿子转学去他奶奶家了，一个妇人愤愤地说道，这让王敏不由去想刚才午饭桌上，那个咬牙切齿，哪儿也不愿搬的母亲，最终会落得怎样的下场……

她仰望天空，找寻着在那里并不存在的答案，不知不觉又踱步来到了圆庐。一辆卡车的驾驶室里有人叫她的名字，竟是桂松，他挥手让司机一个急刹，就横在大路中央和她叙起旧来。

两人都克制不住有些激动，桂松索性让司机摆了车子，邀她去江边吹吹风。他左腿的残疾犹在，拄着根亮闪闪的拐杖，这让两人瞬间重返青春期幽远的岁月深处，他们战栗相拥的那些阴晦午后，一下子变得雪亮。

桂松声称，他正在从事一项注定前途光明的事业，来这儿时的生长地搜罗搬迁遗留的旧物，以后或许还会将这一大片房屋的拆迁承包下来……最初的时候，王敏并没有意识到此中的深意，还一味沉湎于旧友重逢难免的感伤中："真是神了，我妈中午还说她前天晚上居然梦见和我爸在圆庐里跳舞，结果你就冒出来了！"

"阿姨还好吧？厂里好多人在说，出了那事儿后你妈老了一大头，见人就躲……"

她缓缓摇头，仍在为母亲的那个梦唏嘘不已："我就奇怪啊，我说妈，我从没见你跳过舞嘛，怎么会突然做梦跳舞？她还不服气，说从前厂里春节汇演她就领过舞，一帮娘子军，跳起一字步，从台子右边一直飞跨到左边……"

他挤出个鬼脸，笑了："你妈当年身材是好，腿长得不像重庆人，气质也高高在上，厂区一走，就把那些嘻哈打笑的女工比下去了。"

直至后来，两个重逢的故人才慢慢将那次偶遇，包括王敏母亲梦中的起舞，看作了终将照耀他们的启示。

机会很快显现，汽车老城里收破烂的生意刚刚红火起来，桂松又一举拿下龙水湖边的宝地，开修别墅。在王敏眼里，桂松一向是抓住机会就不松手的人，眼里总透出与生俱来的饥渴之光，他母亲中年后患上慢性肾病，长期卧床，还有个刚上初中的妹妹，他那随时随地的斗志，倒不如说是一种求生的本能。

王敏从未将他们一夜间重新密切起来的联络，看作是什么旧情复燃，她宁愿相信自己只是在从桂松那里重拾激情。两年转眼过去，2014年，她从牢狱中将老父接出，她没想到那个几近失明的老人，保外就医仅仅两个星期后，就要求故地重游。

开春后的暖阳时节，王敏推起轮椅在那条愈发灰尘满布的厂区大道上盘桓，搬迁末期的凋敝景象俯拾即是，可王敏眼里却只看见一派新叶初发、百花萌动的欣欣向荣，她陪同老父眼科手术后的这次小规模巡视，在她心里也颇有几分收复失地的意味。

厂区里的滞留者们投来疑惑的目光，她却管自向双眼蒙着纱布的王鹏解说自他离去后的沧海桑田。令她惊异的是，父亲对这片昔日领地依旧熟悉得如同自己的手掌，常常不耐烦地打断她，只是身体的虚弱还是难以抵抗，到底在拐过圆庐后的江边歪头睡去了。

她从父亲脑后那蓬乱草似的白发望出去，那白发已所剩无几，在明晃晃的日光下无力倒伏。她忽然有些冲动地俯向那衰老男人的耳边说："爸，你放心，我不会放弃，不用多久我们就会杀回老家来的。"

那个反攻的计划当然同桂松有关，他们联手，已经获取了汽车城改建项目的投标权，桂松还大包大揽，找来一众合伙人，他们紧锣密鼓地喝茶，见人，商讨大计，家明就是他们瞄准的一个特殊目标。桂松不知从哪里打探得知，家明同滨江片区拆迁改造项目的总指挥许斌是发小，同为电镀厂的子弟。

那是一间街道工厂，早年在沿江一线，家明记忆最深的，就是来自那些兵工厂、医院、报社还有中学的大院子弟们对他们街道厂子弟低看一等的眼光。虽说那些孩子照样会跟随他们，前往依陡峭江岸而建的镀铬车间，饶有兴味地窥探那里头灰黑的钢铁零件，如何历经油汪汪机油的浸泡，变得重生精灵般的锃亮。也会在夜深的夏日，穿越错落起伏的纳凉人群，因为忽然逮住了某个公共茅坑下的偷窥狂而奔走欢呼，但那份鄙薄却终究盘桓不去。

呼啸而至的少年期，家明领着电镀厂一班孩子冲冲杀杀，起因往往都不值一提，电影院里抢占座位，或是某个兄弟新进的军帽被半路劫掠之类，他们那帮亡命之徒总会在江边那曲折、迂回的巷道内设伏，用铁棍，包装箱上卸下的木条，破碎的砖块儿，围攻高傲的大院子弟，直逼得那些意念中的劲敌再也不敢涉足他们的地盘。

唯有亡命搏杀、不竭争斗才有机会，成了家明骨子里信奉的生存哲学。可那个许斌却截然不同，他远远游离于家明他们那伙暴力小子以外，他是家长们口中"别人家的孩子"，生来就安静而高冷的读书人。白皙的脸孔加上卷曲的头发，记忆里总是一副施加于家明他们的厌恶神情，仿佛很远就闻见了他们身上扑鼻而来的恶臭。他初一就考取了市里排名第一的重点中学，更成了街道厂里一个高不可攀的传说。家明很难否认自己升入高中后突然发奋，不是源于与他一较高下的竞争之心。他处身下半城那所喧闹、纷乱的普通中学，身边出没的尽是那种脸上闪现着无邪光芒、只知玩闹的差生，他只好在心中暗暗同他们划出一道界线，在高中到来的那三年，摇身成了个搏命的苦读者。那时候电视已渐渐普及，一到天黑，整条街上就会响彻金庸武侠剧的厮打声；那些长期关门闭户、神秘兮兮的录像厅，则闷声放着香港黑帮片或三级片的录像带，可他却咬牙避开，只想着十几公里之外的重点中学里，那个正在校园小径边发奋图强的许斌，想象着他正埋头攻读的鲁迅和《红楼梦》，还有那种他们普通中学里遍寻不见的高深莫测的参考资料和模拟试卷（所有这些信息，都来自许斌那个见人就夸耀儿子的母亲）……他唯有更深地匍匐在他家后窗下那台缝纫机上，一遍遍要将手中的教材咀嚼到融化的地步。

那缝纫机的台面，铺着他妈特制的棉质布套，在他闭关修炼的那几个暑假，长期被他旺盛的汗水浸得透湿。

夜里，他开始做梦，被过去的那些死敌穷追不放，每一次都要使出吃奶的气力才能逃出。他内心期盼着最终决斗时刻的到来，希望自己可以像金庸小说里那些遗落世外，却又意外收获秘笈大法的幸运儿，在某个光天化日之下，终于大展身手，一雪前耻。

他和许斌恰恰就在那滨江汽车城的拆迁改建项目上重逢了。

那许斌俨然已是大人物，作为市府派遣的钦差大臣，总是一身紧凑的深色夹克衫，露出一线雪白的衬衣衣领，他有些悻悻地注意到，那个多年不见的许斌，完全脱离了少年时期总被他们哂笑的虚肥，蜕变成了一个干练、沉稳的中年人。而家明自己呢，勉强忝列项目开发专家组副组长，不能说已然完败，但至少落了下风。

他们在接踵而至的研讨会上相遇，家明通常坐在外围，而许斌则身处核心的内圈，他在家明昔日记忆里总被浮肿脸庞遮蔽起来的双眼，如今却犀利好斗，变得易怒而蛮横，拥塞的会议室内常常回荡着他呵斥的声气。

随后那年的政协会上，家明联名几个委员就滨江改建项目的提案，多少算是他长期沉默后的一次爆发。尽管文史委那个上了年纪的专员私底下曾开给他专门"医治"政协委员的三味中药就是：甘草（干吵）、白芍（白说）、当归（当归则归），但家明他们仍执意提交了建议暂缓拆迁、统筹保护的提案。

之后的一起戏剧性事件，让两人暗中的较量（至少在家明看来那是一场较量）更加微妙。一名曾经参加过抗战的美军飞虎队成员的外孙女重访重庆，探寻外祖父当年足迹，她向媒体披露的一批从未曝光的老照片引发了全城轰动。

在她外公的镜头下，抗战时期的重庆居然阳光灿烂，清朗的大街上，码头上，人们一派风雅，彼时那些男人和女人青白的面容，素净的衣装，妙趣的风俗都令人喟叹不已。其中一张力夫蹲伏街边，独享一口小火锅的照片，更让这座火锅之城的市民如同遭遇了性高潮：这哪里是传说中水深火热的抗战啊，这光鲜绽放的日常，分明是在向今人彰显一个干净明亮的昔日时光嘛！

"城市记忆"成了那个时期几家都市报联手炒作的话题，家明他们的提案，也被神通广大的记者从政协提案库中发掘而出，恰恰同期公布的几套滨江新城的改建效果图，被几乎所有人讥讽为抹杀风情的钢筋混凝土怪兽。重庆晨报还借那位外孙女之口感慨，老人临行前一再嘱咐，要她多拍几张最新的江岸风景带回美国，而如今涂满了大红"拆"字的滨江地带，简直让她有些无从摁下快门啊。

那个炎夏的傍晚，漫长的、气氛沉闷得有如会议室内深重烟雾的紧急会议之后，许斌意外地叫住了家明。两个童年的伙伴，靠在改建指挥部二十四楼的落地长窗边，陷入了沉默。家明见许斌有些烦躁地将之前一丝不苟的领带扯脱开来，一双细眼钉子一般刺向窗外那浓稠的云层深处，那里，正孕育着一场蓄势待发的暴雨。他叹息了几声，到底放松了些，歪斜在那被他后翘得只剩下两条腿儿了的椅背上，直冲家明摇头说："你们这些文人，幼稚啊。你知不知道你们那些貌似高尚的言论会被多少人利用？那些唯恐天下不乱的小报记者，更他妈的狗屁不懂，一天只知道耸人听闻……"

家明有些吃惊地近距离洞察到许斌灰白脸孔上密布的皱褶，那些未老先衰的纹路疲惫而无奈地一律下垂着。他后来才在惶惑不安中得知，改建所涉及的拆迁户，已经将近期的报纸作为砝码，要挟政府提高拆迁补偿的标准……

家明至今都记得许斌最后朝他露出的那个大有深意的笑容："老同学，在这种事关大局的问题上，我真心奉劝你一句，千万不要玩火……"

所有这些，那对昔日的暗恋者桂松和王敏当然一无所知，他们只是在又一个持续到凌晨的牌桌激战后，由王敏出面，向家明摊了牌。

王敏为他奉上那杯清香的热茶时，依然保持着典雅而轻盈的姿态，在他一小口一小口啜下滚烫的茶水后，她才不慌不忙用整张满月般的脸孔迎向他说："你要帮帮我们。"

家明深知，在同那几家新加坡还有香港公司的竞标中，他们这家杂牌公司简直可以说不战而败,但那时,他的食道感受着那滚烫茶水的急遽下行,却唯有忍气吞声。

之后的那个凌晨,多年以前,那个在黑暗巷战中被敌手穷追的噩梦,又重返他的睡眠。

大约过了一个半月,国庆节后那个周二的午夜,小安攀爬上了那幢花园洋房楼顶的天台。

110打来电话时,何秋在他租住的一室一厅内,正用一杯威士忌预备麻痹自己。一年多的牢狱生活,让他的睡眠变得极其恶劣,临睡前那杯烈酒成了不可或缺的依赖。所以当他心急火燎赶往的途中,坐在出租车上,那从肠胃深处泛起的酒意,好一会儿都让他觉得是乘坐在一艘飘摇的小船之中。

他后来好歹看见了小安在高处飘飞的白裙。最紧迫的时刻显然已经过去,洋房的楼底,那支小型的消防队虽说还没解散,那几个身穿荧光服的小伙儿,紧绷的身体却早已松弛了下来。围观的住户并不太多,都是晚睡的年轻人,那时也感到了拂掠而来的深秋夜风中的凉意,嚷嚷着要快点儿各回各家了。只有几十米高的楼顶上,僵局还在继续:赶去的谈判专家,还是没能成功扑倒那个楼沿边上的冲动者……

那个绝境中的女孩儿,是如此需要自己!何秋几个箭步冲进那黑暗楼道里去的时候,一直被那股子激情烧灼着,他全然不顾那个审慎的谈判专家的劝告,可以说有些疯狂地一把揪住了已变得颓唐起来了的小安的右手。

那手冰凉而了无生气,在他捂过了好几分钟之后,似乎才记起应该发出颤抖。何秋搞不懂自己的愤怒由何而来，甚至对那些深夜出警的消防队员也恶语相向，仿佛是他们像抛弃孤儿似的将小安抛弃在了天台上。

他等待着她彻底平复下来。这女人那段时间以来明显迷失了自己，愈发像是一头莽撞的小兽。何秋弄不懂那个总是缺席的家明何以会如此深切地波及她，过去的那个秋天，小安曾多次向他提到过家明的异样：长期彻夜不归，不知所终，即使面对面相处也魂不守舍。"他一定是摊上了什么事。"小安望向他的眼里是那种一筹莫展的无助。那个老男人，何秋在心里骂着家明，一面又禁不住揣度，难道在小安内心深处，是真的爱恋着他吗？

那其实已不是何秋头一回在收车以后深夜出击了，印象最深的还有九月里的一个晚上，他刚接通手机就听见了她的啜泣。

那夜的早些时候，家明又一次打来手机说要谈几个紧急客户，晚上就别等他了。她对着听筒就骂开了："我不是你的高级助理吗，有什么要命客户非要避着我谈？"她认定了家明又跑去了那个赌局，她说自己后来像这世上最卑贱的女人那样一次又一次拨打家明的手机，却一次又一次只能听见可疑的忙音。她只好挨着去找从前那几个闺蜜，哪知她们竟没有一个人可以在那个绝望时分陪她去酒吧里喝上一杯。

市中心那几间著名的迪吧，因为夏末那场缉毒攻势，犹如饥荒过境后的乡野，她一个人还是找了个角落，最后把自己灌得烂醉。她万没有想到，当她在漆黑的楼道折腾了好一会儿才捅开自家房门时，客厅里爆裂的自来水流竟然奔涌漫过了脚背……

而同一段时间里他接送家明的专车业务，表面看却并没有多大变化，他去往王敏别墅里的赌局一如既往地重复着，只是家明回家的路线开始变得飘忽不定，常常在他猝不及防之际，家明就要求下车，然后急匆匆赶往某个未知的目的地。

小安接连不断的发作后，何秋对家明的去向多留了个心眼，希望发现切实的证据，足以唤醒那一段尤为迷惘的小安，但却始终没见小安所担忧的"别的女人"出现。只是，家明那张尖脸上早已褪去了先前的神光，在午夜暗淡的路灯底下，如同一个无路可投的游魂，他很想一个电话打过去对小安坦白，告诉她这个男人的确是陷入了某种麻烦，被彻底困住了。

跳楼事件后的那天凌晨，小安依靠在他的怀中泪流不止，少见地说起了自己的父亲。那个沈阳某钢厂的老工人，1990年代初期下岗，同样也无可救药地迷上了麻将。在那些僻静街道的两旁，那种或许源自苏俄的板式楼房，只有四五层高，后来密密麻麻开起了麻将馆，狂热的赌徒们隐没于其中彻夜鏖战。小安的初中时代起，她妈就会在夜深时分不由分说地拉起她，在黑森林似的老房子中间梭巡，找寻彻底迷失了的那个父亲。凛冽的冬季，出乎她意料的是，午夜的街头空寂无人，积雪沉睡，却并没有想象中的那般极寒，她在母亲的牵引下跋涉，或是深入烟雾缭绕的赌场深处，同那个"无赖"（她妈妈的用语）毫无希望地捉着迷藏。

小安告诉何秋，最后那几年，母亲奇怪地瘦削了下去，仿佛有一头潜藏的怪兽在无声蚕食她的皮肉，她最后的坠落在她的记忆里因此变得轻飘飘的，成了一次没有那么惨烈的滑翔。而她自己却越发地高大威猛，活脱脱成了父亲的翻版……

沉浸在往事中的那个女孩那天转过脸来看他，十分地不解："怎么搞来搞去，我又回到了初中时代，要一次次企盼那个男人从牌桌上回返？"

她继续追问何秋："你们男人真是奇怪的动物啊，我从前就特别搞不懂我父亲，怎么放着家里暖暖和和的床铺不睡，即便赌得筋疲力尽，也要跑去那臭烘烘的澡堂子里睡？"

何秋的脸颊那会儿直抵着小安头顶上的乱发，那里的发丝粗壮，那个女孩儿正微微晃动着硕大的头颅，继续自己的想象："我啊，如果今天真要这么跳下去了可不会像我妈那么便宜了吧，我这身子太重，一定要痛上好几倍……"

他不由分说地将她的脸扳了过来，朝向自己，那上面痴迷的神情透出几分痴傻气，却让他愈发冲动，他就冲着那脸脱口而出说："我们逃吧，逃得远远儿的，天高地远，让他们再也找不着我们。"

小安终于安静了下来，开始饶有兴味地看他，仿佛那是她头一回同他相见。

那以后家明的心脏病又发作过一次，十分危急，在凌晨三点多的时候出动了120。家明一再大叫，说有人拿刀子在他胸窝子里搅啊搅，他面色如土，参加抢救他的医生后来告诉小安说，那天晚上很有可能"你家属"（采用这个词时，医生显露了片刻的迟疑）就再也回不来了。

那个时期，小安完全被吓住了的样子，怔怔地在医院和小区之间往返，守护在那个依旧虚弱，仿佛总是从深水底下望向自己的病人身边。她后来在那家医院的住院部楼前跌了一跤，摔进中庭花园的喷水池中。那个黄昏光线稀薄，她懵里懵懂一脚踏进了院坝中央那个没有明显分界的水池中,她没命地呼救,奔忙的路人围拢过来,在看清了状况后,当即发出了嬉笑:水深也就刚刚触及她的膝盖而已。

她就这么迈着湿漉漉的双腿径直走到家明的病床边,对他讲起自己刚刚如何当众出丑,一阵疯魔的笑魇攫住了她,一面又止不住从病房的九楼之上朝下俯瞰而去。恰好起风了,那开阔院坝里蚁群一样的人丛,莫名地汇聚又散开,仿佛他们真被那风驱赶着似的,小安到底止住了笑,两个人之间降落下大块的沉默,某种低吟,并不是具体的风声或人声,而是这时空以外某种深邃的震颤,持续鸣响了起来。小安感到格外空虚茫然,不知道接下去该对那个歪倒床头的病人再说点什么,她没想到那个时候的家明居然会捉起自己的右手,在灰白的日光灯下流下了眼泪。他毫不避讳邻床病友投来的探究目光,叹息着,低声说着一句话,她凑近前去才听清他说的是:"我从没想到,我会输得这么惨……"他接着说,"不如,我们结婚吧,我再也不会让你受一丝一毫的委屈……"

他的语气听着就像一个乞丐正面对他完全拿不准的施主,小安好一会儿才明白过来,蓦地抽出手逃了出去,她没有干透的双脚,在病房走道里留下一串濡湿的足迹。

应该就在那同一个时间,小区的邻居们怀着颇有几分唾弃的心情,发现了小安身边多出来的那个年轻男人。十一月过后的天气,即便到了夜里,重庆的天空也仍然令人发指地晴朗着,那些总是蹲守在小区各条必经之路上的退休妇女看见,那个高个儿的年轻男人出现了,他在小区单元门前半明不暗的节能灯下悠闲地踱步,有人还听见他轻松地吹起了口哨。他在等待的那个女人之后从楼里飞奔而下，一头扎进他怀里，两个人几乎立刻就开始了肆无忌惮的热吻。有时候到了白天，他们也会时不时地相依着进出，关键是两个人都如此高大而华美，朝气勃发，面皮底下涌动着夺目的血色，在行进过程中，身体也会绞缠在一起。

直到那一整个秋天快要过完了，小区的邻居们才看到从前的那个中年男人，重新回到了小安身畔，他们一高一矮，形成了一个奇怪的搭配，那中年男人脸上的病容如此惨淡，小区里的好事者们由此确信，他们窥见了一桩无耻的奸情。

他们兴致勃勃地继续探寻女人那张宽大脸孔背后的秘密，认定了她现在已愈发倦怠，长期显出休息不好的苍白来，当她同你对视时还有几分呆滞，嗯，她在走神，微微低头，仿佛小区里那坑洼不平的石板路上，有一件她总也找不见的失物。这样的情形多半发生在小安单独出入小区的时间里，那些妇女的眼光追随着她迥异于当地矮小族群的高大身形，愈发将她划入了不良妇女的行列。

那个年长的男人呢？关于他深夜心脏病突发的传言，也在小区内悄然蔓延。在人们怜悯的眼光里，那人过去头顶边上短短的发桩明显伸长了，在越来越惨淡的秋日里，虚弱地耷着。那张小脸儿也如同幽灵般青紫，很明显地浮肿着。养病的大多数时间里，他都会在中庭花园里转悠，花园里小山一样堆砌着杂乱的绿树，在重庆一年里最末的那个月份，它们仍然一点儿也没显出颓势来。邻居们还发现，那个从前总是行色匆匆，感觉趾高气昂的矮个儿男人，单独相处下来竟有几分和蔼，时不时地，他会跟在那些无知的宠物狗还有小屁孩儿的后面追逐，或是冲着并不相识的老人家微笑，甚至会

淹没　127

停住脚步,从兜里掏出香烟来同他们一起分享。只有当那烟雾围绕着他迟迟不肯散去之时,他才会不耐烦起来,化身成一个不讲理的泼皮,非要将那不听话的烟雾打败,打散。

女人还是天天都回小区里来,那一般都要等到黄昏以后了,小区里的人后来才醒悟,原来男人在花园里转悠那么长的时间,不过是为了迎接她的归来。小区里的那些看客甚至注意到,远远地,当男人看见女人向弹簧大门款款走来,竟变得有一瞬间的呆滞,像是一个濒死之人忽然又接到了复活的指令,脸色会一点点燃亮起来。他定在原地迟迟不动,有时还会浮出一个羞赧的微笑,然后才故作不经意地走上前去,一把拉起了女人的手。女人被他牵引着,整整高出他一个头去,却并没有那么顺从,那两张脸一前一后,前面的那一张略略歪斜,被陶醉的神情淹没,后面的那张,却漂浮在这一切之上,像是一片薄薄的风筝,就要升空而起。

那些人期盼的三人同时现身的时刻,终于还是到来了。

某个阳光明媚的周末,都要将近午饭时间了,消失了好一段的年轻男人,忽然开来一辆墨绿色的路虎,有些阴森地横停在小区大门外。

三个人应该是约好了要去展开一场轻松的近郊游,但细心的观察家们很快发现,情势发生了微妙的逆转:矮个儿男人忽然对着高个儿男人指东指西起来,一副长官派头,而女人被矮个儿迎进副驾驶室后,不知怎么却使起了性子,冲他一顿呵斥后摔门而出,那矮个儿又只好追随其后,一脸堆笑。

即便那时,那人的病容也十分显著,两只眼睛周边都围了一圈灰黑色,他对那女人的乞求也太过迫切了,甚至将她那套紧身的衣裙扯破了一条线缝。

小区里的观察家们后来有不少人都提到了三人之间随后那个奇怪的僵局：车门有些无奈地敞了开来，矮个儿男人颓唐地瘫坐门边，已经筋疲力尽。而那女人，最后不得不凑过去依偎着他，她搂着他伤心的脑袋，却皱起了眉头，就像是一位不得不迁就自己犯浑小子的母亲。那个高个儿，却退到了很远的地方，距离远得仿佛与刚刚的那场争吵脱离了关系，却没法摆脱那份息息相关的阴郁。他在那阴郁中站立了一会儿，之后也无力蹲坐在了马路牙子上，闷头抽起了烟。

直到那个时候，也几乎没人会多么严肃地看待这一幕，即使是那些始终关注这起偷情事件的小区大妈也绝不会料到，这三个人中间，后来会发生那么严重的一起罪案。

- 冯卫宁 -

所有这些零散的、很难串连贯通的信息，最终汇总到了刑警冯卫宁的面前，却让他陷入了无边的迷雾。

隆冬的一个午夜，事故发生的起始地点，就在那片著名的高端别墅区。几乎所有人都知道，进入夜黑以后那里阒无人迹的荒凉，那个专车司机何秋，后来似乎成了那起事件中唯一的目击证人，他几乎熟视无睹地叙说起那天夜里自己的业务，接送那个知名教授家明。他说那已是午夜两点过五分了，那样的时间，忽然在那橘色路灯照耀下的荒僻车道上，出现一个蜷缩的人影，会是多么令人怵然心惊的一件事。他们原本是打算绕开那人继续行驶的，何秋声明自己一向都是个小心的司机，对于任何的突发事件总是保持着足够的戒心，但当他手底下的车轮就要无声地滑过那个黑影时，那个人，竟毫无征兆地跃起，何秋的头脑里闪过曾经听闻过的那些碰瓷的传说，只好将车子歪斜着驶向路沿儿，并且点了一脚刹车。

他说他们绝对不应该对那个可疑的半路拦截者打开车窗的，那个人，面无人色，凑到车窗前来的眼睛似乎是透明的，像是两粒奇怪的玻璃弹珠。他拍打着车窗，冲着车里的两人嗷嗷喊话，何秋说他完全搞不懂那个时分，他的雇主，也就是家明的仗义之气缘何而生，他对刑警冯卫宁解释说，好多时候教授都会显得欠缺考虑，有一股子一意孤行的蛮劲。

他说他们就那么打开了车窗，听见那人喘息着说他喝醉了酒，也不知怎么就躺倒在了这路中间，这会儿肠子绞痛欲绝，求他们将他带往邻近的随便哪家医院看急诊。

何秋说家明那会儿全然不顾自己对他使劲递过去的眼色，只是闷头打开了车门，"他是个好人不是吗？可好人没换来好报啊……"

一开始就有点儿蹊跷：那个声称醉酒的人却身着单衣，而且一点儿酒味儿也没有。他上了车，即使在轰然吹响的空调热风底下，仍然一片树叶那样瑟瑟打抖。何秋说自己起先还以为他是冻得没办法，事后想来却应该是作案前的生理反应吧。他说他们在接下去的路途上找寻那个男人所希望的医院，可那是深夜两点以后的开发区啊，大段大段的空阔马路都隐没在了没有路灯的漆黑一团里。他说，那个劫持的戏码到底还是如期上演了。坐在自己和家明身后的那个拦路人，在暗影中扑到家明的椅背之上，何秋说自己恍然听见刀子弹开的咔嗒声，眼睛余光里那刀子雪白的光亮一晃，他才惊觉车子已驶到每晚必经的那片脚手架林立的拆迁工地。高高塔吊上经夜不熄的那盏射灯，直接将光亮刺穿而来，他说他曾经想过将那车子开进堆满建材的工棚边呼救的，但那个劫匪却似乎识破了他的意图，忽然从后座上跃起，横亘在了他和家明中间。劫匪晃动着那把短刀，好几次都几乎要划上何秋的脸颊了。何秋说他的声音那时听上去就像是一个奇怪的孩童，而且还蛮不讲理地发布着指令。

何秋说那一幕真像是瞬间坠入了一个匪夷所思的梦中，他感觉自己深陷其中，难以自拔……他说江水就是那个时分来到眼前的，光辉灿烂的一片，完全无需前灯的照耀，依然通体透亮。

这个时候，何秋中断了之前滔滔不绝的讲述，瞟了刑警冯卫宁一眼。他的眼中，是难抑的悲伤，那悲伤不请自来，兀自在他那称得上秀气的眉眼之间徘徊了好一会儿。后来，冯卫宁无数次地去回味那个眼神的深意，希望可以捕捉到其中哪怕一丝一毫的杀心，却一次又一次颓然而返。他得出的结论是，那是一个柔弱之人，毫无主张之人，盲从之人，总想着抽身而去的人，直觉告诉他，这样一个略显迟钝的角色，策划出一起处心积虑的谋杀行动的可能性很小。

可随后事件的进程又显得太过荒诞不经。按何秋的说法，那个时分，他们的车子已经来到了滨江汽车城那片老旧厂区，清一色的破败楼房，还有年代无从查考的平房里面，已经大多数搬空了居民，只有一些垂老的职工，还有拾捡破烂的民工滞留在那些黑洞洞的窗洞后面勉强度日，厂区里那几条过去四通八达的水泥路上也落满了泥灰。

已是临近昼与夜那幽冥的交界点了，他们那辆被挟持的路虎驶入了厂区道路两边堆积如山的杂物包围中,那里,一场最后的撤离正漫无边际地扩散着,他们沿途看见了桌椅,歪倒的电视机,音响,没有主人的破鞋,还有缺胳膊少腿的玩具,黑白相框里狞笑的老照片……何秋说自己受到了更大的惊吓,甚至都有点儿忘记了那个架着刀的劫匪,一心想着要逃离那片鬼魅之地……他说自己那狂踩油门的一脚,也像是受到了莫名的蛊惑,那辆一向都在自己的操控之下服帖、温顺的路虎,居然发了疯似的,沿着那条坡道咆哮俯冲,最终撞破滨江路边失修的护栏,滚落进了冰冷的江水。

那实在是太过荒诞不经的一幕,刑警冯卫宁极力要从何秋的眼中搜寻谎言的踪迹,但是那会儿,那个结束了诉说的目击证人,像是一位终于抵达了终点的长跑者,瘫坐在对面的那张椅子里,几乎第一时间就将四肢蜷缩了起来。那个之前还颇有几分忧伤的男人已完全回收了他的目光,那内含的眼光后来一直保持在他鼻子底下的那张桌沿儿以下,变得空虚而无助,刑警冯卫宁不禁暗自对他轻蔑起来:这个孬种,谅他也没胆杀人……

接着传讯小安。

那个小安,在接到通知的一瞬,正打包行李准备搬离,这似乎印证了逻辑上存在的情杀可能。她竟怀抱着那只之前从沈阳老家空运而来的老狗,直接就来到了讯问室。

在遭遇到了理所当然的阻止后,此前她一直隐忍着的悲伤一下子爆发出来,当众号啕大哭。那只老狗,真的十分衰老了,两只眼睛其中的一只被额顶肮脏结团的狗毛覆盖,已经完全没法儿睁开,它就那样惊惶失措地仰头望向失控的主人,那几近失明的病眼里渗出的泪水也浑浊未明，仿佛垂挂了经年。

"他是个病人你们知道吗？在那刺骨的江水里，绝对没有生还的可能的，你们知道吗？"

小安反倒质问起了他们，而刑警冯卫宁却不露声色，隔着那张长桌，观察、分析着她的哀伤。是的，过去的这段日子，她显然一点儿也不好过，她的那张阔脸明显有些浮肿，两只眼睛周边，也残留了长久哭泣的痕迹，但她此时的眼泪，不知为何，对于冯卫宁而言却没有多少说服力。她的长相，怎么说呢，有那么几分凶猛，茂盛而蓬勃的毛发，即使在出门之前已用心梳理、收束过，却仍然想要破壳而出，不管不顾地顺着她那饱满的胸脯流淌到明晃晃的桌面上来。她的妆容，也不能说不精致，眼线唇线什么的，看上去就训练有素，但在那仔细铺设的粉底下面，那圆鼓鼓的鼻翼，还有外翻的厚厚嘴唇，却有一股嚣张之力，同样有那么点儿想要喷薄怒放的意思。

那会儿，这个女人正对着讯问室里的两个人，诉说秋天的那个深夜，家明突发心脏病的险情："他真的差一点儿就走了，那天夜里，守在他身边，我迷迷糊糊的，好几次都听不见他的呼吸了，好几次，我都以为阎王真要将他带走了……"

他就是不相信她，即使在如此真切的描述中，刑警冯卫宁还是感到了这个女人急于要推卸所有干系的焦躁，他没法和身边那个埋头不起的同事交流这个感受，只是有点儿机械地在自己面前的记录纸上，胡乱描画着"情杀"这两个字，它们以各种变体，还有变幻的笔画，填满了他面前的那张白纸……

当然，那两个人，何秋和小安之间的奸情倒已是确凿无疑的了，但他们又为何要以那样决绝的方式,那种自杀式的投水,来完成自己的计谋呢?一个很大的可能是:那个同车坠江的何秋,还有他口中言之凿凿的那个劫匪,不是都会被江水淹没,同归于尽吗?

黑暗的江底,那个紧急逃生的过程,在之前何秋的复述中,也变得混沌一片……他说,江水的急流,不知是从哪一扇没有关严的车窗之外一涌而入的,黑夜里那依稀残存的光亮,也彻底消亡了,刚才还迫在眉睫的那起劫持闹剧,眨眼间就被搁置到了一边……何秋说,在迅速淹没头顶的冰冷和恐怖之中,自己亡命挣扎,左侧的那个车门,居然自动地就弹开了,那车门真的像在梦里那样,比一片儿薄纸还要无足轻重……他说自己在那泥浆一样的深水里持续抗争,扭动,生命在那样的绝境中就像是一只鼓胀的气球,他只感到了那一阵从自己肚腹深处源源升起的鼓胀。那鼓胀引领着他,最终一个腾跃,浮上了开阔的江面。

另外的那两名乘客呢?

打捞队是第二天上午才陆续抵达的,几个胡子拉碴的潜水员,在凛冽的江风中不紧不慢地吸烟,皱着黧黑的面皮,吞下了几大口烧酒,才叹息着沉入了江水。

家明的身子卡在了车子副驾的座位里面,据说连安全带都没有来得及打开,而另外的那位,那个何秋口中阴险的劫匪,却不翼而飞……

讯问室里,对小安的审讯仍在继续,却陷入了迷局,刑警冯卫宁装作不经意地提到了何秋的名字,他没有想到对面的那个女人,虚浮的脸上竟掠过一丝讥诮的笑容,她说:"一个怪人,你其实是没办法搞懂他的思维的,他把一切的一切都藏在肚子里……投江?

天呐，那也是可以用来对付劫匪的办法吗？"

冯卫宁捕捉着她脸上的每一根神经，在说出"投江"那个词时的每一丝悸动，却完全没有发现一点儿可疑的震颤，那清清白白的鄙夷神情里头，甚至连最起码的亲昵也没有。

至于另外那个男人，家明，在小安那里，更多的还是只有怨恨。她居然当着对面的两个警察，抱怨起别墅区里那隐秘的赌局来，她说："你真的搞不懂那究竟是一群什么样的人……说是生意伙伴，还有几十年的老同学，成天不知在那别墅的地下室里干些什么勾当，我想去看看还说我会带去晦气……"她提到了不久前家明同那帮牌友发生过的一次争吵，具体原因家明不愿细说，只说那是一帮贪心不足之人，"我就说早晚会出事儿的嘛……"

她忽然意识到自己说得有点多了，就猛地闭了嘴，那种刻意掩藏起真心来的呆滞神情，又重回她的脸上。刑警冯卫宁紧盯着一米多开外的这个女人，他几乎看见了长久的时间流逝后，那脸上浮起的一丝娇羞，那算得上是说谎背后的胆怯吗？

再一次，他陷入了巨大的迷雾中。

他最后还是前往了案发的那个江边，来自打捞现场的一条线索，似乎印证了何秋所言不虚。

那是一个皱巴巴的破烂钱包，钱包里有一张居民身份证，指向了那晚车上的第三个人，那个何秋口中的劫匪。只是有些出乎冯卫宁意料的是，那劫匪的居住地，恰巧就在路虎坠江的那片旧厂区，也就是那座几近废弃的汽车城旧址。

那天下午，重庆冬日稀罕的艳阳明晃晃照耀在冯卫宁脚下的灰白水泥路上,他不期然遇上了最后一批拆迁证办理的现场。从前那幢三层办公楼前的院坝里排起了长龙,有点令人发怵的是,那守候的队伍中间,却几乎不见什么人影儿,代表着那些终将要来领证的职工的,是各有其主的旧板凳,肮脏的沙发,塑料脸盆和水桶,甚至还有沾满泥浆的高筒皮靴。过去生活的皮肉,被血淋淋撕扯开来,展示在太阳底下,让冯卫宁回想起何秋在供述里说到的路虎坠江当晚,行至这片废弃之地时,如何被鬼魅追赶。

按照身份证上的详细地址,他找到了劫匪的住地,居然就在重庆有名的民国建筑圆庐。那座碉堡似的平房内,同样一片兵荒马乱,中央的那个舞厅,丢弃着所有那些厨房用具,如同一场不可一世的霉菌爆发。冯卫宁在那扇铁栅栏门前拍打了好一会儿,只听见了空洞的回响,还有簌簌落地的铁锈,只好作罢。

在圆庐的拐角,冯卫宁遇到一名单衣男子,那人手挎黑蓝的棉袄,大声喘息着攀上这并不算陡峭的石级来。他竟然认识冯卫宁打探的那名嫌犯,他说厂里的人都知道他是个无可救药的粉哥,之前曾顶替去世的父亲进过工厂,那绝望的母亲之后跑回了邻县的老家,他就一个人住在圆庐其中的一间厢房里,在那铁栅栏门里进进出出,街坊邻居们担心他惹事,平时哪怕只是去厂区转一圈,也会把自家的大门锁死。

那人有些疑惑地回望冯卫宁,说他都消失好一阵了,今天不是要办拆迁证吗,也不知行政办是不是把通知发到了他本人手里。

冯卫宁查勘的脚步越发犹疑起来,他还是去那发证现场转了转,在下午那点儿蒸腾而起的热力下,之前濒死的办公楼前,到底还是闹腾了一会儿。不知为何,他并没有径直去门边的那张办公桌前细问，而是远远地，在可以尽览那片白花花平坝的缓坡上久久伫立，不愿加入到杂沓、暗淡人群的争执中去，他多少有点儿盼望那争执快点儿过去。

他，刑警冯卫宁，恰巧是一名文史爱好者，站在那天黄昏来临的光线里，回想了一下关于那座民国建筑的传说……关于1930年代的日子，关于圆庐最早的主人，那个国民政府的高官，以及他的那个来自苗寨的情人。记忆中的老照片里那个宽皮大脸、不愿安分的女人，不知为何，和之前他讯问过的小安重叠在了一起……在刑警冯卫宁的想象中，那个高官和那个苗家公主的爱恋，居然也和那起汽车坠江事故相关的两男一女一样，中间存有太多的缄默与空白，在刑警冯卫宁的心中，成了鬼魂对鬼魂的爱恋。

他不知道从小就在那亡灵密集的昔日舞厅近旁度日，会是一种什么样的体验，比如那个传说中的劫匪尚在年幼时节，夜半被一泡热尿憋醒，当他穿过那黑漆漆的厨房，也就是昔日的舞厅，奔赴圆庐以外的公厕，他会不会偶尔被某个盘桓不去的鬼影吓得冷汗淋淋？

一定是这样的，刑警冯卫宁在已经到来的傍晚微光中，再次掏出那张斑驳的身份证。他端详着那个灰蒙蒙的头像，愈发感觉，那个现身于那起谜团遍布的坠车事件，终又杳无踪迹的劫匪，说不准本身就是那老屋遗留下来的一个鬼魂。

他最终朝那明亮的江边走去，沿路都是疯长的野芦苇。那一段的柏油老路马上就要翻修，即将与长江边上那宽阔腰带般的豪华水泥路连通，所有的遗迹都终将消亡，包括这起坠车事发的现场，那几道深深的车辙印迹，那被何秋那辆路虎撞破的条石护栏，都将消逝不见。

　　刑警冯卫宁一直向那最后坠落的豁口走去，夜色已经如此浓郁，如果有人这时撞见他苍白的面容，一定会被那上面确凿无疑的悲伤打动。

乐园

> 啊，温良的一对，你们绝不会想到
> 变故已经临近，所有这些欢乐
> 都要消失，你们还要遭到厄运
> 今日的欢乐越浓烈，那灾祸越深重
>
> 弥尔顿

一

小林来东华小区开店，还是 1990 年代初。那时候，像他那样的社区理发店还十分稀少。理发店就开在小区大门左侧那排暗淡门面的尽头，再往外，就是围墙的拐角，一条小巷逼仄地一直绕到了门面的背后，然后接通了那条直达长江边上的石板路。从理发店的门脸儿望出去，大多是灰扑扑的水泥围墙，几乎没剩下多少空闲的过道边，却蓬勃地生满了一片夹竹桃。最早的时候，小林就将洗头的水池设在临近夹竹桃的室外，客人抹上洗头膏以后，常常可以闻见夹竹桃那扑鼻而来的腐烂臭味儿。

这样接近于死角的地势，再加上门面正上方悬挂的那块白底红字的牌匾，看上去也十分潦草，进出小区大门的住户们，起初都很少注意到"正宗温州发廊"那六个大字，所以一开始，小店的生意始终冷淡，那些匆匆经过的人，就经常看见小林蹲在那丛夹竹桃的底下歪头吸烟。

小林那个时候看着完全像是一个半大孩子，他爱穿一件黑乎乎的皮夹克，超短的样式，吊在腰脉以上，底下则是松垮垮的浅色西裤。由于他才挨边一米七的样子，又瘦，那裤子在他疾走起来时，就会恍若日本武士围住下半身的那种长袍。小林有张苍白的小脸，即使无休无止地吸着烟，发着呆，也看不出那张脸上有多少愁闷，他有那么点儿嬉皮士的风范，一副无所谓的样子，不知是不是因为吸烟太没节制，或是那片夹竹桃长得实在繁茂，那张小脸儿渐渐就有些泛青了。

好在大约半年后，小店的生意好起来了。说不清到底谁是第一个试水的人，反正一传十，十传百，后来那些女人顶着小林剪的发型招摇过市，见人就说那温州发廊真不错啊，老板嘴甜，手脚麻利，剪出来的发型又洋气，而且离家又那么近，奇了怪了，小老板说都开了大半年了，以前怎么完全没有注意到？

还有一些感觉，是那些女人不会说出口来的。她们不会去说小林的手指有多白，多么细长，她们也不会到处去宣扬，小林为她们洗头时，那些手指是如何轻柔地弹拨在她们的发根和头皮上。她们更不会明说，那个男孩儿上唇那一抹黝黑的小胡子，还有他为了察看效果，眯起眼来投向她们发梢的目光，总会猝不及防地让她们心跳加速。

她们都注意到了他右手的小拇指少了一截，当那残缺的右手在她们的头顶上划过来又划过去时，她们心心念念惦记着小林那失去的拇指，终于有一天，她们中间最没顾忌的那一位就问出了口："小林啊，你那手是怎么回事啊？"

"姐啊，是我剪得有哪里不对吗？"

"去去去，我一天到晚在小区里帮你打广告呢。我是说你的手，有什么难处就尽管开口啊。"

"那个啊，很久的事儿啦，小时候不懂事儿，打架落下的……"小林的那对小眼睛很快滑向了别处，他的语音也变得飘忽了，突如其来的冷漠，让那个胆大的女人也有些心慌。

"好了好了，现在懂事了就好了。小林，你真是温州人吗？"

"喔喔，正宗温州发廊啊，还能有假？"

但小林却真的并不是温州人。

那年的冬天特别漫长，二月底的时候，理发店遭了一起火灾。起火点就在店堂里面的那间卧房，通宵开着的电炉引燃了屋子里胡乱堆砌着的杂物。小区的片儿警马儿，火灾过后检查小林和他雇佣的那个洗头妹的暂住证，后来就对小区里那些叽叽喳喳的女人撇嘴说："什么温州人嘛，你们全上当了，那小子是广东潮州底下一个县里的人，那里就是山，还有没人愿去的海……"

女人们那时其实已不太在乎小林的真实籍贯，她们更感兴趣的是失火当天，小林和那个洗头妹窝在那间密不透风的黑屋子里，在干着什么。洗头妹是四川乡下人，后来小林才交代说，那是他在生意忙不过来的头一年春天，在街边那个劳务市场转悠了整整一个下午的收获。他看中的就是那妹儿人高马大，两只大手像是两片厚实的蒲扇，有股子蛮力，还够软和。

那妹儿说自己大名叫冬梅，后来那些来洗头的图省事儿，就冬妹冬妹地唤她。那冬妹并不像她看着那样蠢笨，干了几天后就截住了正在夹竹桃下偷闲过把烟瘾的小林，要求住到店里来。她说自己在重庆只认识几个老乡，他们中间有两个人的老婆最近尾随而来了，就催她另找住处，这一个月一千多块的工钱怎么可能再找房子租嘛？"小林哥，你就可怜可怜我，让我住到店里来吧。"

她那身子像架粗笨的钢琴那样直抵小林的鼻子跟前，那对沉重得就要垂落下来的乳房，几乎要挨到他的嘴边了，小林只好含混地点点头。

最初的时日，他们还分了两间房各睡各的，冬天来了，重庆这边阴冷无比的雨水，几乎要渗进人的骨头里，那冬妹就嘟着嘴央求小林让自己也睡到里屋去，一同靠着那呲呲作响的电暖器取暖。那个时候，冬妹成天都把自己可怜的身世挂在嘴边，见人就说自己有个聪明绝顶的弟弟，在县城中学念书念到了全年级头一名，她常常说着说着就叹息起来，说摊上这么个弟弟有啥子法呢，只有主动出来打工，存了钱还要贴补弟弟学费。每讲到此，她的眼中，还会适时地浮起一层浅红的泪水。

"我们完全没什么啊，你们千万莫想歪了！这么冷的天，我和小林老板恨不得把那屋里所有的东西，都捂到身上来。你们没进来看过，我们两个睡起来，就像埋进了深深的泥巴里……"

火灾之后，店里的生意反倒更加火爆了，直至那一年的夏天来临，那场火灾都仍是店子里那些常客嘴边热切的话题，关于小林神秘的过去，还有他在这重庆城里鬼魅的生活，也有了各式各样的传说。

小区里的人后来听说，小林从前在老家惹下了一桩血案，才千里迢迢逃到重庆来的。血案的发生，和女人有关，当然，一个男人长得像小林那样精致，总归是要惹上女人的祸事的。即使来到了这人生地不熟的重庆，小林也仍然没能逃脱那些女人的追逐。小区里的那些常客并不知道，天黑关门后，那个小林却痴迷于两路口文化宫里的那家低音震颤的迪吧，他有时会领着那些轻易就甘愿跟随自己的女人去开房，有时甚至直接将她们带回店里来。

"那时候你可怎么办啊？"那一阵子的流言传到最后，大家都会心地发现，唯一的源头，显然就是冬妹这里，那些越来越好奇的听众还有那个绘声绘色的说书人，发展到后期几乎全无避讳，就在露天的洗头池边哇啦哇啦地开讲。听众们顶着一头白泡沫，有时候就直接紧盯着那时正一脸不屑的冬妹看。

"你们不要被他的外表迷惑了，他才不是你们想象的那种老实人呢。"每一次的宣讲结束，冬妹都会归到这句总结语上。直到某一天的傍晚，下班的人群从那店门前急急地经过，几乎都看见了那两个人在里头激烈争吵，矮小的那个已经气得浑身发抖，腮帮子两边的咀嚼肌也咬得发白，就要破皮而出。另一边呢，那个动物一样的妇人，却将眼光越过了小林的头顶，还在坚持要无视那个小男人的存在。直到最后，小林将一支烟头猛掷到冬妹的脸上，那个庞然大物才轰然垮塌，蹲在地上号哭起来。

冬妹被小林炒了鱿鱼后，一度还在东华小区里出没，给某家主人当过一段时间保姆。那妹儿实在是少根筋，当着保姆也仍然不忘传播小林的小话，咋咋呼呼地警告那家的主人还有其他保姆，说小林太危险，总有一天会将祸事引进小区里来的。

她声称的那件祸事却迟迟没有到来，倒是她自己在午后的困乏时间，抱着那家的奶孩子打瞌睡，孩子从她的手中滑落到冰冷的瓷砖上，也没能让她惊醒。这一幕恰巧被提前下班的女主人撞见，她只好卷起铺盖走了人。

"那样一个人的话，你们也信？"小林后来在店里提起冬妹就摇头苦笑，他的笑容局限在右边嘴角那一带，相当讥诮，却仍有一股说不出的讳莫如深。

忽然有一天，一个陌生的男人，也来到了那丛夹竹桃下吸烟。那男人比小林高出了一个头，那是秋天，小区门前的大街上，环卫工人们将潮湿的落叶堆积成一个又一个的小山丘，点火焚烧，那怪异的香气弥散得整条街都是。

那个男人就站在那里吸烟，和小林总是优雅的动作不同，他是深深地将自己的脑袋埋向那颗小小的烟头，仿佛在向那烟头索要剩余的一切。他穿着件毛料西服，钢板一样平整，皮鞋锃亮，和那片灰暗的街区显得格格不入。他的右手不时抬起来，将耷拉下来的额发挥拂到脑顶，手腕上一只金灿灿的大表，这时就会忍不住冒出来，闪一下对面的人眼。

那男人后来隔三岔五出现在温州发廊门前，女人们在小林手指底下的时候，有人就装作很不经意地询问："那保镖呢，今天怎么没来站岗？"小林过了好一会儿才反应过来，居然红了脸说："你说他啊，我哥，他从老家找过来了……"

那最后的半句，小林像是没有力气说完。

那个哥哥慢慢成了小店里抹不去的存在。好多人都看见，有一些傍晚，小林他们会早早收工，就在店门前支起一张方桌，气罐子点燃了，几番热烈的爆炒后，几盘油汪汪、鲜艳艳的潮州菜就上了桌。那个哥哥常常就坐在那桌边，仍旧西装革履，始终不愿融入这周遭的样子。小林对他的态度，有细心的女人发现，居然透出几分巴结讨好、摇尾狗似的，而那哥哥却不为所动，依旧腰板儿挺直，用筷子头翻捡着碗碟里的东西，像是一个颇不耐烦的海关人员。

另外一些时候，天还没有暗下来，小林的脸上就布满了慌张的神情，他罕见地催促起转椅上的客人，对那些迟到者快速地摆手说："不好意思啊不好意思，我要到我哥那儿去了，明天再来好不？"

女人们开始发疯似的打探、追查那个哥哥的来历。一个军人？他那僵硬的、决绝的举止，还有一丝不苟的衣装，看上去颇有几分军人的影子。但他透露出来的几分神经质，又让她们拿不稳。那神经质究竟来自何方呢？她们百思不得其解，终于有一天，她们中的一位忽然失声尖叫起来，她对一起追索的同伴宣布了自己的发现：那哥哥的左眼，居然是只假眼。天呐，她说自己在接受那个男人凛然一瞥时，距离不到半米，再清楚不过地看到了那只左眼泛出的灰蓝色的异彩。

那非人的、物性的眼光，似乎有些羞怯，同那只真眼的攻击性有些背道而驰，让人下意识地想要躲避开去。

二

当年那些追逐小林的女人中间,何文秀绝对算不上显眼的。是的,她是去剪过几次头,因为长相普通,也就从没设计过什么新奇、出格的发型,就是齐耳短发。那时她还在政府的档案室上班,1980年代末从一家师范大学毕业后,她就被分去了那里。档案室在六楼,在经过一道长长的,阴气沉沉的走廊后,就到了尽头那间笼子似的办公室。那可以说是一间透明的笼子,窗户直开到了办公桌的桌沿儿,设计者也许是为了补偿这一整层的阴暗,就极力让这办公室四敞透亮。何文秀她们四名机要秘书,就各自蜷缩在那二十几平米的小匣子里。

这么说起来,档案室要算整个机关里最偏远的部门了,但办公室里那三位看着却并不简单,那个叫杨清芳的,总是一身束腰职业装,铁灰色或是深咖啡色,在办公室里端着一只比她脸盘还要大的保温瓶,像个大人物似的巡视四周,指点江山。她尤其有些瞧不上何文秀的样子,同她说话的时候,总是直接坐到了何的办公桌上。她总是说:"你啊你,闷得就像一只老母鸡,这机关侯门深似海啊,你这样哪有出头日哦。"

何文秀不清楚杨清芳所说的出头具体指什么,她只能远远观望办公室里另外的那三位,在食堂,或是大院里那些曲里拐弯的小径上,和那些秃了顶的,要不就是肚皮像充气皮球似的处长撒娇,嬉笑。她们的分贝,还有尖叫的音频,像是失控了的收音机,夸张得往往盖过了大院里那些领导身边的红人,总是可以如愿地引来目光。何文秀觉得,她们不约而同的行为,有意无意地将自己排除了在外。

她不知道当年自己刻意找到了小区外那间红火的理发馆，是不是潜意识里想要改变，想要给那三个女人一次小小的还击。她记得自己的确特意去剪过一个短过耳垂的短发，后脖子光光地全露了出来，在那还有几分凉意的早春的风吹下，有时会冒起一片鸡皮疙瘩。她记得当时还自我感觉像是换了一个新人，一夜间就干练起来了呢。

那几个人盯着她看，后来那个杨清芳还专门奔来，扳起她的肩膀左看右看，不住咂嘴说："这发型好啊，起码年轻了五岁。"她已记不清那个晨报的记者刘艳艳，是不是就是在她剪了头后的那个春天里冒出来的了。刘艳艳是她老乡，年少时和她同住在当时江北县同兴乡的那条老街上，从前在那街上走过，也会时不时点头打招呼。刘艳艳就这么忽然出现在了档案室，冲着她点头，还大声宣布，现在起她要在晨报当记者了，就跑政府口。

那女孩儿的出现，几乎立刻引起了其他三位的提防。她们故作淡定，还有偶尔投过来的好奇眼光，都让何文秀快意。她看着对面的这个老乡，她突起的胸部中央，那粉红的毛衣起了几个线球，脚下蹬着一双高帮皮靴，脸上，还有鼻子周围的一圈布满褐色的雀斑，前嘬的双唇上，涂抹了一层最鲜艳的口红。她几乎立刻察觉到了对面这个女孩儿的杀伤力，她浑身上下散发出来的勃勃生机，让不远处的那三位眨眼间就变得黯然了。

多年后回想，她几乎不愿相信，毁了自己一生的起因，竟是如此孩子气的小肚鸡肠。无论如何，在当年，她很快就和刘艳艳打得火热起来。她将那些自己经手的讯息，有意无意提前透露给了她，然后很快，常常是不用等到第三天，那些讯息就加上了"本报讯"的电头，出现在了重庆晨报上。刘艳艳因此也在几家竞争惨烈的都市报中间，毫无悬念地抢得了不少首发消息。每条五十元，何文秀知道自己并非贪图那点蝇头小利，只是那以后，她继续窝在那被遗弃的荒僻办公室里，却有了一种对全世界发言的权威，报纸上那些庄严的铅字背后，居然隐藏了自己的声音，仅仅这一点，就足以让她傲视同处一室的那几只成天叫喳喳的雌麻雀了。

可惜好景不长，接二连三落败的刘艳艳的对手们很快闹到了政府秘书处，抗议如此"不公平的待遇"，何文秀的这个消息源很快就被追查了出来，她不得不卷起铺盖，离开东华小区里单位分配给她的单身宿舍。

被驱逐那天，已经是第二年夏天的尾巴，她记得父亲为自己联系的江北县县中的大卡车，专程开进小区里来接她。她即将前往那所中学去教授语文。但那辆卡车，刷着瓦蓝色的油漆，已经被擦挂得坑坑洼洼，一看就知道来自遥远的乡下，而且还那样庞大，让进进出出的人们都好奇地望向了她，最终看见她背着状如炸药包的铺盖卷，还有一只玫红色的小皮箱，脚步错乱地逃走，那皮箱上的几个角也都磨脱了皮了。

一切都成了屈辱，连她的汗流满面也是，那轰鸣的，大象似的卡车也是，所有这些都鞭子似的抽打着她，伴随着她前往那所灰砖垒就的中学。

她认为自己随后的放逐，就开始于那个逃窜的上午。她记不起来之前自己有没有去"温州发廊"找过小林，是不是去理了最后一次那种新潮的短发，她记不得自己有过那样傻气的行为了，但又宁愿有过。她希望自己当年是顶着那么一头年轻的，在那县城里显得有些鹤立鸡群的发型而走上讲台的，她希望在老家那些人的眼中，那发型代表了自己内心的不甘和不屈。

她没有想到十二年之后，自己还有机会同小林重逢。

那是在一片还建房的小区门边，那一大片开发区距离母城中心的东华小区，隔了一条浑浊的嘉陵江，坐公交的话起码要四十分钟以上的车程。那片还建房一看就知道是草率应付而建成的，在包围着它的那些高档住宅中间，它就像是一个可怜的弃儿，灰色的泥浆，黑洞洞的窗口，完全被打败的样子。

每一个单元前面的绿地，原先规划来种植花草和乔木的，却被"农转非"的住户们出自本能地耕种，栽上了韭菜白菜之类随手可以采摘的蔬菜。何文秀家住在底楼，紧邻单元门，她对门的那家更是勤勉，直接在水泥台阶的一角，牵起了丝瓜的藤蔓。刚刚开始的那个冬天的下午，在重庆这里很少见的艳红太阳忽然冒出了头，何文秀有些一瘸一拐地挪出了单元门，一抬头就看见了那枯槁的丝瓜藤，叶子也没剩几片，一律皱巴巴地耷拉着，就像是自己那已不可能复原的生活。她还遇见了鸡，那几只在院坝里踱步的鸡精瘦无比，鸡脚长得就像是在踩高跷，见了她就像见了某种瘟疫，惊抓抓地逃开了。

其实何文秀并不知道要往哪儿去。中午草草吃了点儿泡饭，她照例斜躺回床上。她几乎已在那儿躺过了一整个秋天，她屁股底下的那张陈旧的"席梦思"，都已被她躺出了一个凹坑儿，习惯性地承受着她的体重。她粉碎性骨折的右腿早在半个月前就接近痊愈，但她仍然贪恋着那湿湿的、有些黏糊糊的被褥。它们已经成了包裹着她的另一层黏膜，让她不再胡思乱想，可以像母腹里的胎儿那般度日。

但那天下午，从窗外渗进来的红红日光，一下子就让她心动了，她完全没法抗拒那样的召唤，懵里懵懂就来到大街上。那里新建了一座公交站，下午早些时候，等车的人还寥寥无几。她呆呆仰望着那些过站的公交车，看见车窗边那些人的脸孔发灰，一律毫无表情地望向空茫的前方，她很想坐上那样的一班公交，任由那个用"椒盐普通话"报站的女售票员，把自己带往随便哪里的远方。她站在一扇弹开来的车门前迟疑不决，却蓦地被身后的什么人推搡着，一把就被掀开了。

是一个浓妆艳抹的姑娘，露着光光的大长腿，她上了车嘴里还骂骂咧咧的："神经病啊，不知道好狗不挡道吗……"

当姑娘的咒骂雨点般洒落到何文秀头上，过去几年所遭受的一切，一下子在她的胸腔里翻滚而起，她很想冲上车去，一把揪住那女人乱如鸡窝的卷发，将它撕碎，但她终究还是陷入了自己从来都不出意外的退缩里。从她的身后看去，她转身离去的步履已十分近似于一个老太婆了。

之后她在一块儿镜子里见识了自己的衰老，着实吓了一跳。那是一面立柜上的镜子，柜子就立在小区院坝中央，和几把椅子，还有一张餐桌为伍。一个小男孩儿的脸，随后从镜子边升了起来，那男孩儿一对牛犊一样的圆眼，牢牢锁定了何文秀，让她不得不冲他微笑，温柔地和他拉近乎。但男孩儿却机敏地转身跑开，一直跑进侧面那幢楼的底楼，投进了那里的一个男人的怀抱。

何文秀的眼光被门楣上几个红色大字吸引，最后的"理发"二字写得歪歪扭扭，却让她忽然意识到了自己头发的肮脏不堪。她鼓起勇气走到男人跟前，极力笑着说："开新店啊，现在就可以洗头吗？

我来当你的第一个客人可以不?"

那男人低着头,有些顾不过来地应付着膝下撒娇的男孩儿,干巴巴地笑了两声说:"好嘛,就是有点乱哦,好些东西都还没到位。"

直到那一刻,何文秀都没有认出他来。他们就在那家门窗洞开的客厅里开始洗发,店堂里已经安好了三张椅子,洗头的水池也接通了,连通客厅的两间卧室也开着门,胡乱堆积着居家所需的那些杂物。他们就在那片兵荒马乱中洗起来。

水温起先有些烫了,那男人用手指熟练地一试,很快就调到一个最柔和的温度。那温柔的水流从何文秀的发丛中漫过,之后又一点点地将她的整个头皮包裹了起来。那男人的手指这时也加入了进来,她没想到,那人很黑很暗淡的一张脸,五官几乎都要隐没在他脸上深重的阴影里了,这样一个男人居然会有那么温柔的一双手。那细小的,孩儿般的五指,在她的头顶上弹拨,最终让她的头顶好像生出了一排琴键,跟随着鸣响起来。

她哭了。起先她极力想让奔涌而出的泪水,混杂在洗头的水流之中,不要暴露在这个刚刚才从记忆里走来的陌生人眼皮底下,但那哭泣后来却彻底统治了她。

她不知自己究竟哭了多久。那个矮小的男人,还有他那双温柔的小手,却一直在抚慰着她,直到她最后从那完全淹没了自己的哭泣中抬起头来。

她的双眼红肿得都发亮了,她泪眼蒙眬地看着近在咫尺的那个小男人说:"你让我想起一个人。小林,就是你吧?好多年前,在东华小区,你开过一间发廊吧?"

她看见明显的错愕,从小林那张灰暗的脸上划过,他的双手湿

乐园

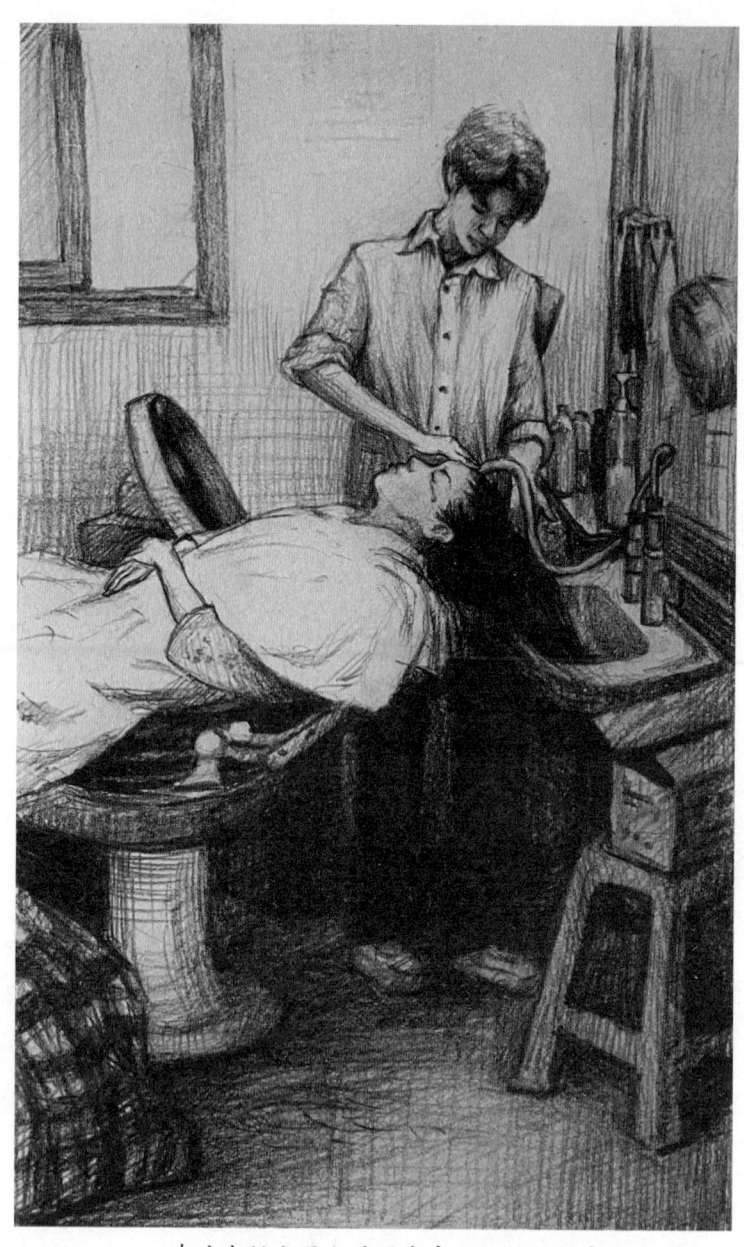

在这个矮小男人的眼皮底下,哭泣彻底统治了她。

漉漉的，悬在半空，正无比缓慢地滴下水来。

何文秀是在返回江北县中学的第二年遇见曹清华的。他是她班上那名女生曹阳的父亲。曹阳是一个很圆胖的孩子，却戴着副宽黑边的、厚瓶底儿似的眼镜，迎面走来时，总会像是一只惊惶的小兽，眼睛直视你，却完全认不出你的样子，然后嘴里开始念念有词，就从你的手边溜过去了。何文秀不知道是不是因为这一点，还有她总是带给人的神经兮兮的感觉，让班里的同学一再地欺辱她。有一次，在女厕所，那个外号"郑小霞"的巨型女生，领着几个喽啰，居然抓了一把蛆硬塞进她的衣袋，而她又竟然揣着那包蠕动不已的蛆虫回了教室，直到邻座那个男生举手，揭发了她。

曹清华那天下午直到黄昏将尽，才赶来教师办公室。他同那个"郑小霞"的父亲多少是认识的，一进门就给对方散烟。他人很精瘦，脸颊的两边几乎像是各被挖去了一块，头发上还抹着头油，和脚底那双黑皮鞋同样锃锃发亮。他一遍遍向何文秀解释，他下午不得不赶到双碑的特殊钢厂拉一批板材，实在来不及过来啊，却对角落里那个受了辱的女儿连一眼都没看。

这样一个男人，何文秀后来对小林说起，说很难解释自己怎么可能和他走到了一起。她承认，他算得上是干净整洁的男人，衬衣领子总是白白的，但他那骨碌碌地左顾右盼的眼神，有一种何文秀格外不喜欢的鸡贼感，还有几分轻浮。她后来知道，除了曹阳，他还有个小儿子，他的前妻跟一个包工头跑了，把一对儿女全扔给了他。那小子也许就是从那时起辞去了县医院采购的工作，跟人跑起了钢材。县城里的人都说他真有几分能耐，反正是发了，说是在重庆的主城都买下一套花园洋房了。

他有辆拉货的解放牌重型大卡，县城里的人长期看到他夹着一只方方正正的黑皮夹，全身上下一尘不染，很轻捷地就攀上高高的踏板。他对每个经过的熟人都会打招呼，都讨好地笑，那个时候他对何文秀也很熟络了。蛆虫事件后，他竟一下子黏上了何文秀，常常直接就冲到教师休息室来找她，随手还会带些小礼物，点心啊，丝巾什么的，一连声地恳求她多多关照曹阳，还特意对她解释说，他们家曹阳一点也没有目中无人的意思，她只是弱视，那厚眼镜就是矫正器，近在半米的东西有时她也看不清的。

最初的反感和鄙夷后，何文秀开始对这个家长的好意轻松笑纳，有几个年轻同事也开玩笑说："曹阳爸爸是不是看上你了哦……"她听着，想着，就更觉得是个玩笑了。

随后的那个秋季，雨水特别多，那些个秋天的夜晚也被那绵绵无尽的雨下得漆黑一团。她的母亲查出了血癌，她找到杨清芳，就是过去政府里的那个老同事，将母亲转进了重庆最好的西南医院。那段时间，她经常乘坐从县城发车的那几班肮脏的长途车往返。有天下午放学，医院那边打来电话说她母亲昏迷，已经进了抢救室，她在突然来袭的那一阵昏厥中，想起了曹清华，她在手机里恳请他可不可以帮她找辆进城的车子，因为那个点，末班的长途车也已收班了。

他居然开着他那辆重卡来到她面前。

后来一路上那重卡哐当哐当的巨响仿佛要招来一场地震，他却在她的耳边一直絮絮叨叨，解说那天他为什么没有出门去拉钢材，还一再说她运气好，要是他在外面跑业务，那是插了翅膀也赶不回来接她啊。

那天的抢救一直持续到深夜十一点左右,当母亲在呼吸机下平静睡去时,她走到住院大楼前的小花园里透气。她没想到他还候在那里,在已经停止了喷水的光秃秃的喷泉旁闷头吸烟。她的心里忽然涌起了一股冲动,就对他说:"带我到很远的地方去吧,随便哪儿都成,越远越好。"

她就在那黑魆魆的车厢里,跟着那个其实还很陌生的男人上了路。她当然感到了这整件事情的荒唐和怪异,但那个夜晚,她被近在眼前的死亡胁迫,只想要做一件非比寻常的事。半路上,那场暂停的秋雨又若隐若现地飘落起来,在远光灯光柱的照耀下,像是她一晚上都说不出口的千言万语。她一心想要奔向这积压着她,也困扰着她的话语之外去。

曹清华那晚将她带到了长江边的另一个县城。他们住的旅店就建在可以望得见江水的一面山坡上,他们领了钥匙,曹清华特别叮嘱她,他就在隔壁,有什么事敲打墙壁他就会过来。那是一间很干净的旅店,上过浆的床单,还有油漆完全剥落了的木地板。她有点止不住地去探听隔壁那个男人的动静,橐橐的几声皮鞋响之后,那边就彻底沉寂了。她将自己的脸孔紧贴那冰凉的石灰墙壁,感觉就像是紧贴着隔壁的那个人。

她在第二天清晨感到了新生,打开房间的窗户,浩荡的江风就从江面上直抵而来。她兴冲冲跑去拍打隔壁的木门,叫着早餐要凉了哦,当那人一脸惺忪地打开门来,她居然止不住地哈哈大笑了。他们在旅店一楼的餐厅喝着那清汤寡水的稀粥时,她仍然止不住地发笑。他问她笑什么,她就抬起眼来紧盯着他,然后说:"你的头发,看看都成啥样儿了。"她指的是平日里他一丝不苟的头发,那时却凌乱作了一窝,脑后还奇怪地翘了起来,她说着,就伸手去抹那些乱发,她稔熟的动作,已经十分接近一位体贴的妻子了。

她并不十分清楚,曹清华当年因为什么会相中自己,记得他曾经对她说过,他说:"我们都不是属于这个县城的人,我一眼就看出你的野心来啦,我终归会带你重回主城的……你就瞧着吧,我终归会干出点模样来,让他们后悔的!"

她搞不懂县城里的那些人为什么要对此后悔,却至今都记得,那样的话语,如何让自己慢慢地战栗起来,然后抖个不停的。

她和曹清华的婚礼紧接在她母亲的丧礼后举行,相隔了还不到一个月。在县委招待所举办的喜宴上,何文秀感觉人人都发现了自己肚子里的秘密。她的鼻头红红的,并且始终都不曾褪去,看上去就像刚在洗手间里痛哭了一场。她还烫着菊花那样的大波浪,让她葫芦瓢一样的大脑门凸显在众人面前。

那真是战乱一样的婚礼啊,那些山里赶来的亲戚,还没等到仪式完结,就扫光了桌子上的盘碟,然后一个接一个地起身,要接着去赶场,处理掉背篓里的农副产品。曹清华的儿子那天不知从哪里找来了鞭炮,偷偷放进了他俩花童的裙子里,那毁灭性的炸响让整场婚礼陷入了持续的骚乱中。何文秀疲于奔命地应付着这一切,她的头脑肿大,好几次都感到身后有人跟随,她有些不敢回头,直到身后那确切的叹息声传入她的耳中。

那是她死去的母亲,母亲一身黑衣,已经走进了她眼角的余光。

那耻辱的标记,后来变得那么不可一世,倒有点出乎她的意料。

她没料到自己肚里的那个胚胎会长得那样壮大，以至于她站上讲台时就像是顶着一面大鼓，让一整个班上跟随她朗读课文的学生都变得痴痴傻傻的，不时地结巴，走神。她的妊娠反应也格外凶猛，上课、走路、说话，或是睡着觉的时候，那个肚里的小妖怪都会号叫起来，提醒她呕吐的时间到了。她像是一个彻底被打败了的人，常常变得很疑惑，不知道自己究竟是遭遇了怎样的追逐，居然就逃来了这里。

镜子里的何文秀，也变成了一只蛤蟆。丑，蠢，堕落到了她过去无比憎恶的动物本能的层面。那张几乎要被妊娠斑完全遮没的脸颊上，她发现过去总在那上面闪动的骄傲之光已完全熄灭了，某种阴影爬了上来，尽管她常常不敢正视，但她清楚，那就是罪。

她在曹清华家里那个已经发黄了的浴缸里跌了一跤。至少，她自己是这么说的，肚里的那个妖怪，之前那么兴风作浪的，那一跤后却没让她流多少血，那点儿血连一块毛巾都还不能浸透，然后就消停了。

她搞不懂这起多少有些蹊跷的流产事件后，曹清华为何会变得那样郁闷，他不是已有了两个孩子了吗？这接下去的一个，对于他难道还那么要命吗？在他们两人随后连续一个月的冷战中，有一次他喝醉了酒，在床上紧搂着她，那搂抱后来箍得她几乎窒息，让她以为他那是要杀了她。他的酒气直喷到她的脸上来，问："你是不是故意的？你这个巫婆，杀了他你就想要偷偷跑路吗？"

何文秀学校里的人，很久以后都记得那段时间她格外苍白的脸色。那脸白得就像北方地窖里奄奄一息的大白菜，过去她可是一个生机勃勃的人呢，走起路来，脚底板都啪啪作响的。她们于是有些慌张地劝她赶快去医院看看吧，去照光，去抽个血吧。她们并不知道,没人的时候,何文秀时常会冲着镜子里的自己发出冷笑,那个妖怪飞走了,带走了她所有的精血活力,却将一具粗笨的躯体遗留给了她。恰在此时,她盯上了那个在自己身边无声无息出没的曹阳,那个继女在饭桌边默默吞咽食物的模样,让她认定,只有她才洞悉自己的一切,她和曹阳无形中成了至亲,成了错过了同一辆班车的滞留者。

梅菲斯特,后来重返主城,何文秀无意间看到了一部匈牙利电影,里面扮演那个魔头的男演员几乎让她失声惊叫起来,那不活脱脱一个曹清华吗?很尖很薄的脸,两边颧骨像刀片儿,她几乎已经完全忘记了和他做爱的感觉,只记得他那一片清凉的皮肤,没有汗毛,即便在最接近高潮的终点区,也不见一点津汗。那皮肤竟然真的就像她之前在那江边旅店里紧贴的石灰墙壁,越是紧贴,就越是阻隔着。

她说不清从什么时候起,自己真像曹清华预言的那样,开始了逃离。总是不打任何招呼,何文秀就会从家中消失,一天,或是几天,然后又面无表情地返回。后来好多年过去,何文秀都会记起,她每次返家,那个"梅菲斯特"都会将那尖尖的颧骨凑上来,嗅她的脖子,衣领,还有腋下。那个神经质的人,连这一点都跟那部电影里的纳粹很像,也总是可以闻出她在回家之前洗澡,更衣后,仍然难掩的异味来,他会咬着牙齿吐着气骂她:"你抽烟了,你喝酒了,你这个,不要脸的荡妇……"

她去往的地方,说起来总是主城,一个昔日同事或者同学的家中,她会加入那些陌生的餐桌,然后在那些异域一样的床铺上醒来。总是不可理喻地,她由此获得了一种平静,然后,她就可以平静地收拾返家的行囊了。她甚至去拜谒过那片荒废了的东华小区，那里因为政府机关扩建正面临拆迁，小区过去的那些住户全搬走了。到了她前往的那个黄昏，那些过去她所熟悉的旧房子完全湮没在了暗影之中，只能看见凄清的脚手架，还有落光了叶子的树梢。她后来对小林讲述着那个时分自己满心的苍茫，就问小林："那个时候，你也已经搬走了吧，搬去哪儿了呢？"

她过去的同事杨清芳离了婚，带她去文化宫里那家广阔而黑暗的迪厅撒野。那家迪厅取名叫做"纽约，纽约"，头一回身陷其间，何文秀以为自己误入了一片疯狂的丛林，一团又一团灰蒙蒙的烟尘里，一堆堆蠕动的人，就像是不知被哪位天主放牧而来的羊群。她没去追问杨清芳怎么会迷上这个的，几杯酒下肚，反倒是她自己将那个伙伴扯进了沸水一样的舞池里。她意识到自己身体里的疯魔，那疯魔的燃烧，让她感到了自己的强大。

有人请她喝酒了，是隔桌的一个穿着皮靴的小伙，"不可能吧，他居然请我喝酒？"她凑在杨清芳的耳边问，仰天大笑，雪白的牙齿在镁光灯的照耀下，泛着吸血鬼那样的紫光。

她没想到曹清华有一天会跟踪而至。那已是迪厅的散场时分，何文秀同一伙刚才在舞池里纠缠不清的男男女女，围在文化宫中门前那座小花园里，仍然止不住地喧闹着。这群人身上散发出冲天的酒气，曹清华就趁她仍迷迷瞪瞪之时，在她面前从天而降。

他捉住了她的衣领，像拖一头死猪，嘴里吐露出来的，全是"臭婊子……不要脸的……老子活剐了你……"这样的词句。那群人中一个个头高挑，穿着咖啡色皮夹克的小伙子过来阻挡，追问何文秀这人究竟是哪个。何文秀也搞不懂那时自己为何会笑出声来，她干燥的笑声即使在那乱哄哄的黑夜里也清晰可辨:"流氓,他就是一流氓,白天黑夜地死追我,怎么甩都甩不掉啊……"她不知道自己为什么会那样说,直到那伙男女围上去噼里啪啦地抽打曹清华,她才有点被吓着了。

她误以为自己成了得胜的一方,那以后的离家出走,已不再避讳曹清华的眼光。大多数假期到来的清晨,她都会板起脸孔,收拾行装出门,在她的意识里,那时身后丈夫讪笑的眼光,变得比一只蚊虫还要渺小无力。

五月里的一天,那个弱视的大女儿曹阳不见了,三天过去也仍然没有音讯。他们去派出所报了案,那个"梅菲斯特"疯了似的,每天天不亮就约起一个生意上的小喽啰,和自己一同开车去寻找,直到夜很深了,才两手空空地回家。那时他也不搭理何文秀,只是一个人跑到后阳台的纱门外,喝闷酒,大声地呻吟,叹息。后来有一天,他又一次两眼通红地杀将回来,直逼着在电视屏幕前昏昏欲睡的何文秀说:"到底是不是你?你给我老实交代!你这个毒妇,你已经杀了我一个孩儿了,怎么连这个女儿也不放过?说!你到底把她藏哪儿了?你不知道那闺女是个弱视吗,这黑咕隆咚的,她怎么找得回家来哟……"

应该是在第五天,派出所一个电话过来,让他们两口子去主城的停尸房认人。电话里的民警说,尸体是在歌乐山下那条著名的铁路边找着的。那铁路从前跑着重庆开往成都的一列慢车,后来因为高速大巴的兴起,慢车衰败,就只剩零星的几列拉煤车了,民警说,那死去的少女就是在幽冥的黄昏时分,同迎面而来的一列煤车撞上的。

那个父亲，还没听完警察的叙述，就哇地哭开了，他认定了遭难少女无疑就是曹阳了，她弱视，近在脸面前都认不出人的，没错一定就是她了："我可怜的幺儿啊，你有什么事想不通，非要去卧轨啊……"

他们连夜赶往了主城。那个时候，蛛网一样环绕着重庆的内环高速还没有开修，曹清华不知从哪儿找来辆破破烂烂的长安面包车，不顾一切就冲上了路。她只好陪在他身边，眼看着他手握方向盘，一边还在那里抽抽搭搭地抹眼泪。

他们的面包车在爬上某个山坡顶上九十度的急弯时，车轮突然打滑，曹清华手底下的长安车随后脱缰似的甩出了路边那些充当护栏的矮石墩。

后来，她趴在床上，极力扭过脸去，仰望着身边的另一个男人说："小林，你知道吗，我是多么千辛万苦地，才来到你身边的啊……"说这话的时候，何文秀的身子大部分都光着，裸露在空气里，她的大腿和躯干都十分壮硕，在融融夜色里泛着老旧银器的那种哑光，倒真像是一条肥鱼，游过了漫长的幽暗河流而来。

三

夏天来了，对于何文秀和小林这两个懵懂的重逢者来说，最初的那些日子里，他们还并不太能够洞悉这次命运交会的深意。

小林的理发店重新开张，生意一直冷清。他们都知道，那片居住区里，另外的好几家社区理发店，都比小林这家庭式的店面要干净明亮许多,那些洗发的小弟小妹也统一着装,头顶上染着夸张的红色甚至紫色,就那么触目惊心地招揽客人。

何文秀倒全然不在乎这些,她的右腿还没好利索,小林的店又只相隔了一个中庭还有几蓬衰草,何不图个方便?几乎每一次,她都可以看到脚跨水泥花台吸烟的小林,他茫然、愁苦的面容,总会让她恍若重回十年以前。每一次他们两个人都有些见怪不怪的样子,招呼一声,就会前往靠窗的那个转椅而去,洗发,修剪,将那流水一样的步骤,沉默无语地重演一遍。

天气已着实热起来,何文秀觉得自己身子底下转椅的皮革,发出了某种接近于熟肉的气味。小林的房间里,那架老旧空调发出嘎嘎的声响,像是一辆快要散架的破车。她的额头沁出细密的汗珠来,小林就柔声地问她:"会不会很热?"说着拉过一台立式风扇来,当凉风横扫而来,何文秀发出惬意的叹息。

"这么闷,要闷死人了,怕是要下雨吧?"那一场豪雨几乎就是踩踏着何文秀的语声倾覆而来,眨眼间就统辖了他们身处的这个世界。他们朝门窗以外的那个院坝望去,星期二的午后,一个人也没有看到,就连那一类被大雨驱逐,抱头鼠窜的欢乐角色,那一天也不知为何,一个也没有前来报到。只有雨,白茫茫的,很短的时间就起了大雾,院坝里那些平日里熟悉的菜圃,爬藤,也仿佛一下子移植到了另外一个星球。他们好歹从几分钟前,那郁闷房间里的心猿意马中走了出来。

"灯灯儿,灯灯儿。"在那片雨声包裹起来的喧哗中,小林的重庆话忽然响了起来,他的口音迟疑,且比本地人要浑浊不少,那一声声的呼唤在那个时候显得愈发古怪。

他们相继着冲进雨中，荒芜的院坝一直延续到一个在建工地的围墙跟前，无论是小林的声音，还是何文秀的声音，都丝毫不剩地被那铺天盖地的大雨掩埋了。他们在那虚掩的铁门前徘徊，奇怪的是，那天的工地上也不见一人，草席和油毛毡垒就的工棚门上也横了一把铁锁。人都去了哪儿呢？

或许正是那不祥的预感，牵引着两个人焦急找寻的脚步。他们越过橘红色的行车，在小山一样的管材背后，看见了那个水坑。倾泻而下的雨水，让那坑污浊的泥浆翻腾着，那孩子正在里头挣扎，他朝天张开来的两只手臂不知道已经抓挠了多长时间，那时只能轻飘飘地朝着空气挥拂，比两条浮漂还要无力。

那个男人朝身后的这个女人掉过了头来，他的脸上全是混乱的雨水，可能还间杂着泪水跟汗水。他灰蒙蒙的五官，那时已被彻底搅乱，甚至说起了他老家的潮州话："灯灯儿要淹死了，灯灯儿真的要淹死了！……"也许他说的就是这个意思吧，那混乱的言语在何文秀的面前翻搅着，让她仿佛又一次坐上了曹清华那辆飞驶的长安面包车。

她说不清随后的解救，自己是如何完成的，只是真真切切感到自己宽大躯体里奔涌而出的强健有力，那没过胸口的泥浆在她有力的划动下，不知怎的竟悄然退去了。灯灯儿那个彻底湿透了的头颅，最后耷拉在她的臂弯，像断了线的木偶，被她不由分说地搂抱上岸。

灯灯儿的手里紧攥着一只五彩的皮球，皮球有些瘪了，他的小手因此得以深抠进那球的表皮，直到他恍若隔世地睁开双眼，望着眼前这两个水淋淋的大人。

"唉，这孩儿看来是真没啥玩具啊……"直到看见自己的言辞直奔那个惶然的小林而去，让他的脸上忽的红一块白一块了，何文秀这才满意而去。

她没想到夜里十二点，小林竟然又一次敲响了自己的房门。他孤零零地站在单元门的台阶下，雨后的湿气后来包围着这两个短衣短裤的人，居然让何文秀感到了些许暖意。她紧盯着仰脸朝向自己的小林，那张脸，让她想到了狐狸，白白的，尖尖的，居然在悄没声息地哭泣，那哭声听上去也细小而遥远。有一瞬间，她觉得这个小林，就是从她的某个幽暗无比的梦里前来的使者，无可躲避。

小林幽幽地说，夜里的早些时候，灯灯儿忽然发起了高烧，四肢抽搐，他完全不知道该怎么办了……

她二话没说，领着他和那孩子就奔去了两路口的儿童医院。没想到午夜以后的医院居然热闹得像在赶场，输液室里人满为患，他们只好抱着灯灯儿窝在走道的长椅上打吊针。

冰凉的液体缓缓走进那孩儿细小的血管，灯灯儿很快睡去，直到那时，何文秀才感到自己手脚的肌肉一阵酸痛，但她却早已睡意全无，紧盯着头顶吊瓶里那晶莹的药液，觉得自己幽暗的意识也被照亮了。

她好久都没有来到过如此安宁的地带了，从下午的那场狂乱起，到眼下这个用鼻孔呲呲出气的孩儿，还有已同时睡去了的小林（他的脑壳这时已经颓然滑落到了她的大腿上），她感到，所有的这一切，都被自己稳稳掌控着。

啪的一声，三个人头顶上的节能灯泡突然熄灭了，不知过去了多久，黑暗中，那个脑壳在她的两腿之间抽搐了一下，然后，又是漫长的、似乎没有尽头的静默。但是他的呼吸已经改变，刻意收敛着，她知道，那个脑壳已经醒过来了，可主宰着它的那个意志却迟迟不愿从她的腿上离开。它拖延着，警觉地侦察着，最后，它知道一切都已败露，索性耍起了无赖。它轻微地扭动着，朝着何文秀大腿的最深处扭动而去。

灯灯儿其实并不是小林的亲生儿子，"我哥的，他生意做栽了跑了，孩儿就落到了我手里。"说起这些，小林故意地轻描淡写，连眼皮也没对何文秀抬一下。

"那他妈呢？"她注意到，对面的那张脸霎时涨红了，像是忽然遭遇了伏击。

"他妈，他妈，也跟人跑了……"

那孩子七岁多了，却仍然紧咬唇舌，不愿开口说话。"那小子是故意的。"小林有时会对着何文秀抱怨，他说他领着那小子不知跑了多少家医院，拍片，吃中药，甚至跑到长江南岸五公里的一座村子里，让高人穿起道袍为他祛魔，可那小子仍然咬死了不愿开口。各路的医生都说，孩子的生理构造一点儿问题也没有，平素也一点儿看不出有智力障碍。但到了该上学的那年秋天，他老乡托老乡，好歹为他找了所重点小学报名，入学测试那天，他却从头到尾不发一言，对面那个老师循循善诱加迎难而上地努力了将近大半节课，还是气呼呼地放弃了，她托那个熟人带给小林的话是："这孩子是个鬼，鬼大得很呐……"她甚至请他们不如带他去聋哑校吓吓他，压压他的邪。

"他哪里是什么聋哑儿童嘛，"小林说，他半夜里说梦话，跟念台词儿似的，一串串的，但只要一睁眼，那言语就又被他吞进了肚里,"你看你看,我们说的这些,这小子其实全听进耳朵里去了的,我看那老师也没说错,他身子里真的住了个鬼,你我都要提防着点儿……"

那正是晚饭时间,酒红的夕阳透过肮脏的铝合金拉窗玻璃,洒落到小方桌上简单的三四样饭菜上。那个孩儿,正吞咽着一大团干饭,有点被噎着了的样子,微微翻着白眼。当小林最后的那几句慢慢飘落到水泥地面上时,他似乎还浅笑了一下。他的两只眼仁像是黑夜一样,几乎铺满了整个眼眶,何文秀觉得自己清楚地看见了,在那个时候,它们有些心虚地移开了。

此时她和小林几乎已经住到了一起,这居民区里全是仅仅打打照面的陌生人,他们的同居也就轻松自如。大多是小林夜里过来,之前的水坑事件让他心有余悸,每一夜,他都要等到那孩儿睡去,反锁了房门,才跑过两个人房前相隔的那几块蔬菜自留地,爬到何文秀的床上来。

他们的性爱,在最初的淹没一切的疯狂后,多少显出点与众不同来了。对,他和她都过于饥渴了,她的那条恢复中的伤腿,走起路来还常常一瘸一拐,这让小林的眼光有时候在追随着她那宽大而笨拙的背影时,往往会将她想象成一个接近于大象的存在。那种无条件的善意还有忠诚打动了他,也让他来到床上时,总是激情四溢。他总是忍不住要去辨认那腿伤,去探寻那上面如同甲骨文般神秘的伤口走向,然后将那条腿掰到某个不可思议的角度。那时候,他的身子底下,那个女人总会如他所愿,发出惨叫,那叫声也总会让他从大脑皮层的底部泛起一层满足的云雾。

何文秀呢,在事前总会郑重其事摘了眼镜,并将眼镜的两条腿儿仔细折叠起来。让小林有些搞不懂的是,这个女人为什么总在慢慢开场的那几分钟里,要用一对微微鼓突起来的近视眼,鱼一样牢牢盯向自己,要看进他灵魂里去的样子。这让小林多少有点不自在,就故意打趣说:"看什么看啊,我真有那么好看吗?你再看我可要跑了哦,我这就下床回家了哦……"

何文秀呢,却并不理会这个趁夜黑玩起了俏皮的男人,仍然一动不动、目光凛凛地看向鼻尖前头的那张尖脸。她的眼里,到后来甚至会慢慢浮起一层薄亮的泪水,这倒让她有些慌了神,索性有些耍赖似的一头扎进了小林的肩头。

那样的时刻,其实两个人的心头,都曾涌起一刹那的苍凉,回想起过去在东华小区的岁月。那个时候小林还被女性的溺爱包裹着,那往昔的吉光片羽,几乎同时闪过两个人的大脑,却又没法向对方说出口。无论是他还是她,都只有更加狂放地扑向对面的那个身体,就像是两个绝望的跳水者,一次又一次地扎下去,更深地扎下去。

重庆一带直至后半夜也不曾消退的暑热,在这两个濒临窒息的人中间燃烧起了火苗。一直要到最后,他们精疲力竭地长久地平躺,汗水才会慢慢冷却,变成他们各自小腹上两块儿冰凉的水洼。

灰扑扑的星月光辉下,何文秀却仍然无法入眠,简直有千言万语想要对他人倾诉。她想要对对门那个腆着山一样大肚子的孕妇诉说,想要对三楼上那个天天挂着助行器在院坝里巡游的中风老人诉说,她想要直接走过去,关了那老头子挂在脖子上的半导体,对他说:"关了这难听的李谷一,来听我给你讲个大新闻吧……"对那些每天天麻麻亮就背起书包啃着面包、馒头上学的孩儿,她也想要追在人家屁股后面诉说:"你们知道昨天夜里直到今天凌晨,这卧室里都发生了什么吗?那个从前被东华小区的女人们赞美为小梁朝伟的男人,居然来到了我耳边,小狗儿那样嗞嗞出了一晚上气……"她很想遍访这还建小区里的每一位居民,希望他们中间有谁能来告诉自己,所有这一切的发生,究竟是怎么一回事儿。

于是第二天,当全新的太阳透射进她的房里来,她大声向小林宣布了自己重大的决定:"就把灯灯儿接来做我的学生吧,我来教他识字算数,我过去在中学里的教书成绩可是排在年级头几名的呢!"

灯灯儿来到她的手下,没过几天,就学会了书写自己的大名,林新亮。他死死捉住圆圆的铅笔头,写满了几大页的林新亮。而那个时候的小林,说是要照顾生意,猴儿般的身影,早已隐没在百米开外的店面深处,何文秀觉得自己无形间被默许了某种特权,紧凑到灯灯儿脑袋边,她的头皮几乎都要抵到孩子软趴趴的黄毛上了,她喃喃地说:"快说,你究竟是谁?你为什么来这里?你爸妈为什么会抛下你不管?你到底会不会说话?……"

她仍然不大确定这些问话,全都灌进了灯灯儿的耳朵,只是眼见那孩子的耳翼红殷殷的,像是两张半透明的纸,在她的逼问之下,忽然抖索了两下,反而吓得她差点儿跳起来。

对面,那个男人不知是不是遥感到了这边的异样,恰在此时踱出门来,朝这边张望着。或许是望见了窗边何文秀晃动的身影,还那么灿烂地一笑。

何文秀远远地回望他,光天化日下,他那讨好的笑容白花花的……在她心里,那男人同样也是一个模糊的谜。这一点,同十几年前在东华小区时相比,其实并没有多少改变。

他们的麻将馆，在那年的初冬开了张。起名儿的时候，何文秀在床脚下的角落里，翻出一大纸箱布满了尘灰的旧书，她在那些大学时代的读物中寻觅，重温《诗经》《唐诗三百首》《古代汉语》的书页里，自己用圆珠笔、铅笔做的圈点、批注，很是伤感了一会儿。

后来挑出的几个名字，什么新雨、桃花源、彩云阁之类的，她兴冲冲地拿去和小林一起斟酌，哪知小林却一脸茫然，然后继续埋头打包那些即将弃用的理发用具。

何文秀听见了他的叹息，过了好一会儿，那边才幽幽地回了一句："就别那么冒酸气了好不好？不就打个牌吗，就叫棋牌室、社区娱乐室不好吗？要打牌的抬头一看，不就跨进来了？"

何文秀不理他，也不知道自己胸中的闷气由何而来。对面街口，一对下岗夫妇就开了间麻将馆，赫然两个大大的红字，"机麻"，总让她感觉那像是无数条四下里乱爬的蚯蚓。麻将馆里，退休老头老太，一时没找到事儿做或者根本就不想干事儿的农转非青年们，还有一身黑衣、脖颈吊根比手指还粗的金项链的"道上混的"，每天从接近午饭的时间起，就开始掀起巨大的喧哗，那里喷射而出的烟气，也像是一列小火车在开动……何文秀可不想搞成那样的下三滥，无论如何，她都想要做得清爽一点儿，不同一点儿，执意不和那样的一帮俗人同流合污。

她终于翻到了那本已经打了卷儿的厚书，弥尔顿的《失乐园》，上下两册，她有点想不起这书是怎么自己遗落在那可怜的书箱里的了。她当然从来都没能鼓起足够的勇气，将那些艰涩的诗句从头至尾读完过，但这书居然跟随自己从师大中文系到了政府的档案室，再到江北县县中，结婚，又离婚，如今竟像珍稀的出土文物一般，蓦然来到她鼻尖底下!

她有些贪婪地嗅吸着那书页之间,已经带有几分私密气息的草木之味,然后小心翼翼翻开那些黑森森的插图。年深月久,纸张泛黄,插图的油墨也变得暗淡,愈发地模糊一团。她认出了亚当、夏娃,还有持剑的天使,他们被驱逐的那一幕,几乎立刻就击中了她。

那对男女,在画中衣不蔽体,头发卷曲,却依旧难掩年轻人的勃勃生气还有赤裸欲望,那两个人都神情哀伤、无可奈何地接受了上帝的惩罚,正要走向荒野,投身黑暗。不知为何,图画里亚当和夏娃发着光亮的无辜的身体,在那个冬日下午残余日头照耀的黄光下,竟让何文秀有些意外地感到了疼痛。

就叫乐园!她不由分说地找了家店招作坊,制作了一幅灰底黄字的招牌,那上头"乐园"两个字,甚至还有立体的效果,像是用某种动物的骨头拼搭起来的。

小林的理发店就这么关了张,他主动申请开起了小灶。他告诉何文秀说,离开东华小区后,他和哥哥曾在石桥铺电脑城开过一间潮州菜馆,原本想着那边批发电子产品的广东商人多,应该不缺食客的,可还是开垮了。何文秀又看见他说话时眼里闪烁的阴影,就格外大声地同意了,装作完全不在意的样子。

乐园的三鲜面条,还有各式炒饭,很快就声名在外,好些赌客,后来就专门奔着这鲜美的吃食坐到何文秀他们的牌桌边来。那里统共七八张桌子,人手一杯的茶水,也总是杯清茶酽。所有的角落都一尘不染,窗台上,包房里,还栽种着大大小小的绿色植物,每一片叶子也水灵灵的。到了春秋季重庆那些特别潮闷的日子,女主人还会燃香,驱散那若有若无的霉味儿。所以乐园这边不许边打牌边嗑瓜子花生，不许在闭门开了冷气的夏天抽烟等等，这些貌似苛刻、刁难的规矩，也没见有什么人抱怨。

那两个人的组合，到底还是引发了街坊邻居暗中的猜忌。那还真是不搭的一对儿啊，就说他俩的体量，那男的干巴猴儿似的，像是那女的带的小儿子，最不济也该是她徒弟吧，怎么看也没有夫妻相啊。他们想象着那个日渐散发出红光来的女人，像她平常在"乐园"里对那面色发灰的南方人呼来唤去那样，在床上也对他颐指气使，就止不住发笑。他们都在悄悄地说："难怪那小伙子脸色暗沉，看不到明天的样子，估计是被那母老虎彻底抽空了吧，唉唉，照这样下去，那小子指定会打短命的啊……"

小林的口音也成了他们取笑的目标。他们故意对他说重庆方言里最生僻的土话，见他一脸懵，就缩在一边挤眉弄眼。他们还会问他老家在哪里啊，那边还剩些什么人啊，这做饭的好手艺都哪里学的啊，直到那个端茶送饭的小子彻底落败，退回到对面单元自家那间黑暗厨房里去自言自语了，也仍在那里讪笑不已，还装模作样地摇头叹息说："这城里的乡下人可真是越来越多了，眼看要被他们完全攻占了，国将不国啊……"

那个孩儿，灯灯儿，那些日子里依旧神出鬼没，也还是没能逃过赌客们的关注。他们都特别提到了那孩儿的眼睛，就像两面黑洞洞的圆镜子，可以照进你的魂魄里去。那样的一对眼睛，无论在小林还是何文秀的脸上，都找不出一丝儿踪迹，他们于是暗自认定了那孩儿的来历非比寻常。他有时候在外面跑得大汗淋淋，在喧哗的机麻声中冷不丁冒出头来，对现场的那些牌客那么凛然地扫视一圈，都会让他们的心里咯噔一下。他们越来越不相信那孩儿是何文秀和小林的种了,总是会心地对望一眼,然后不约而同地撇嘴说:"这对半路夫妻,指不定是从哪儿把那鬼灵精偷来的……"

那两口子,出没于那隐隐浮现的议论声中,却全然不为所动,反正麻将馆的生意是一天比一天好起来,每天只要一开门儿就没了空座,饭点儿过去了的时间里,那两口子就会在对门儿搬出两张椅子来晒太阳。那何文秀是越来越尽在掌控的架式,她的那对金鱼眼会穿透尘灰般降落下来的日光,津津有味地打量"乐园"里那往来不息的各路牌客。

那时节,这片新区建成了一座偌大的茶叶批发市场,好些江浙、福建来的大货车,常常会排在高速路路口那片密匝匝的棚屋边等着卸货,其中的好些司机,还有腋下夹着皮包的批发商,来这附近歇脚,不知从哪里得来的指点,也会摸到"乐园"来搓上半天或整天的麻将。他们的模样,让何文秀依稀记起当年那个跑钢材的曹清华,她幽幽地想着,若是有那么一天,曹清华忽然来到"乐园"的牌桌边,来到这属于她的隐居之地,她究竟有没有底气冲他绽放出一个绚烂的笑容来呢,她又该如何向他介绍自己身边这个套着件紧身黑T恤的小男人呢……

而那个男人,却似乎远没有她那样的气定神闲,让他在门边坐会儿,他也会嗫嚅着抽身回房,说要查看晚餐的备料,还要清点下那几副缺漏的麻将。他越来越惧怕她的样子,让何文秀很是别扭,好几次她装作无意地走进那黑黢黢的厨房去,竟见他在闷头抽烟,浓浓的烟气将他尖尖的头顶都笼罩了起来,她后来忍不住问他,是关了理发店不甘心吗,那再找地方开起来就好了呀,他听了却被吓住了似的摇头:"就这么做几样小菜蛮好,我蛮开心了……"

何文秀的全部家当，为了给"乐园"腾地儿，那时几乎全搬进了对门儿，他们踏踏实实同居了下去。大半年的时光倏忽即逝，他们两个人，却没有一次提及结婚的事儿，私底下，何文秀会安慰自己说，这事儿，还是等等再说吧。

四

在"乐园"曾经的那些牌客的记忆里，那个女疯子的出没难以磨灭。她究竟从何而来，第一次的出现又是怎样发生的，如今他们中已没有人可以说清，可他们都历历在目地记得，那个老女人穿着蓝色抑或是黑色的布衣布裤，宽大的裤脚像是两只扫把，在她疾行的时候就会轮番扫动。衣裳则是对襟的样式，头发在脑后盘起，和她脚上那双小皮鞋一样，油光光的。

这样一个人物，第一眼看着就显得古怪，打牌的那些人猛一抬头，就见她在明晃晃的窗外赶路，或是躲在一根电线杆子背后探头探脑，待她随后摸到牌桌边的矮凳上坐下，就笑嘻嘻地对她说："阿姨啊，你一天到晚这么急匆匆的，是在执行什么任务吧？"

老女人坐那里喘息，很累了的样子，看上去已经没有多余的力气搭理人，她沉浸在只属于她自个儿的那场漫漫找寻中，惘然若失。人人都闻见了她身上散发出来的气味儿，初夏的空气里，那味儿扑面而来，像是一头猛兽，盘踞在算不上宽敞的棋牌室中间久久不肯撤离。

每一次，那些牌友都在等待着那另一个人的如期而至。何文秀，或许她就是循着那酸腐的气味而来,她依旧笑吟吟的,态度很好地将那个老人扶起,却不由分说地要将她拉到已经溽热难耐的野地里去。老女人抗拒着,但手跟脚却绵软无力,在何文秀健硕躯体的阻挡下,很快溃败退去。他们都听到了那老女人嘴里发出来的一连串嘟嘟囔囔的语音,听上去就像是一场自问自答,同正在发生的那场驱赶并没有干系似的,那话语是在座几乎无人能懂的南国蛮语,时疾时缓,渐渐远去的时候,就像是一些毫无意义的水泡,很快就破灭了。

何文秀还有小林都没想到,灯灯儿不知从什么时候起,竟然跟在了那疯婆子的身后。最初他们还是从那些牌客的流言中才得知,自这个夏天以来,那孩儿就常常追随着那个老太,在暴烈的日头底下,昂首阔步。那一老一小看上去似乎对头顶上蒸腾的暑热毫无惧色,脸上汗水横流,湿透的衣裳也像是才从河里捞出来似的,却仍在那里奋不顾身地疾行着。

这让何文秀感到了一丝不祥,她跑去那片还建区的房前屋后四下里查看,却始终不见牌客们传说中的急行军。当她叹息着返回"乐园",不想却一眼瞥见小林正将一碗绿豆稀饭递到那肮脏老太的手里。老太埋头喝粥时发出巨大的声响,竟像是一辆卡车在轰隆前行,何文秀有些气急地将碗夺下,那时朝她仰起来的那张老脸,黧黑得就像是一块抹不去的泥巴。那老太居然还好意思冲着她笑,一脸发自本能的满足笑容,让何文秀的心里打起寒战。

另外的一桩怪事是,灯灯儿在夜里,尤其是最最晦暗不明的后半夜,频繁地说起梦话来。那些话语含混不清,最初几次,何文秀经过窗边那张凉床,也并没能听出更多的端倪,她以为那孩儿语音浑浊,不过是因为他接近变声的前期了吧……慢慢地,她在那时疾时缓的梦话里听出了一种似曾相识的熟悉,那孩儿似乎是一直在同梦里的什么人辩驳不休,而且愈演愈烈,她啪地就将床边的小林拍醒了说:"我们灯灯儿麻烦了,他跟那疯婆子学说话,会不会学成一个疯子啊……"

黑暗中,小林沉在阴影里的半边脸始终不肯转过来,只瓮声瓮气地回她:"那又能拿他怎么办呢?那娃儿都已经放野了,收不回来了啊……"

最远的一次,灯灯儿和那个疯婆子竟然走到了十多公里以外的北环高速路口,那里正兴建一座巨大的冷冻库,尘灰如雾,漫天飞扬。老少二人就在那尘灰里眼巴巴望着过往车辆,据说还是因为那个疯老太后来好几次冲到高速路中央,想要拦下飞驰的汽车,他们才被押进了派出所的。

那天,派出所一个气急败坏的电话打到"乐园"来,小林立马赶去,直到天黑尽了才领灯灯儿回了家。那孩儿的脸蛋儿被泥污裹了厚厚一层,两眼却放出贼亮的光来。何文秀想要知道更多细节,小林那边却嗫嚅着,只是说:"那边来的是老太太的女儿,那女儿就在几条街以外开了间茶叶铺子,和老公一起从福建批发铁观音过来。她态度极好,见了面就连说对不起,说以后一定管好老妈,再也不会让她出来乱跑了。"

何文秀后来特地跑去那茶庄打探,她当然没露声色,远远地,她看到那只巨大的、接近于一只小锅炉体量的青铜茶壶旁边,那块木头本色的招牌上写着"温馨缘"三个字,让她立刻就有几分瞧不起。深深的店堂里,不时会有茶客坐着喝茶,或是散散落落地出入,有时那老板娘还会送出门来说话。那是个娇小的女人,黑色纱裙里精巧起伏的身体,让何文秀忍不住深看了几眼。那女人就此发现了她,从门前陈列的那几排样品中间抬起脸来,对她询问地笑笑,她慌张地摆手逃走,一面心想,那张俏丽、水灵的脸蛋儿,小林怎么却对自己只字未提呢……

好在疯婆子自那以后倒是真的绝了迹。

九月里的一天,何文秀在卧室的衣橱深处,发现了一只行囊。行囊里有几件小林的外套,换洗的内衣,小灯灯儿的几件衣服也仔仔细细叠在里面。一个信封被橡皮筋扎得死死的,何文秀大致数了下,总共两万多元的样子。那天是阴天,"乐园"里的客人稀稀拉拉的,几个退休婆娘絮絮叨叨的,打着一块钱一手的小麻将,空气里的潮湿那么明显,何文秀手里的衣物也像是要被她攥出水来。

好一会儿她才猛醒过来,开始满屋子找寻小林,不想甫出卧室就见他落寞的背影。她直冲上去,那人却连回头看她一眼也懒得看,只是闷头继续吸烟,手边是一把枯黄的大葱,几只干巴巴的大蒜,她就迎过脸去对他说:"赶紧把菜备起来吧,发什么呆呢?"她自以为已经放射出了咄咄的目光,可对面那人却依旧不为所动,一如既往地嗒嗒着,慢慢掐灭了手里剩下的半截香烟。

何文秀很想将那只行囊扔到他面前,索性将一切撕破了算了,但终究只是更用力吞咽了两下口水而已。

她在两天后的下午跟随小林出了门。他当然没有像他声称的那样前往菜市,而是拐过还建区西头的那个街口,折向了和菜市背道而驰的茶叶市场。他东张西望,明显心虚,最终居然溜到了那家"温馨缘"的店门前。那只巨大的青铜茶壶成了何文秀最好的掩体,让她得以在几十米开外,可以看清店门前发生的一切。

最初,小林来回梭巡,直到寥落的几个茶客全走光了,才犹犹豫豫在门边站定。那个俏丽的老板娘眨眼间就来到了门边,何文秀很远也看得一清二楚,她脸唰的一下白了,那只纤纤小手也几乎立刻抽起了鸡爪疯,不住揉搓着搭在肩头上的那件绛紫色的针织毛衣。她看上去很想要发作,却又有些焦躁无措,她的那对漆黑的大眼里很快闪动起一个主意,反将小林迎进了店内。

茶叶店的门前随即归于死寂,斜斜的日光照过去,就像那里从来不曾有人造访。过了一会儿,那女人再一次现身,探头探脑,慌里慌张将店门彻底拉拢了。

何文秀后来已经没有办法说清,茶叶店里那场密谈究竟进行了多长时间,她只有紧盯那扇玻璃的店门,那上面最先灿烂耀眼的反光,一点点燃烧熔尽,坠入了暗沉的阴影,正像她内心里扩散开来的黑夜。

天不知是不是真的已经黑下来了,她到底等到了个小林。他游魂一样从那门里跌落出来,那个时节,傍晚下班的人流刚刚退散,还建小区那几条交错的道路上,远远地已经看不到更多的人,这样的跟踪其实极易被识破,但何文秀却已经顾不上这许多,只想要那空荡荡的秋风毫无阻碍地吹到自己脸上来。

她好歹叫住了小林。那时,"乐园"已近在咫尺了,小林好歹回过了头来,看她,好一会儿了才认出面前这个人似的,就努力冲她笑笑。那是他自以为是的那种笑,昏暗光线下,在何文秀看来,却像是他身在井底向她传来的求援。

她有些冲动地拉起他，在那片灰扑扑的街区继续走下去。她不要回家，至少在这样的时刻，她需要像一个斗士那样奔走下去。她手里的那个男人，却像是被抽去了魂儿似的，完全服从于她的手力，比一块儿木片儿还要孱弱和轻飘。

他们好歹找了家夜啤酒摊儿坐下，继续沉默着。

他们的周围，那些二十岁刚刚出头的愣头青，一波接一波发出不可一世的喧嚣，有人在炫耀自己刚刚得手的女人，其余的兄弟就一哄而上，要拿啤酒淹死他。小林的叙述后来就在这样的背景噪音上展开，他的口音，越发返回了他潮州老家那边的浑浊，越发像是一个从前的小林在对她讲述那些史前的往事。

"茶叶店那老板娘，"他说，"就是灯灯儿的妈，也就是我嫂子……"

1990年代初，那女子还和小林一样，待在潮州老家那座偏远的县城里，无论是对谁，她都会用那对黑森森的大眼照向人家。小林的哥哥同她结婚后，就奔了深圳，在老乡的海鲜大排档里当起了杂工，不时还打电话回来说，那边机会多的是，等脚跟站稳，就接他们过去一同发展。

那女子在县医院放射科当放射员，上三天休一天的作息，轮休的日子就常跑来找小林。她一口一个弟，摆出一副大嫂的架势，几乎从不打招呼，就会推开县城中心大十字路口边那家影院背后，放映厅的那扇破旧木门来。放映厅逼仄，洞穴那样，里头常常就只有他和师傅两个大男人，打着赤膊，吞食着摇晃电风扇散发过来的那点儿可怜的凉风。那女子却全然不顾地生闯进来，对他们汗津津的皮肉视而不见的样子，上来就塞过一根雪糕来给他说："弟啊，快吃快吃，都化了，奶油都淋我一手了……"说着还会伸出手来让他摸。

"她做事就这样，很疯的，全县城的人都知道她这一点……"多年以后，面对何文秀，小林仍有些无奈地摇头。

后来，只要是他嫂子来，小林师傅就会借故出门，一边讪笑着回避了。而他们呢，继续在蒸笼般的放映室里淌着汗，摆弄着她不知从哪儿搞来的索尼牌walkman。他们都热爱香港那个时期正当红的那几个男女歌手，一遍遍跟学他们的唱腔，一面在那些歌词里想象着南边那个金光灿烂的世界。

他哥回来了，也不知是谁将小林和她的事儿传到了他的耳朵里。

"我们其实没什么啊，除了听听歌，有时候去她家里吃一顿，那家不也是我哥的家吗？有什么啊，那时候，她守寡的老母亲还没发疯，我们常常三个人守在一起吃饭，就更没什么了……"小林吞下一大口鲜榨啤酒，接着对何文秀说，除了有一个春天，她犯了严重的头晕病，说是只要走在路上，那路面就会波涛那样翻涌不已，最后还会朝她的头顶倒扣过来……她躺在床上将他叫进了屋，记得那天她倒是拉过他的手去，哭倒在了他怀里，"她一向那么疯癫癫的，我也没多想啊，何况那天她那样崩溃，非说自己一定中了射线得了白血病，没几天活头了……"

他哥就在那次回来探亲的一天夜里，把他拖出去喝酒，酒局进行到后半夜，忽然就跳起来用啤酒瓶砸他脑袋。

他对何文秀说："我哥那人脾气像炮仗，一点就着，我还想不通那晚上他怎么忍到那么晚才动手的呢……"

那些扑上来劝架的朋友，也被他哥打伤了好几个，其中一人的眼睛被打爆，小林右手的小拇指也在激烈的撕扯中，被他哥彻底掰断了。

他哥就这么给判了三年。

"我那时已没法子在那县城里待下去了啊，也没法子面对那个成天哭哭啼啼的嫂子，家里的人直到那时才知道，她肚子里已有了个小孩……"

小林跟着一个中学同学跑到千里之外的重庆，在剪发培训班里拿了证，后来就在东华小区门边开起了那间"正宗温州发廊"。

"我没想到我哥出来后还会找上门来，他对我说，媳妇也跟人跑了，留下个不到三岁的小崽崽让老丈母娘拉扯着，他总不可能待家里带孩子吧，听说我在这城里很吃得开，我总得给他找个落脚处吧……我怕我哥，总觉着有啥对不住他似的，凡事都让他几分……"

没过多久，小林哥哥就和重庆城里的潮州老乡打得火热，他们将老家山里产的野香菇倒到农贸批发市场售卖。有一年的春夏之交，几车香菇拉到重庆来的时候完全烂了，臭了，这边的批发商就找到他哥索赔，"我哥哪儿赔得起？他又一次跑掉了……"

小林看向何文秀的那两只小圆眼，那时已烧着了似的血红一片。他说他哥就是个扫把星，早先在深圳，在那家海鲜排档里，就跟顾客大打出手，让人家的生意从此一蹶不振。来了重庆，又是他怂恿着，催逼着，让小林半途关了理发店，去重庆石桥铺那边的临时铺面开起一间潮汕菜馆。他的那张脸天天都喝得跟块儿生铁似的，还会咬着牙对小林说，这边电脑城里开店的，一多半都是潮汕人，生意怎么可能会差？但菜馆开张的那个秋天，却短促得像是一场热病，随后就被那绵绵不绝的秋雨攥进了冬天。

小林对何文秀说,他至今都记得那些冷冰冰的日子里,从白天一直到夜晚,雨是怎样时断时续、落个不停的。他店门前的水泥地面自始至终都是水淋淋的,一洼连着一洼,混乱地反映着天光或是闪烁的路灯光,最终只剩他独自一人靠在门边,等待着那越来越渺茫的食客。

说起来那门前的行人倒也络绎不绝,可谁承想那片临时门面的周边,慢慢聚积起了一条喧嚣的杂货街,从内衣内裤到各色饰品、锅碗瓢盆,再到热气蒸腾的小食摊,最后完全将小林的菜馆掩埋了起来。他的视线后来就被彻底阻隔在了店门口那拥塞的几平米以内,杂沓的脚步过后,就只见凌乱的淤泥了。

"我哥逃走后,我等不及似的就把餐馆处理了,带起那个哑巴娃儿,想都没想就买下了这套二手房……这里都要接近内环高速路口了,这么偏远的地儿,我想过去的那些人总该不会找来了吧,哪晓得头一天就遇见了你,然后,那个疯婆子也追来了……"

何文秀一直不做声地喝酒,她在那天夜里表现出来的沉闷和犹疑,让小林都有点不认识她了。他原以为当这一切真相大白,她会暴跳如雷,对他拳脚相加的,可她却自始至终静悄悄的,显得那么反常……

那天,他赶去领回灯灯儿,派出所里,昔日里的那个女人对他背向而立,肩头披着块儿深黑金边的丝绸方巾,起初还对他的到来浑然不觉,一门心思冲派出所的民警絮絮解释着什么。但小林却一眼就认出了她,错愕间只看见女人脸孔右边散落下来的一绺卷曲头发,跟随着她滔滔不绝的语速在那里跳跃不止,从那一刻起,小林就知道,他在过去两年多的时间里,和何文秀一起全力搭建起来的一整套防御工事,不用一秒钟就崩塌了。

他没法对过去的那个女人说清楚,他和何文秀之间究竟发生了什么。那个灼热的、走投无路的夏夜,他跨过他们两家相隔的那块三合土院坝投向她的怀抱,他没法说清那一刻的饥渴究竟由何而来。他更没法将他和何文秀后来那些日子里的疯狂性爱说出口——出乎他的意料,那个看着笨拙的女人在床帏之间却灵动无比,反倒是她领着他去做那些新的尝试,反倒是她热情似火地愿意为他奉上全部的努力,还冲他讨好地笑脸逢迎。刚刚痊愈的那几个月里,她受伤的右腿,每遇潮湿天气还会酸痛不已,在他们往来的交战中,却被撇到某个难以想象的角度,痛得她的脸孔都抽搐起来了,她却仍然勤勉地做着……

这种无法示人的罪过,让他在面对小区里街坊邻居异样的眼光时,都会像只老鼠那样畏缩起来。他不明白自己究竟犯了什么错,让他和何文秀两个人在"乐园"里那些嚣叫着的牌客中间,成了他们不愿提及的避讳、某件肮脏的勾当。他心虚的感觉,在他们下撇的嘴角、躲闪的斜睨中一次次获得印证,愈发惶恐起来,不知道再和何文秀这样下去,最终面临的会是什么……

之前的那个下午,"温馨缘"茶庄狭长的店堂里,当门砰的一声关闭,暗影猛然降落他和过去那个女人之间,他闹不明白,这些日子里所有的那些委屈,那种无法挽回的痛悔,为何会汇聚于心,让他忽然痛哭起来。他放肆地哭着,直至眼泪彻底蒙住了双眼,仍然不管不顾地哭着。在他变得有些模糊了的意识里,那女人就近在咫尺,那个多年以前亲密无间的存在,却始终石头般冰冷,他期望她起码表露出来的一点关切、几声询问,也始终不曾来到。

"她究竟对你说了啥啊?"接下去的深夜,倒是何文秀反问起他来,包裹着她的那团粗硬头发不知何时被谁彻底揉乱了,她皱着眉,一脸的焦躁,像是跑过了一个漫长的马拉松。

小林之前借着酒力,一吐为快的倾诉,这时变得迟疑起来,他吞吞吐吐说起过去好多天来,自己心里那个一点点烧灼起来的计划——他希望灯灯儿可以有个真正的母亲,他估摸那孩儿从降生到现在都憋在肚里的千言万语,等到和亲生的母亲相认,应该会一吐为快吧……

他叹息着对何文秀说:"那小鬼头真的鬼得很,有时候他就从我背后死盯我,盯得我发毛……他说不准真看透了所有的秘密,他爸,他妈,还有我,我们过去所做的一切,他都心里有数……我总觉着,他不说话,是变着法儿惩治我们,要我们难堪呢。"

他说,之前他就怀疑那小鬼头和那疯婆子暗结同盟,那天,也就是这一老一小险些被高速路上飞车碾死的那回,他们一定是在悄悄谋划出逃,想要逃回万水千山之外的潮州老家去……

他对何文秀说,下午的时候,那女人听了这再明白不过的分析,却有些怕冷似的将肩头上的针织毛衣裹得更紧了,过了好一会儿,才摇头反驳他说,一个疯子,怎么可能有那么清晰、那么有目的的思维呢?

"她居然叫我今后别再去找她,就隔着这么两三条街,这个当妈的居然不认自己的亲生儿子!她居然咬死了说,她的那个福建男人,对她的过往一概不知,他们已有了个女儿,灯灯儿要这么凭空冒出来,绝对会毁了那一切的……"小林说那女人最后竟打发叫花子那样讨要灯灯儿的邮政地址，说什么只要他保证今后再不叨扰，她定会按月寄上生活费。

"她真就那么推我出了门，还满口说着时间差不多了，她男人随时都会回家……"

夜啤酒的摊儿前，突然刮起一股寒风，钢铁架子上挑起来的白炽灯泡，跟着剧烈晃动起来。何文秀望着矮桌子边他们两个人的头颅，在那晃动不定的光照下，肿大得就像从前过年有时候会招摇过市的大头娃娃。她想起那些娃娃在她幼时总会让她暗自怵然，怀疑在他们傻乎乎晃荡着的纸壳子底下，真的寄居着可怕的鬼魅。

她的那张脸孔惨白如纸，走失了所有的血气，着实吓了小林一跳，看上去她已经喝得完全迷糊了，只是反复对他说着告别的话："你们走吧，都走吧，你，灯灯儿，还有你的那个什么嫂子，还有曹清华，你们一个也不要留下，明天一早都卷铺盖走人吧……你的行李都打包好了，就在柜子里，我都看见了，两万块钱我也一分没动，你全带走吧……"

在小林早已大雾弥漫的头脑中，何文秀突然揭发出来的秘密，只激起了零星的火花，甚至那个遥远的姓名，曹清华，也没有引发他太大的反响。他只是听出女人说话已带上了哭音儿，那时已在舌头打卷地说起多年前让她断腿的那场车祸了。

那是车祸过去后将近半个月的某天清晨，那个男人在昏迷中忽然睁开眼来，他的那双眼睛竟然像新生婴儿般清明透亮。何文秀说闻讯后她坐着轮椅赶去，在他的枕边轻唤他的名字，可等那个曹清华好不容易找回自己遗留在这世上的魂魄后，却不由分说地提出了离婚。她说他的那张面孔迫在眉睫，却坚硬似铁，像删除了所有记忆存储的机器人。

那个绝望的深夜已所剩无几，何文秀到底号哭了开来。她将膨大的头颅埋进手掌深处，然后听见自己狗叫一样的哭泣，回声震荡，茫然无边。

五

火是第二天凌晨烧起来的。先是从夜里空无一人的"乐园"燃起，然后，小林，何文秀，还有灯灯儿居住的那套单元房，也被大火吞没。

110接到的火警报警电话，来自他们住家的隔壁，一位被严重的前列腺炎折磨，一晚上要起夜六七次的大爷。他对前来录取口供的片儿警小锋说，最早他并没有察觉到浓烟和火光，倒是空气里有股子烧肉般的奇香让他很是诧异，他当时还想着这大半夜的，哪家发神经在偷偷烧肉呢。他想起过去半夜里，经常从这院坝里掠过的那些借酒撒疯的醉鬼，还有随风潜行的流浪汉，难道是他们在楼前杀了哪家的恶狗在偷偷打牙祭？一股子从下腹升起的恼怒，逼得这个前兵工厂的退休职工连膀胱里那若有若无的尿意也顾不得了，冲到临街的窗边，对想象中的恶徒开始了斥骂。刚骂了几句，"乐园"的老板娘却来到他眼皮底下，她光脚踩在楼前三合土的地面上，发出噼里啪啦类似打脸的脚步声，像是一头走投无路的困兽。她的嘴里，叫声凄厉，脑后披散的头发，也火把一样燃烧着！那老头儿后来当着小锋的面儿不住摇头说:"她看上去完全疯了,跟我年轻时见识过的跳大神的巫婆一模一样。"

好在住家里的三个人最终都被救了出来。片儿警小锋始终想不明白的是,为什么最先发现火情的何文秀反倒烧得最重。那灯灯儿躺在客厅里的凉床上,只是手脚被火苗燎到,呼吸道也不过是轻度灼伤。最神奇的要算小林,他睡在里屋靠墙的死角,被救出时已经因为浓烟而窒息昏迷,但抢救苏醒过来后,却立即能跳下床去正常行走了。他对小锋很认真地摇头说,那天夜里,之前喝了太多啤酒,自己睡得跟中弹死去了一样,真没料到会有那么大一场灾祸在悄悄逼近,对起火后何文秀居然还能跑到院坝里求救,他表示非常不解:"她也喝了不少啊,这么说她酒量还真是比我好太多了啊……"

片儿警小锋最终在他的值班记录表上,详细开列出了自己调查后发现的诸多疑点:第一,这起火灾几乎同时有两个起火点,据小林交代,麻将室那边有一只常年通电不关的饮水机,很可能是半夜短路引发火灾,但隔着院坝的对面的住房又为何会同时起火?那火势怎么可能跳过那十几米的空坝子,隔岸接续呢?应该是有人将火种从"乐园"引进小林他们一家三口居室的吧?第二,邻居们反映,这家的孩子灯灯儿(大名林新亮)相当顽皮,小林自己也承认,最近以来,为防止孩子瞎跑,白天忙起来时会把他反锁在里屋,会不会是他一时逆反心起,实施了这起纵火案呢?第三,那屋里的两位成人也基本可以排除纵火的可能,他们都喝得烂醉,据"第一家"烧烤摊摊主证实,两人当晚一直喝到凌晨一点过,那女子一度还大哭大闹,基本失去了行事能力,很难相信他们会在紧接着的一两个小时后，可以有条不紊地完成两处纵火。

小锋在报告中还特别提及了何文秀的伤情，整起火灾中，何的伤势最重，待她病情稍稳后，他曾两次前往医院录口供。那女子表现得十分绝望，医生说她半夜里数次拔除输液针头，有明显的自杀冲动，面对民警，她守口如瓶，极不配合。

小锋的那一份调查报告写了满满两页纸，他的字体有些涣散，张牙舞爪地跑出了表格纸的边缘线。他在列举了上述几大疑点后，又用一个箭头添加了一句说，有邻居提到火灾之后，现场看到过之前和这家人闹过纠纷的那个疯老太，老太披散着一头雪白的散发，站在人群后面兴奋地嗷嗷大叫，好多邻居们都怀疑，火灾会不会是疯老太为了报复这家人所为？但小锋好不容易找到那家"温馨缘"的老板后，却获知那个发了疯的老太早被家人关进了江北金子山上的精神病院，从白天到黑夜都被关着禁闭，拥有不容辩驳的不在场证据。

小锋在值班表的最后一栏，有些无奈地写下了自己的结论：综上所述，尽管疑点重重，这起火灾却没能发现真正有价值的物证及人证，初步断定仍为饮水器短路引发。

一个星期后，突然迎来了绝好的天气。那个早晨的天光，就像是头一遭来到这世上一样，照进了这片还建房的小区。小林早早起身，在烈焰焚烧过的三居室里蹑手蹑脚地穿行，他经过的那些墙壁，仿佛来自一场最黑暗战事的遗物，但几步之后，他还是轻车熟路，来到了预想中的目的地。

临时支起的行军床上，灯灯儿仍然沉溺在睡眠深处，过去的那些夜晚，那个孩子自火灾以来连夜不停地呻吟和呼喊，似乎悄然止歇了。他刚要完成的这一场睡眠，似乎也格外香甜，他的脸上甚至浮起一丝难以察觉的笑意。

小林动作轻柔地开始为灯灯儿涂抹消炎的油膏，他知道自己此刻看着就像是那种最最尽职的父亲，他还知道那油膏是清凉的，十分滋润。油膏被精确涂抹在灯灯儿的手臂上，露出来的光腿上，还有左侧一角的额头上，他很满意地看见之前的水疱和红肿也慢慢消退，开始结起了硬痂。

早餐是牛奶，还有灯灯儿痴迷的蜂蜜蛋糕，他们一声不响地吃着。那孩子现在看他的眼神终于柔软了下来，连他的眉眼也往脸孔的两边柔顺地垂落下来。

小区里那些无所事事、成天游荡的闲人看到，这两个人大约在那天的上午十点，关闭了那套住家的房门。那样的关闭其实有点自欺欺人，大火之后爆裂的窗户玻璃依旧洞开，两个人却不管不顾地要离开了。邻居们看见他家的门边新贴的封条，上面是房屋待售的联系手机，就知道那两个人将要一去不回。

那对叔侄最终走出了人们好奇的眼光。他们登上小区尽头的那班公交，穿越横跨嘉陵江的那座大桥，在两江交汇的朝天门码头，坐上了开往南方的卧铺大巴。孩子就靠在小林身边，乖乖缩在卧铺的一角，跟随着行进中的大巴飘浮，摇摆。他们全无睡意，却始终一句话也没有说。小林沉浸在自己头一次乘车来到重庆的回忆里，而那个小孩儿，却口齿清晰地哼唱起了一支流行歌曲：

听妈妈的话,别让她受伤,
想快快长大,才能保护她。
美丽的白发,幸福中发芽,
天使的魔法,温暖中慈祥……

耳熟的旋律中,小林依稀记起那个歌手的模样,在他刚刚出道的那个时期,他不自觉地都会让自己的额发垂落而下,将那对细眯眼儿掩藏起来,那几乎和小林初来重庆的那些日子隐隐重叠了起来,他本人也曾像是那个羞怯的歌手一样,悄没声儿地躲在东华小区那间半掩的发廊门边,偷偷打量着门外那座明晃晃的城市,以及门前飞速掠过的、花花绿绿的陌生人……

那咒语一般的歌词,确定无疑地从灯灯儿的嘴里飘逸而出,循环不休,最终唤醒了小林对早逝母亲的回忆。过去县委机关大院里,那幢灰砖的房子,屋子里即便是盛夏也存留着阴凉的暗影,母亲就那么清瘦地朝他走来,一件浆洗过的白衬衣直直地披挂在她身上,那样的瘦,就像是完全没有乳房一样。

医院里的何文秀一个人仍躺在床上,那个时候梦见了一场大雾。大雾苍茫,从天垂落,湮没了所有的房屋、树木和道路。梦中的她似乎是正走在回家路上,乐园,她心里惦记着那块她从前那么用心制作的招牌,在那场大火之后,还能有多少剩余。

沿途都不见别的什么人。她走着,那人的身影却像是大水汪洋之中的一记航标,没有任何预兆地出现在了离她十来米的前方。

那人背朝着她,灰黑的衣服,那若隐若现的背影也仿佛在对她说话。她在那浓雾之中奋勇地前游,想要叫住那个男人。那个熟悉的人、亲爱的人、息息相通的人,当他后来变得那样迫近,几乎都触手可及了的时候,在她一遍又一遍的呼唤声中,那个人,却始终没有对她回过脸来。

两个兄弟

> 两个兄弟穿着灰色的大衣
> 坐在星期一的硬座车厢里
> 这是一辆即将迷途的列车
> 从下着大雪的石头城里开出来
>
> 张玮玮《两个兄弟》

一

他们的重逢,居然等待了将近二十年。

2018年重庆的天气有些奇怪,立秋过后反倒突然燥热起来,这让刚从成都返乡的马仲文焦躁难耐,仿佛成天都可以听见自己身体里的汗水从胸口奔涌而出,并且发出小孩儿似的尖啸。

那是九月初的一个星期天,他被老友强拉去参加了一场婚礼。老友一副不由分说的样子,说:"你总不能老憋在你那破小区里不见人啊,会憋出病来的。"

太阳白花花的,照得他脑壳发晕,直到在铺着白色台布的席桌边坐下,他也仍然没有弄清那天婚礼的主人家究竟是谁。

那是间高档的海鲜酒楼,宴会厅足有四五层楼那样高,相当气派。后来,盛装的新娘从顶楼乘坐全透明的电梯飘然而下,宛若下凡仙女,引得大厅里的人们好一阵骚动,他不由得盯着那白色婚纱掩映的尖尖脸蛋儿看了好一会儿,脑袋里还是一团迷雾。身边的老友愈发得意起来,眨巴着眼说:"再仔细瞧瞧,你不会还没认出来吧?"

拎着新娘左手的,是个中年男人,接近一米八的个头,明显发了福。他走过那条长长甬道时的步伐看上去颇有气魄,还梳着伟人风范的大背头。领着女儿交付到拱门那头的新郎手中的全程,他都一直咧嘴烂笑,发黑的脸膛让马仲文不由想起了一个网络流行语,油腻。直到他的那对依旧秀气的、黑洞洞的两眼,朝他就座的这片席桌扫视过来,依旧是记忆里难以抹灭的、完全眯缝了起来的眼神,他才悚然醒悟,背心儿里几乎立刻渗出了冷汗。

婚礼继续,他却暗自纠结于一个问题,那就是为什么,宋小雨这么活生生地迎面而来,他却居然几乎没能认出他来。

宋小雨后来被请上了主席台中央,那个娘里娘气的司仪生拉活扯,非让他和新娘的母亲并排站立不可。那母亲涨红了脸,修身套装显出她一贯的精心保养和几乎不曾变形的腰脉。刘琴,她的名字就像摁下了开关的灯泡,噗的一下在马仲文脑中亮了起来。

接着,在马仲文的耳朵里,宋小雨对新婚夫妻的寄语,就完全成了无声的泡沫,他甚至颇有兴味地发现,台子底下的好些人,直到此刻才恍然大悟:哇哦,新娘子的父亲、母亲原来早就离婚了啊,为了女儿的终身大事,这次才勉为其难地握手言欢的啊……

宋小雨却视而不见地继续口沫横飞,他相当大度地剖析了过去十来年里，自己没能陪在女儿身边的罪过，并且拍着胸脯表决心说："未来的日子里，一定要用百倍的努力，将欠账找补回来！"

台下掌声雷动，尽管隔着百十来米的距离，马仲文也仍然确凿无疑地看见了刘琴眼里闪烁的泪光。

又来这套，这小子真是几十年如一日地善于俘获女人的同情心啊！一时间马仲文有点儿说不清自己内心泛起的那一阵刺痛，究竟算是什么。

挨桌敬酒环节，宋小雨仍旧一副领袖做派，当仁不让地率领着那对母女，和亲朋好友一一见过，并将手中的酒杯高高举起。马仲文注意到，那母女俩的举止，几乎姐妹般葆有了娴淑、内敛的气韵，两人都本能地退后半步，像是有点儿被宋小雨的嚣张气焰吓到。再后一两米，才是那个男人。他几乎比刘琴还矮了半个头，铁灰的西服，像是被那副硬壳牢牢包裹起来了一般。同桌宾客的耳语隐约飘了过来："那男的，难道是……那个后爸吗，怎么跟个跟班似的啊？"

而这时，宋小雨却在和马仲文对上眼的第一个瞬间，就毫不犹豫叫出了他的大名，但他大呼小叫的语气却难免有点儿夸张，并且，他刺向自己的眼里，还快速划过了一道金属般的寒光。但很快，他的身躯还是倾压了过来，不由分说地对马仲文说："人生何处不相逢啊，你说这么多年了，我们怎么就在这儿相逢了呢！在我女儿的婚礼上，我女儿的面子得有多大啊！"

他掉头招呼那对母女赶紧过来敬酒，同时对马仲文说起了悄悄话："过两天咱哥俩儿一定单独找个地方好好聊聊。我打电话来你可要接啊，不许再玩消失了啊。得有二十年了吧，这二十年，你小子都去了哪里啊？"

两个兄弟　193

宋小雨如约打来电话时,马仲文犹豫了一会儿,还是答应了。

他们去了重庆嘉陵江北岸那片新兴夜市,天刚擦黑,两个人就坐到了桌边,算是当天最早抵达的酒客。

之前,宋小雨领他一起刚坐上奥迪轿车的后座,他的司机就特别有眼力见地为两人各自递上一张湿纸巾擦汗,这让马仲文立刻就觉察出了最近几年小雨所经历的那些呼风唤雨,还有身份变化。小雨自己倒不以为意,只是打着哈哈说:"小徐,我司机,今晚都会一直在,咱哥俩儿完全可以敞开喝个痛快,不用担心醉了找不着家门。挺机灵一小伙子,就是有点一惊一乍,比我老婆还担心我的酒量。"

他坐在一旁不住地摇头晃脑,庞大的身体令马仲文暗自吃惊,他从来都不曾料想到小雨居然会演变成这样一头瘦高的大象,并且在眨眼之间就能歪倒着睡去,发出粗壮的鼾声。

酒桌边,他俩之间中断了二十多年的对话,仍然未能免俗地以天气开场。

小雨揩着脸上的汗水说:"真是活见鬼,明明都立了秋了,还热得人跳,这老天是要杀人还是怎么。"马仲文说:"其实也正常吧,不是有句俗话,二十四个秋老虎,个个都咬人吗?"小雨挥手打断他说:"哪里,要我说这都得怪那三峡大坝,拦腰断流,这里的天气还会正常才怪了⋯⋯"

他很快就说起了手头的生意,透露正在倾力收购那些半死不活的专业市场,它们散布在此前风起云涌的开发区、工业区的各个角落,退潮后大多却只能苟延残喘,难以为继。他对自己的眼光显然相当自得:"现在入手完全是白菜价啊。"他说自己的生意已经蔓延到了青海西宁:"你知道我可是从那里走出来的啊,有点衣锦还乡,杀个回马枪的意思吧,有没有?"

马仲文说起自己时却要审慎得多,只说:"我嘛,就是回来了,再也不会去成都了。"

他简略介绍了他之前供职的那家成都排名老三的报纸,在刚刚过去的这个夏天如何毫无预兆地停了刊,上百名编采人员,明面上是合并到同系统的一家新媒体网站,实则是被集体扫地出了门,他闷头喝了一大口酒说:"还不如主动撤退呢,起码保留了最后的颜面。反正我也流浪这么多年了,就当回家养老啰……"

两个人后来都醉了,宋小雨招手,让小徐端来两大碗红艳艳的抄手,他又习惯性地眯缝起那一对秀目,有些同情地打量着略显迟疑的马仲文说:"怎么,当了太久成都人,接受不了重庆这样的爆辣了吧?"

不知是不是被他嘴角的那抹嘲讽惹恼了,马仲文居然跳起来指着小雨的鼻子骂说:"老子才是正宗的重庆人好吗,你他妈一个外来户凭什么吃定了我不能吃辣?"

小雨的眼里掠过一丝讶异,说:"瞧你这话说的,谁吃谁啊?"

两人接下去只好在陡然降临的静默中吞食各自的那份抄手,而在马仲文看来,眼前的这个发迹者,到底还是暴露了他一直在掩饰的狼狈的一面,他全无顾忌的旺盛油汗,还有那黑乎乎的衣领,早已将那身挺括的衬衣弄得一塌糊涂。过去那个如丧家之犬一般的宋小雨,就这么瞬间还魂。

两个兄弟

二

二十多年前,他们年轻时,马仲文还租住在重庆西区那片城乡接合部,临近横亘绵延的歌乐山山麓,那一整座繁华、逼仄的都市扩张至此,忽然疲态尽显,成了强弩之末。

那片街区围绕一座青苔斑驳的老旧石桥修建,却奇怪地被命名为了"新桥"。一所绿荫环绕,颇有几分神秘的部队医院,一片沿街分布,断续而松散的农贸市场,还有零星的几间街道工厂,构成了那时马仲文所拥有的全部喧嚣。

他住家的那排平房紧邻铁路,偶尔有开往成都的慢车经过,更多的则是那种黑乎乎的铁皮货车,拉着从中梁山煤矿的矿井中挖出来的煤炭,哐当哐当地驶过。天气好的晴天,出门一抬头,马仲文就会看见车皮上冒尖的乌黑煤块儿,在太阳底下闪闪发亮。

房子是从夏玲玲煤炭技校的同事手中转租而来的,刨去水电气花销,租金象征性地只有区区不足一百元,这对当时月薪一千来块的马仲文而言,已经相当合算。再何况房子离煤校那幢灰黄色的主教学楼仅有一墙之隔,也方便夏玲玲有事没事就跑来。

夏玲玲是马仲文的女友,他们相识于马仲文在重庆某大学就读的最末那年。那场在学校风雨操场上召开的诗歌朗诵大会,压轴的星光文学社新旧社长交接仪式原本风光无限,由第三任社长马仲文,郑重地将文学社三角形的社旗,传递给下一任领导人何川。两人煞有介事地握手,并朝台下乌泱泱的人群扭转身子微笑,哪知他们头顶上的天空恰在那时电闪雷鸣,重庆夏日里最最暴烈的那种疾雨说话间就猛砸了下来,抽打在那帮乌合之众的脸上。他们怪叫着四下鼠窜，让那场假模假式的权力移交仪式，迅速沦为史无前例的溃败。马仲文后来站在场边的布告栏下，头顶的那一细溜遮檐，几乎完全无法抵挡河水般倾泻的雨水，那时他心情复杂，不知应该悲伤还是自嘲，不想夏玲玲却径直朝他走来。她步履坚定，浑然不顾坠落的雨水正以重达好几吨的力道，将自己娇小的身躯冲击得歪歪倒倒。她赴死一般直奔马仲文的面门，仰起脸来说："这就是老天对你们的惩罚，你们完全是权力寻租，任人唯亲，你不知道文学社下面的人都在怎么议论你们吗？他们都说何川的这个社长，不是写诗写出来，而是和你们喝酒喝出来的！"

豪雨打得夏玲玲的两只眼睛几乎没法睁开，她的批判却仍像一阵机关枪扫射，劈头盖脸而来。扫射完毕，她扭头就走，马仲文有些心虚地紧追几步，为她递上文学社的小喽啰们紧急送来的雨伞，她仍旧不屑一顾……

那时，夏玲玲剃着超短的运动头，耳朵和后脖颈都裸露在外，跟个男孩儿似的。马仲文后来总跟她开玩笑说，他们的相识，完全是暴风骤雨式的，倒跟那个狂飙突进的诗歌年代有几分契合。

租赁房前有块三合土的空坝。那是星期天上午十点后的悠长时光，阳光将悬浮的空气照得透亮，他们就那么仰躺在那排红砖平房的门前。

在马仲文和夏玲玲的二人世界里，那时已凭空多出了一个人，那个人就是宋小雨。

院坝尽头，矮树丛以外，可以看见一个巨大的储煤场。那些货车拉来的黑煤，就会倾卸在那里，堆积成好几座颇具规模的煤山，等待排成长队的东风大卡转运到下一站。

三个人的视线,往往都会越过矮树丛,齐刷刷地望向那些阴沉沉的煤山,发呆。星期天的上午照例有些无所事事,他们在各自的那张椅子上仰躺着,都尽可能地抻长了身子。

马仲文说:"你们煤校的老师,怎么不领着学生去那煤堆上上课呢,那才是你们应该潜心钻研的东西啊。"夏玲玲说:"你当了记者后,怎么越变越庸俗了呢?怎么不学学人家小雨,始终不忘本,用诗人的眼光看待人和事?"

她一边说着一边在马仲文的后背上噼里啪啦一阵抽打,她的手白皙而纤小,却迅疾如雨点。说起话来也尖细而急促,常常显得包围着她的空气也有些不够用似的。

他们身后,那只老式的煤炉炉火荧荧,正煨着一锅酸萝卜老鸭汤。正午来临,他们就会在院坝里铺开矮趴趴的方桌,围着那锅鸭汤一直吃得大汗淋漓……

这,几乎要算是他们三个,在那个时期,共同度过的那些星期天的典型场景了。许多年以后,马仲文回想起来,都仍会顿生微醺之感,他想不明白,那样动人的一个开端,怎么会导向后来的那个血腥结局呢。

三

说起来,最初还是马仲文主动接纳了宋小雨。

1996年春天,重庆市质量监督局组织了一次名为《质量面面观》

的巡回采访。马仲文和宋小雨代表各自报社，加入了那支采访小分队。这队人马沿重庆周边的十来个区县兜了一大圈，收官一站，是缙云山下的北碚区。他们的采访车还没抵达，就预先接收到一位病人家属的投诉，说是那家的妻子，住进当地医院生产，活蹦乱跳地进去，拉出来时却成了一具死尸。

那日早晨，他们那一车人早晨八点就抵达了医院门前的空坝，投诉的一家老小也提早扯起了"医院杀人！还我妻儿！"的标语横幅，长跪不起，引来围观。

短短几秒钟时间，记者们就被集体点燃了，他们义愤填膺地掏出采访本来奋笔疾书，好几个女记者更是陪那家的母亲抹起了眼泪儿。宋小雨那时却冲马仲文挤了一下眼，他心下疑惑，却仍然跟随着小雨那两瓣在阴暗楼道里迅疾跃动的屁股，直奔了五楼的院长办公室。

一名中年妇女正在锁门，神色慌张，宋小雨快步上前，截住她的去路，张口就问院长在哪儿。那人脸唰地变白了，吞吞吐吐声称院长这会儿不在，去区里开个紧急会议了。宋小雨并不理会，笃定地亮明了记者身份，让她重开房门，一边说："今天我们来都来了，就和院长不见不散了。"那女人只好陪两人枯坐，半开的窗户底下，院坝里的喧嚣正一浪高过一浪，眼看着那女人愈发地焦躁，呼吸急促，似乎马上就要晕倒，一个白面书生却愣头愣脑闯进来报信说："吴院长，我们是不是该通知派出所了？别到时候没法儿收场哦……"

宋小雨听言，不紧不慢起身盯着女人那白花花的眼镜镜片儿说："院长你怎么不早说嘛，咱们有理说理就是，我保管那些家属讨个公道就撤。"

那天的小雨,在马仲文眼里,简直就像个当之无愧的前敌总指挥,他很快调来采访小分队的全体队员,在那背光的办公室内围坐了一大圈,还见缝插针,适时制止了那位几欲滑倒在地板上打滚儿的老母亲。

提问环节,他又当上了全团代言人,不露声色地拎出几个关键细节,让那个瑟缩一隅的院长,瞬间更是缩小了一圈。直到那女人声音颤抖地当场承认了"医疗事故"的结论,他才大手一挥,班师回营。

返程途中,一帮人在面包车里兴奋得满脸通红,马仲文一晃神,回想起女院长脑门前哆嗦不已的那一绺白发,就望着宋小雨说:"你小子,这么阴毒的招数,是怎么想出来的啊?"

小雨说:"擒贼先擒王,这点儿道理,你不会不懂吧?"

春天的午后,从地面上升腾而起的燥热,开始围绕在他们的腿间萦绕不退,宋小雨顺手将车窗开到了底,任由劲风将满头浓发吹得直立起来。他居然提早穿上了一条短裤,松垮垮的,直垂到了膝盖以下,两条孤零零的小腿不加遮掩地裸露着。真他妈是个疯子呢,马仲文在心里骂道。

在他的青春年代,这样的激烈之人,总会对他产生致命的诱惑力,宋小雨是这样,夏玲玲也是这样。

当上《西南都市报》的记者前,宋小雨有过一段不长不短的流浪生涯。他父母是支边的重庆人,他跟随前往青海西宁的一家石油化工厂,慢慢长大成人。他母亲据说是不堪忍受那边肆虐的风沙,在他小学一年级时就抛夫弃子,再无音讯。他后来曾对马仲文说起那个瘦巴巴的女人,说只记得她短发、蓝衣的模样,一直对着一盘儿手抓羊肉干呕不已。他一再对马仲文抱怨说:"那女人奇怪地对牛羊肉一概高度过敏,没法下咽,这搁我们青海能活得出来吗?"

对自己在兰州大学大二辍学的原因,他却始终语焉不详。他学的是珍稀的核物理专业,却无可救药地痴迷上了诗歌。他告诉马仲文,进校后头两年,除了诗歌,他对那门专业必须研习的几乎所有科目,都陷入了深不见底的厌弃。他最终逃回西宁,躲家里闭门不出,埋头创作一首看不到尽头的史诗,多年后对马仲文重提,他半真半假地捶胸顿足说:"实在遗憾得要疯了,后来读到海子发疯前写的那些长诗,里头那些宗教和神话意象,说起来和我当年简直是在一个频道上共振啊!只可惜我出走海南时没把那沓稿纸带在身上,我的天才也就这样被我自己白白葬送了……"

他们南下的一行,包括原先兰大五泉文学社的几个同道,还有一位留美归来的中文系讲师,也主动停薪留职,和他们一同上路。

90年代初期,后来只要有酒精助力,宋小雨就会在桌边大谈他们几个在码头上滞留一星期,混迹于淘金大军之中,苦等跨海轮船的历险。那支脆弱的部队,在彼时荒凉的海岛上很快溃散瓦解,最后只剩下他和那名讲师同行,飞蛾扑火般追随着那些明灭不定的用工消息,从上一站奔向下一站,日夜兼程。

宋小雨的讲述,就这样在马仲文的耳边一遍遍重复,最终成了他深信不疑的传奇:

那时的海南,你们做梦也想象不出来,有时候我们从一班长途车上下站,满眼热带植物肥得流油,徒步一整天也见不到一个人影。那哥们儿也比我大不了几岁,教美学的,一个爱哭鬼,夜里住店,黑黢黢的，他嘤嘤嘤地哭，跟个冤死的女鬼那样一再把我吵醒。然后我就得被迫倾听他一连串的抱怨，吃不惯这边寡淡的饮食啦，肚子拉了一路都快虚脱了啦，后悔当初一心一意回国照料寡母，兜了这么大一圈现在还真是幻灭啦，所有这些屁话，搞得我们第二天在毒太阳底下赶路，有时候不得不暴走十几公里时，简直要因为睡眠不足而倒地暴毙……

小雨的下一个贵人，出现在一片新开垦的工地边，简易工棚里，他遇见一位来自重庆的老乡。

那时，他正跟随那个身高只有一米五几的矮壮老板，领着来自天南地北的民工，开起推土机，为未来的房产项目推平地基。很多时候老板都会叫上他，坐在那辆不知哪儿搞来的军用吉普车上到处去看地。后来，那个小老乡也加入了进来，他们一起坐在后座上，看海风劲吹，卷起老板敞开怀来的白衬衣。只见那敦实身板上，紧绷绷的小背心儿袒露无遗，背心儿的正当中，一颗红五星洗得都发白了，仍然辉映着他面孔上经久不褪的砖红色。

宋小雨记得，每天，每天，那矮冬瓜都会对着眼前望不到边的丛林或是莽荒之地，用粗短的手臂那么随意一挥说："嗯，这片儿看着不错，我们也要了……"

月明星稀，工棚里狂欢的蚊虫叮咬得宋小雨和小老乡生不如死，那时他们一致断定小老板头脑发热，过度激进，那小老乡仿佛已经窥见了未来无可避免的惨败，就对小雨交底说："我有个中学同学来信，说《四川日报》要在重庆办张《都市报》，不如我们一起回去碰碰运气吧？"

宋小雨的传奇生涯里，这决定性的一瞬，后来被他无数次拿来极尽渲染,他说:"那是一种嗅觉,你们懂吗?那海岛遍布着一股子不祥的异味儿,我一早就嗅出来了……"

每一次,酒桌边的那些听众,都会在小雨得意忘形的吹嘘中,拦腰举起杯来起哄:"来来来,为我们小雨'挽救了革命'的英明决定喝一个!"

那多半发生在重庆的江北区,来自市内多家报社的小光棍儿们,从前在各式各样的新闻现场或是发布会上频频相遇,早已亲如兄弟,隔三岔五,他们就会聚在一起纵酒胡闹,直至夜深无人。

他们头顶上傲然挺立的,是一幢二十多层的大楼,楼底破旧的街巷如同羊肠般盘旋。那楼有个相当气派的名字叫"海关大楼",海关大楼对面,是座银白色的新潮建筑,屋檐设计成了一对尖锐的翅膀,直刺蓝天。那是民航办事处,这一带算得上重庆新兴城区的入口,这座城市的第一条绕城高速正是从这里出发,直通道路尽头的江北机场。

酒局落幕,马仲文和宋小雨常常都会前往那里,上演他们固定的余兴节目。午夜将逝,两个人来到那条高速路的起点,大摇大摆走到空旷马路的中央,豪情满怀地伫立,还笑嘻嘻地看向对方闪闪发亮的双眼。良久,小雨才会拿腔拿调,开始他几乎从未更改过的念白:"我来了,我看见了,我征服了!"

他那细细的,长长的双腿极力朝两边分叉,仿佛已将重庆最为生机勃勃的新城踩在了脚下,但他凝望远方的一双秀目却醉意朦胧,让暗黑深夜里的这场宣战,快速沦为了轻薄的调戏。

这个拙劣的仿冒版凯撒,每回都惹得马仲文爆笑不已,但那滑稽一幕中潜伏的不祥信号,却要等到很多年过去以后,才会被他慢慢发掘出来。

四

重庆的报界，宋小雨和马仲文这对绝代双骄开始所向披靡。他们共同操刀的好些报道，在各自的报纸见报后，都会如同投向市民的一枚集束炸弹。他们一起暗访过地下屠宰场、强迫流浪儿乞讨的"猪笼城寨"，讨伐过一间豪华酒店五十元一盘的清炒空心菜（要知道那可是1993年），用四五篇连续报道不依不饶地追问背后的暴利，直至酒店门可罗雀，最终倒闭。

两个人恪守的原则是同进同退，不仅在采访中步调一致，在刊发时间上也绝不允许任何一方抢先。他们还奉行一条不成义的定规，就是每次采访结束折返，就分头进入独立创作，相互不闻不问，稿件见报后也绝不重提，直奔下一个现场。

但两人的差异，还是慢慢显露了出来。宋小雨总是更具进攻性的那一个，采访中他冲杀在前，写起稿子来也简单粗暴，直捣黄龙，他的作风看起来就像是屁股后头有条恶犬在穷追不舍；马仲文则属于缜密派，不声不响弥补着小雨逻辑上的疏漏，他的稿子更讲究文辞表达，更富于细节，埋藏了诸多余味深长的讥讽。所以懂行的人每每会将两人的稿子对照参看，获取更加全面的信息，而他俩的声名也随之悄然远播。

一个偶然的机会，马仲文得知，与自己并肩作战的宋小雨，居然寄居在他一个姑妈家的客厅中，便不由分说地拉他来新桥和自己搭伴。那间不足二十平的单间，忽然填进了两个大小伙的床铺，就变得格外壅塞，常常只能侧身过人，好在夏玲玲全然不以为意，很快就跟从马仲文，将宋小雨看作了自己的亲人。

时不时地，她会从小雨床边如同城墙一样垒筑起来的诗集里随手抽出一本，卷回自己宿舍，几天后还会翻出书里折角的页码，皱起眉头让小雨解析。马仲文在一边看了，有些过意不去，就说："你这人怎么这样，人家的书怎么可以随便折角呢？"那时，宋小雨那两只圆瞪瞪的、高度近视的大眼正极力眯缝起来，夏玲玲的脑袋跟他凑拢在一起，就像要齐心协力钻进那些神圣的诗句里去。

那样的时候，马仲文总感到，自己反倒成了外人。

不得不承认小雨与生俱来的那种魔力，尤其是对于异性，这与马仲文乏善可陈的恋爱史形成了鲜明对照。小雨总是可以轻易就收获异性追随的目光，那对秀目，你可以称之为天生的桃花眼，尽管高度近视，却始终不肯正经戴副眼镜，眼白上浅红的血丝也经年不消，看着像是刚刚哭过似的，楚楚可怜。他在那时身形高挑，举手投足又大开大阖，急不可耐，却自带一种说不出来的脆弱，随时都有可能坍塌似的。

在他们共同的青春年代，马仲文还认识不到颓废有的时候也可以成为武器，他也想不明白，小雨那蓬松、纷乱，总是遮住额头的浓发，还有脏兮兮的、颜色可疑的衬衣，为什么却总是能激起女人们深沉的好奇和怜爱之心呢？他一度还天真地以为，那些女人，无论是深夜发来倾诉短信的淑女，还是提起他的姓名就止不住媚笑的豪放女，不过都是拜倒在了他勃发的才情下了而已呢。

这让马仲文愈发地自惭形秽，暗地里替自己不值，后悔不该将一个如此强大的对手，引进自己生活里来。

那片湖水由山涧清泉汇聚而成，有一个美丽的名字，蓝湖。蓝湖的颜色当然并非单一的蓝色那么简单，在那些空闲的星期天的午后，他们三人常常会从屋后的盘山公路出发，沿路而上。公路两边松柏参天，遮住了倾泻而下的日光，而蓝湖往往就是他们漫长徒步的终点。那片水面在他们眼前神奇地凝聚，仿佛是被某种超凡的伟力提纯了的结晶体，那水体在黄昏的魔术光线映照下，变幻出人眼可以识别的所有光谱，层层叠叠，最终才坠入湖底的幽暗。

夏玲玲总是最先打破沉默的那一个："这湖也奇了怪了，怎么看不见一条鱼啊？"她的提问，在笼罩着湖水的阴郁空气里，听上去有些空洞。马仲文沉吟着回说："或许，这圣洁的湖水，是容不得这世间诸如我们这样的污浊活物吧。"而宋小雨后来向当地环保部门打探来的结论，却相当惊人，原来，这蓝湖保存了地球上有记载以来的几乎所有珍稀蕨藻植物，数百来种，可以说是一座藻类博物馆，而最早一批蕨藻萌芽之时，人类的祖先还完全不见踪影呢。

三个人都有点被这个说法吓到，之后长久呆望那凝脂般的湖水时，心中升腾的全是朝圣的念头。但仅仅过了七天，隔周的那个星期天，夏玲玲却又备好了一背包的面包、烧腊跟啤酒，嚷嚷着要去蓝湖边搞野餐，声称要唤醒湖水中亘古久远的幽魂。

三个人兴冲冲前往，一路嘻嘻哈哈，在湖畔的草地上吃得只剩一片狼藉。夜色合围，才惊觉四下无人，不知谁起的头，他们猛然开始了朝向山脚的一路狂奔。那后来演变成了一场真正的溃逃，掉队的马仲文心惊肉跳，哭爹喊娘，仿佛身后真有鬼怪在追逐。

多年以后，歌坛某位如日中天的天后也来到了这个湖边，因那湖边有座著名的道观，相传出了个绝世高人。那天后吸毒成瘾，经人引荐，要在那道士的指导下辟谷戒毒。那时马仲文已辗转去了成都某报，他们的记者跨越四百多公里的高速路直扑而来，埋伏暗访，遭遇了保安的重兵把守，亡命驱逐，一名摄影记者价值数万元的专业设备被摔得粉碎，很是闹腾了一阵子。与此同时，马仲文正孤身一人，在成都的租赁房内，时不时地陷入对那片深山和湖泊的梦魇。在梦里，他和宋小雨还有夏玲玲总是三人成行，为了莫名的原因，又总会从那湖边一遍又一遍地开始奔逃。而每一次他都是落单的那一个，跑在前面的另外那两个人却青春勃发，十几二十年的光阴流逝后竟丝毫不见衰老。他们头也不回地奔跑着，他却只能用目光追随着夏玲玲那身桃红色的毛衣，眼睁睁看着两个骄傲的年轻人越跑越远了。

五

男孩儿是在那年盛夏闯入他们三个人的世界的。

男孩儿身上一件泥污的小汗衫儿已经分辨不出原本的颜色，那条破旧的西式短裤，应该是某个大人的弃物，一直拖曳到了膝盖以下。他一双黑漆漆的大眼睛，映照着租赁屋内的三个人，却始终不发一言。

七月初的重庆自是十分炎热，正要吃晚饭，放暑假的夏玲玲为他们盛上冰好的稀饭，在小饭桌上摆出几只咸鸭蛋，一盘儿凉拌空心菜。那男孩儿毫不掩饰的饥饿吃相,令围绕在他身边的三个大人瞠目。他们开始轮番追问那孩儿的来处,尤其是夏玲玲,更是摆出了咄咄逼人的架势说:"我一天到晚在新桥地界上走,怎么从没和他打过照面儿呢?他应该是近些天才偷跑出来吧?难不成是从人贩子的手中逃脱的?喂,你家的大人叫什么名儿?能说清楚家庭住址吗?你这是迷了路吗?娃儿你倒是说句话啊,你莫不是个哑巴吧?……"

男孩儿的脑袋瓜,仍然几乎扣在了自己双手捧着的稀饭碗上,对她连珠炮似的发问几乎毫无反应,直到那碗里的汤汤水水也被消灭得精光了,才慢慢调开了脸去,望向空落落的院坝。

那会儿,夜色正从院坝以外的那一大片菜地偷袭而来。

宋小雨忍不住制止她说:"看你,别把孩子吓着了!"

他摸着孩儿的头顶告诉另外两个人,他其实已经是接连三天看见他了,每一次他都蹲在街口刘烧腊的摊摊边,就像一只挥之不去的野狗。他拎了两个烧饼塞给他,眨眼间就被消灭得精光,那刘烧腊就在一边抱怨说:"也不晓得是哪里冒出来的饿死鬼,老子天天把宰剩下的边边角角都扔给了他,你看你看,还是吃成这副模样。"

那天傍晚,宋小雨再次路过烧腊摊,见男孩儿仍旧蹲守原地,就冲他笑笑,那孩儿认出了他,起身紧随而来,最后竟死死抱住了他的一只大腿。

宋小雨接着说:"这也许算是他跟我撇不掉的缘分吧,我看我们都别急,等熟悉了再问问他,实在不成就领他去派出所或是收容所。我咋觉着这孩子背后,有单不一般的好新闻呢。"

自始至终,马仲文都本能地和另外那两个人保持着距离,他们

那男孩儿毫不掩饰的饥饿吃相，令人瞠目。

瞬间就被激发出来的热忱,让他觉得有些不可理喻。

十几米开外,宋小雨正拉起男孩儿在院坝的水龙头下冲凉,一身的肥皂泡沫。接着他又翻箱倒柜,从行李包里掏出旧汗衫来为孩子套上,他的失声惊叫就在那时响了起来。

二十瓦的昏暗灯泡底下,小雨将男孩儿手膀上、后背上的瘀青伤痕一一指给马仲文看。两个职业记者这时已没法冷静,连马仲文也忍不住低声盘问,希望为这个显见的虐童案找到进一步的线索。那孩儿却仍旧只是瞪着一对大眼睛,黑葡萄似的,眼巴巴地仰头望望这个,又望望那个。他的眼神里有一种逆来顺受的自我厌弃和软弱,似乎对发生在自己身上的这些完全提不起兴致,这让宋、马两个人都非常挫败,最终只好熄灯睡下。

小雨连每夜诵读诗歌的作息也放弃了,马仲文耳听床头边的电扇呜呜摇摆,在那个长夜里一连醒来了好几回,他迷迷糊糊听见男孩儿在黑暗中叫喊,声嘶力竭,十分危急,却又不成句子,而紧挨着孩子仰躺着的小雨却睡梦深沉,不为所动。

改变已悄然发生,但具体又很难讲得清楚。起码随后的那些天里,马仲文发出的采访邀约,无一例外,均遭到了宋小雨的婉拒。这在两人的新闻结盟史上倒是从未有过的新鲜事。早上出门,小雨会故意用大大咧咧的姿态打消他的疑虑,仲文却一眼看穿了他急欲将自己排除在外,像母鸡要一心维护自己鸡崽儿似的小心思。他和夏玲玲的统一战线也意图明确,就是要排除他这个收养反对派有可能造成的一切阻碍。他唯有独自一人奔赴新闻现场,一间被烈火炙烧得如同暗黑地狱的民房,或是血污混乱的急诊室长廊,他的耳朵里充斥着受难者的号哭,都仍然无法弥补小雨缺席的空洞。过去,这些总是令两个人同时血脉偾张的突发事件,现在莫名有些索然无味。

即使当着他的面,那两个人的嬉皮笑脸,也仍然在遮掩着他们不可告人的秘密。他后来才知道,过去的那些白天,宋小雨和夏玲玲居然领着那个一言不发的男孩儿,连倒了三路公交车,去了好几趟市中心。他们在熙熙攘攘的重庆百货大楼为孩子添置了全套新装,还去了临街的那间麦当劳。那时,那还是这个快餐连锁巨头进驻重庆的唯一一家店,从上午十一点起就会排起长龙。

夏玲玲到底没能管住自己的嘴巴,回家来的闲谈中情不自禁赞叹起了麦当劳冰淇淋奶味的浓郁,她最终不得不向马仲文交代了他们三人进城狂欢的全过程,还抱歉说不该让那孩儿连吃两只甜筒,搞得他那会儿都连跑好几趟厕所了。

马仲文说:"我看你们真是疯了。"他将探询的目光扫向缩在一边、仍一声不吭的男孩儿,那孩子正一点点将头低下去,一面又歪斜着抬起脸来偷瞄他。那一刻,他认为自己捕捉到了男孩儿眼里一掠而过的一丝狡黠,心里一惊,忍不住小声说:"你们,真的知道你们在干什么吗?"

他接着又说:"你们知道,这样将他羁留下来,其实是对他不负责任,也是对他父母不负责任吗?"

夏玲玲说:"仲文,我怎么觉得,你说起话来跟我老妈一个腔调?"

她扭过头去,和宋小雨相视一笑,在共同看护男孩儿的时间里,他们之间的默契显然在急遽增长。

小雨点了一支烟,到底开了口:"仲文啊,也难怪,毕竟你不太了解真实的情况……"

夏玲玲连忙附和说:"就是就是,你肯定不知道这娃儿竟然真是个哑巴吧?"

男孩儿这时却从三个大人的争辩中跑脱,追逐起了院坝里几只散养的母鸡。

宋小雨接着说:"你不知道,那孩子实在遭受了太大的惊吓,我们反复掂量,觉得最好平复一段,之后再从长计议。"

夏玲玲补充说:"而且,他格外不愿提起他的父母,感觉特别排斥和抗拒。你能担保他的父母不是有意抛弃他的吗?"

远远地,男孩儿冲他们转过了脸来。他是被房子旁边定时经过的运煤车皮吸引过来的,满载的火车引发了深沉的震颤。马仲文发现,男孩儿被那震颤击中,牢牢钉在了原地,他放下了刚刚用来赶鸡的树条,两眼彻底放空,追随着车皮绵延不断地行进,仿佛魂儿也被火车牵走了。

宋小雨冲他招了招手,那孩儿回过神来,也回招了两下,笑了。

夏玲玲还在那儿说个不停:"说起父母,不如说,现在,我们就是他的父母。"说完她没来由地大笑起来,又重复了一遍:"是的,我们就是他的父母。"

马仲文暗自神伤,他知道夏玲玲说的那个"我们",当然是没有包括他的。

那两位年轻时期的密友,他们充当临时父母的热情,究竟从何而来,马仲文并没有确切的答案。他的思绪,难免会指向宋小雨那个遗弃了他的母亲,他不得不相信,小雨由北到南,最终奔赴重庆的自我放逐,很大程度上是有意无意为了接近那个面目模糊的母亲吧。

一次酒醉，小雨对他说起过自己暗中的查找。

他通过警局的关系，查实了那个女人的下落，某个春日傍晚，一时冲动，小雨就打车直奔了长滨路边的下半城。

沿着几乎垂直的步道蜿蜒而上，道路两边，密布重庆典型的俗世日常，爆炒的油锅，嚣叫的电视，身着黑衣、瘫倒在竹躺椅上不省人事的老人，在他身后横冲直撞的孩子们……返家的上班族和他同向并行，也和他一样的满腹心事。他的那对近视眼那时眯缝到了极限，紧张地查找着那个致命的门牌号。

越发迫近了，他感觉自己先前鼓起的勇气，眼看着却要在身边殷红的空气里溃散。是的，那天的日光出奇明亮，直至日落时分仍然穿透了江边挤挤挨挨的棚户屋顶和墙隙，漏洒到他的脚边。这场跨越了十几年的重逢，让他的心脏狂跳，当他确信眼前那个佝偻的后背，就是自己朝思暮想的母亲时，宋小雨发现自己正身处狂乱的情感风暴中心。

那身板看着完全不似本地女人通常的那般小巧玲珑，而是门板一样扑在门边那只煤炉上，正全心拯救奄奄一息的炉火。她的头发垮塌了下来，将她的面孔深埋，宋小雨站在她背后，呆呆凝望，却被头顶上路灯开放那噗的一声闷响，吓得魂飞魄散，拔腿就跑。

酒桌边，他鼓着一对大眼反问马仲文："我之前那样的处心积虑，竟被那么无聊地打断，这说明我和我妈的相认也没那么意义重大，你觉得呢？"

马仲文无言以对，在早已冷却的菜碟里无谓地翻捡着，那边，小雨仍在喃喃自语地对那个性命攸关的傍晚反复倒带，他说："那屋里走动的，应该是一个男孩，十来岁，那应该就是我弟呀，同母异父的兄弟呀。那个没出场的男人那会儿又在哪里呢？难不成就站在窗边监视我吗？"

至于另外的那个人，他前度的恋人，在马仲文看来，她对那个弃儿的狂热，同样可以追溯到童年伤害的确凿源头。她其实是个遗腹子，降生以前就被夺走了父亲。

那是个月圆之夜，她的父亲，那个赋予了她夏姓的男人，在月光照耀下，从医院的实验室下班回家。他清隽的面容浮现而出，穿过园子里掩映的树丛，那条宽阔的柏油马路随即映入他的眼帘。月光底下，马路如同一条结冰的河流，他脚步轻盈地跨过，涉河而过的欢欣甚至让他轻声哼唱起了一首无词的歌谣。四下无人，唯有那首歌谣陪伴着他，跟随他趱进了医院家属区的侧门。那几乎是他每天重复的归家之路，只需要再爬过那个黑森森的小山坡，就能用钥匙捅开家门了，但在那个安静得就像一个虚假舞台的月夜，他却遭遇了埋伏。

在夏玲玲绵延无尽的讲述中，那场袭击始终变幻着迷梦般的色彩。她说那些埋伏者，将她的父亲当作了敌对的一方，活活用刀将那个轻盈的夜行人捅死了。惨剧发生的那一刻，她的母亲怀揣着肚子里的她，还在相距不过数百米远的平房里昏沉酣睡。她母亲后来赶去了医院急诊室，惨白的灯光下，满眼都是自己丈夫肚腹上、胸口前混乱的刀伤。她在那个清晨痛不欲生，腹腔深处的痉挛也抵达了最高的等级。

夏玲玲曾吓唬马仲文说："所以啊，你真的不要轻易惹恼我跟我妈哦，我们可是自带这个世上所有的凶煞之气哦！"

许多年过去，马仲文时不时地仍会梦见宋、夏两人。在那些梦中，宋小雨和夏玲玲总是亲昵地相守，个别的梦境甚至有些难以启齿。梦的发生地，几乎都在煤炭技校的租赁房内，时间往往是深冬，阳光失血般苍白，那两人浑身赤裸，一丝不挂，就当着他的面在床上缠绵。空间逼仄，马仲文完全没有退路，只能让那羞耻的一幕如此迫近地在自己的眼前发生。

那梦里的空气就像冰凉的水流，马仲文甚至可以感到它降落到那两个人皮肤上时的触感。奇怪的是，那样的梦里，那两个人做爱，却从来不曾像通常的性爱那样激烈，反而毫无冲击力，唯有无尽的痴缠。他们的每一个动作都温柔而小心，仿佛生怕惊扰了对方，也惊扰了咫尺开外的那个偷窥者似的。

令马仲文吃惊的是，梦里的那个夏玲玲，在床上平躺，头发完全解散开来，表现出了他从未见识过的柔媚的一面。她满脸通红，像是正在经历一场足以打通经脉的桑拿，这带给了马仲文更高层级上的又一个挫败。

六

那条分界线，要等到事情过去很久以后，才变得清晰起来。他们三个人很久以后才明白，所有的一切，都以那一场远征为界，被切割成了不再相交的两半。

那天傍晚，马仲文返回家中，发现出租屋里的所有人，都毫无预兆地消失了踪影。他紧盯着房间最深处的墙壁上，那团始终不愿熄灭的通红落日,相信自己直击了一个残酷的私奔现场:那一对临时父母,带着他们当街劫持的流浪儿,不辞而别了。

即便是后来,在面对宋、夏两人的口供笔录时,马仲文仍旧很难打破那个八月的黄昏,从自己大脑里频频闪过的真切想象,他固执地认为,关于那场出走,宋小雨和夏玲玲还有太多没有坦白的隐情。他在那份笔录的潦草字迹中间,希望找出宋、夏在激情驱使下的任何出轨行为,却终究一无所得。

按照笔录的说法,夏玲玲最初的意见仍然是,再继续观察,再等待一段时间,但大约一个多星期的临时收养后,小雨却做出了将孩子移交儿童福利院的决定。

他说:"说到底我们都并不具备收养条件,把孩子留在身边,真的并非长久之计。"夏玲玲说:"你是担心仲文有意见吗?他那边我来负责解决就是。"小雨说:"不是那个问题,我查了下,我们如果长时间扣留孩子,实质就构成了非法收养,后患无穷。"夏玲玲说:"那合法收养需要什么条件?"小雨说:"要去民政局登记,还要签协议、办公证,程序非常复杂,何况我俩都单身,这孩子也身世不明,最起码的条件都不成立。谁能保证他不是从家里偷跑出来的?他亲生父母要追究起来,我们吃不了兜着走。"夏玲玲说:"可那样的父母,跟豺狼又有什么分别。"小雨说:"所以移交福利院,是最好的选择了。福利院刘院长我认得,人很好,我们以后探视孩子也方便。"

儿童福利院在远郊巴南的苦竹坝,从新桥乘公交前往,大约需要两个小时。孩子依偎在夏玲玲怀里,继续一大早起床被中断了的睡眠,他看上去神态安详,以为那不过是又一次寻常的出游。

颠簸行进的车厢里,两个大人持续着没完没了,也没有完美答案的争论。夏玲玲勾头,一眼就看见了小孩儿脑门子上的一绺黄毛,那黄毛软塌塌的,那会儿已被汗水浸透,她心里一软,摇头笑说:"你看这孩儿这么楚楚可怜的,那个死仲文怎么就不愿接受他呢?"小雨说:"也不是不接受吧,我看他是怕影响了工作,他是天字头一号的报道狂,你还不知道吗?"夏玲玲撇了撇嘴说:"我看他就是自私,你们这么多年的兄弟,你没觉得他这人相当冷血吗?"小雨说:"并不是啊,他只是太过小心,生怕行为一出格,手里握有的一切,就随风消散了。"

公交到站,他们踏上一条幽深的水泥小路,路旁密匝匝的全是那种比手腕还细的小竹子。小雨说,这竹子不像重庆地界通常的那种粗壮南竹,而是始终长不大的瘦精精模样,浑身都是细麻麻的黑点子,这也许就是苦竹坝这个地名的由来吧。

水泥路的左手边是条小河,一河的浑浊泥浆,却一路柔顺地陪伴他们前行。可那绵长的道路却完全走不到头的样子,那孩儿这时扯了一把小雨的衣袖,示意要去林子里解手。他单薄的身影窸窸窣窣晃了两下就消失了,他俩那时都没有任何警觉,没想到那竟是孩子预谋脱逃的诡计。

阴天里忽地飘来一片黑云,密集的雨点裹在风中吹落而下,他们这才发觉时间已经过去了太久,眼前的那团竹叶却始终不见动静。小雨不由分说,恶狠狠地扒拉开密不透风的竹林,让枝叶像鞭子一般抽打在自己脸上。好在小孩儿并没有逃出去太远,他的出逃被竹林背后那堵灰泥的砖墙彻底阻断,那会儿正双手抱头,簌簌颤抖不已。

后来，宋、夏两人不止一次说起这次半途而废的出逃，小雨最终得出的结论是：那孩儿可能是经历了太多惊吓，随便的一个微小变故，比如那道出乎预料的围墙，就会让他丢盔卸甲，丧失所有的勇气。

福利院由几幢两层的小楼合围而成，墙壁刷成了统一的雪白色，总是会让那些满怀同情心的参观者，在刚刚抵达时就眼前一亮。但步入院内，置身缺少光线的、黑黢黢的教室中间，一种豢养的气味，类似于疏于清扫的牲口棚圈那样的气味，就开始悄悄尾随在贸然闯入的这三个人的身后。那些孩童在晦暗的深处，隐隐显露出各不相同的异像，有两眼痴呆的，嘴角拖着涎水的，手脚残缺的，头顶上凹进去一块的，还有那种拥有惊人美貌的，却都无一例外地朝他们散发出春天早晨那样的明媚微笑，让小雨他们愈发怵然心惊。

宋小雨口中的那个刘院长，隔了上百米的距离，就从二楼的办公室直奔过来迎接。她声音洪亮，堪比飙高腔的川剧演员，远远地就说："这孩儿看着就机灵，长得也水灵啊。"小雨说："也许就是个哑巴呢，一个多星期了，从没听他说过一句整话。"刘院长依旧心情愉快地说："那不是问题，我们配有专业的哑语老师，下次来，小家伙就能用哑语和你们对话了。"

自始至终，那孩子仍畏缩着，出于本能地抵抗着。夏玲玲搂着他，愈发心疼，她一直拿两眼看向宋小雨，那意思像是说，我们真要把孩子交给这个人托管吗？

后来那份口供笔录的末尾，两个人都认为，将小哑巴移交福利院的决定，或许并没有那么明智。他们都提到了那天最后分别，那孩儿异样的表现,他不哭不闹,被刘院长一把拽入臂弯后,就垂下了头,开始不停翻绞起自己的双手来。夏玲玲对笔录警察说:"他居然连个招呼都没跟我们打,一点儿告别的意思也没有,那得是有多记恨我们啊!"宋小雨则后悔不迭地说:"回想那娃儿可怜巴巴的模样,我一度想冲下返程的巴士,回福利院把他夺回来。可惜啊,我的冲动只停留在了头脑中。"

接下去的那个星期天,马仲文和空手而归的另外两个人,原本打算重拾在蓝湖边的野餐的,却被一场突如其来的狂暴大雨困在了租赁屋内。

两个男人闷头吸烟,烟气被雨气阻挡,在屋子里郁积、徘徊,夏玲玲咳得尖声锐气,不停咒骂身边的两个"死鬼"。好几次,她都跑到门边去探头探脑,察看有没有雨过天晴的迹象,但每一次都被轰鸣不止的雨柱逼得倒退了回来。两个男人这时就听见了她的哀叹:"这雨下得全重庆都变地狱了,妖魔鬼怪集体出动,我看不出点事才怪。"

那天的大雨从上午九十点钟,一直下到了午后,夏玲玲一语成谶,记者站周一例会的会场上,宋小雨就接到了福利院刘院长打来的电话。电话里她连声抱歉,告诉小雨,头天的大雨,击穿了儿童福利院一间教室的房顶,身穿白大褂的阿姨们当即炸开了锅,她们忙于抢救学生和物资,没有一个人留意到那个男孩儿已无声无息地逃走了……

刘院长反复强调,福利院的院门上了铁锁,安全防护绝无漏洞,但后来巡查,还是发现有一角的围墙年久失修,在暴风雨中坍塌出

两个兄弟　219

一个豁口,那孩儿估计就在那儿找到了可乘之机。

刘院长非常有经验地说:"他甚至连个姓名都没有,我们若是主动寻找显然毫无意义,我们能做的只有等待。"

几天过后,黄昏,马仲文下班回家,他有些吃惊地看见宋小雨仍呆坐院坝,一动不动。那张竹躺椅浸泡过太多人的汗液,变得像黝黑皮肤那样发出幽光,但小雨却完全不愿躺下,就那么挺身直坐着,孤零零地察看眼前的那片树丛。树丛背后,是隐隐闪亮的铁轨,还有附近居民随性开辟出来的凌乱菜地,仿佛那里的任何一丝风吹草动,都会牵动他的神经。

马仲文说:"还是没有消息吗?"他在宋小雨的身后发问,一边就着那锅清汤寡水的凉稀饭,咔咔嚼着碟子里的泡豇豆。他的语气轻描淡写,就像在询问明天的天气,与前面那人一脸的生死攸关形成了鲜明对照。

事实上自男孩儿失踪的消息传来,小雨就陷入了这种迷惘无助、丢了魂似的梦游状态,这对一向都那么有主见的宋小雨而言,的确太过不同寻常。

此前,夏玲玲还和他大吵了一场,他们争执不休,罗列出小孩儿所有可能的去向,无外乎回家、回福利院、被派出所收容、遭遇不测,还有就是重返他们身边这些。最后的那个可能,后来被宋小雨死死地揪住不放,他两眼灼热,对在场的夏玲玲、马仲文强调,这租赁房里必须二十四小时留人把守,免得小孩儿找回来时扑了空。夏玲玲的怒火却并没有那么容易消退,直冲着他的眼睛说:"别做梦了,我看这最后一种可能最他妈的渺茫,我们跋山涉水把人家抛在了福利院,他还会念我们的好?你观察过他的眼睛没,人家心里有数得很呢。"

她赌气再没来过这租赁小屋，宋小雨铺排的留守任务，最终只落到了他一个人头上。他如此的走火入魔，让马仲文也不耐烦起来，他在那天晚上做出了一个决定，认为是时候结束这半个多月以来，笼罩在他们三人头上的这场可笑的失心疯了。他递过一支烟去，这回小雨没有拒绝，当轻淡的烟雾升腾而起，马仲文说："我买了西瓜，放水里冰好一会儿了，你至少得补充点儿水分吧。"小雨转过头来，冲他笑笑，说："今天，我读了一首特别特别好的诗，叶芝的，'我在日暮时遇见他们／他们带着活泼的神采／从十八世纪的灰色房子中／离开柜台或写字台走出来／我走过他们时曾点点头／或作着无意义的寒暄……但一切变了，彻底变了／一种可怕的美已经诞生'，这难道不像是一个强大的咒语吗？这首诗我会记一辈子。"马仲文点头说："确实是好诗，但时候不早了，我们该睡了。"小雨仍旧笑着，说："你听，听见什么了吗？"马仲文看着宋小雨，看见他上下眼睑那里残留着浓浓的倦意，有些发蒙，屏息间确有一个奇怪的声音响起，听着像是一个婴孩儿发出的怪里怪气的叫唤。小雨说："你知道那是什么吗？那是一种獾，小时候在西宁，工厂家属区的围墙外就是一面荒坡，四处出没的就是这些家伙，没想到这里的郊外也有这玩意儿。只有完全不睡觉，你才知道夜里到底有多精彩……"

他的脸上，又露出了从前那种志得意满的笑容，马仲文看在眼里，也就不好再说什么。独自趿进门时，小雨那光溜溜的，被夜光照得发白的后脖子，又让他盯着看了好一会儿。不仅脖子，小雨的整个上身也光溜溜的，正毫无防备地承接着夜晚的露水，他有心提醒他最好添件衣服，免得着凉，但终究没有说出口。

七

尸体是在蓝湖里发现的，一个趁夜偷偷下水的少年，发现了那个倒伏在水中的小小尸身，屁滚尿流地报了警。派出所民警赶到现场时，那孩儿仍依原样那么漂浮着，其中的一个警察张学东，是马仲文的小学同学，念警校时和仲文在重庆高校诗社的联谊会上恢复了联络，他后来告诉马仲文说，那孩儿的两只手臂撑开到了极限，就像一只巨大的鸟儿在起飞时，正倾尽全力对抗和挣脱着地心引力。马仲文心想，那孩子也就一米二三的身高吧，即使完全张开手臂来，又能有多"巨大"呢。

办案民警很快追查到了死去男孩在中铁某局任职的父亲。他们施工队那时就驻扎在新桥周边一个寥落的院子里，几座略显破旧的两层楼房或是平房，挤挤挨挨散落在一个泥地院坝的四周。

据孩子的父亲讲，母亲病逝后，那孩儿刚从乡下老家进城来投奔自己，才不到三个月。孩子是个聋哑儿，联系了周边好几所小学都没法就读，白天的工作日他都要跟随大部队到十几公里以外的施工现场，孩子就院里院外地野跑，没人能管住他。好几次消失了几天后才重新现身，就像那些和主人走散了的狗一样。

那父亲对警察说："后来我也麻木了，等等总会回来的吧。"他推测自己的儿子那晚恐怕是一个人跑进蓝湖里玩水，不当心失了足。

那父亲过分的冷静令人生疑,而法医报告显示,那孩子曾遭受过暴力虐待,身体遍布新旧外伤,其中脑后的一处钝器击打伤痕,更成了他杀的铁证。现场勘察人员很快找到了对应的凶器,一块圆石,足有脸盆大小,估计凶手的本意是,用这块石头将溺水的孩子重压在水底,直至腐烂,哪知那孩子的尸身即便沉入了水底,仍凭借某个神奇的执念,拱开背上的石块,浮出了水面。

张学东说:"我们证据一上,再加上他们施工队看门儿的老郭头指证在事发当天,晚饭时间,亲眼看见他们父子二人背着一只游泳圈出的门,那小子当着那两个审讯兄弟的面就崩溃了,用头猛磕桌面,打乒乓球一样,骂自己不是人。"

张学东告诉马仲文,那个当爹的,的确是个恶魔,在不到三个月的时间里,变换出了五花八门的弑子手法,超过了阿加莎·克里斯蒂笔下最残忍的凶手。他用过电,将电热杯的线头剪断,硬杵在儿子手腕上,烧出焦煳的印记,想要制造儿子不小心触电身亡的假象。他还曾将儿子带上屋后那条铁轨上奔驶而过的闷罐车,他的计划是趁人不备,将儿子推下列车,让人以为是儿子扒车不慎,坠车而亡。无奈他们上车那天,恰巧遇上一支调防的骑兵部队,父亲先就心虚了几分,然后当他领着儿子躲避那些军人,来到最后一节车厢的马厩,眼看那些马儿集体瞪着黑森森的大眼,像是识破了他所有的阴谋诡计似的,当场就泄了气……

张学东的兄弟们接着又追查到了幕后的那个情人,那是新桥当地的一名女子,整条街上的人都叫她三妹儿。三妹儿平时就在她家临街的门边摆个烟摊,守着她瘫痪在床的老母亲相依为命,见了人,远远地就会打招呼。张学东说:"我自己就经常在她的摊摊儿上买烟，蛮热情一个人，哪知是这么狠毒的货色。"

那个父亲交代，三妹儿知道他乡下还拖了个儿子后，就对他摆起了脸色，说不处理掉这个孩子，今后就不用来见她了。

警察找到那个三妹儿对质，她却把一切罪责都甩锅给了那个父亲。她声称自己看错了人，不相信那个老实巴交的人居然会做出这么伤天害理的事儿来，还狡辩说自己说的"处理"，只是让他把哑巴儿子过继给某个亲戚的意思……

马仲文第一眼就从张学东递交给他的案件照片上，认出了那个聋哑男孩儿，他立刻拉上宋、夏两人去派出所完成了笔录。与黯然神伤的另外两个人反差明显，马仲文焕发出来的，是无比炽烈的采访热情，他坚信这起弑子案背后，藏有更加幽深的社会和人性的隐情。他安慰另两个人说："这完全谈不上是你们的过错啊，那个苦命的孩子其实一来到这世上，就身陷恶的罗网，我们这些外人终归是无能为力的。"夏玲玲听言，抬起眼来看他，就像在看一个完全不认识的陌生人。

他和张学东约好了第二天一大早前往第二作案现场，也就是那对父子的住处实地采访。前一天的凌晨下过一场透雨，这让他们穿过军医院门前那个喧闹市集，拐过那一大片菜地时，好几次不得不蹚过残余的雨水。

宋小雨跟在兴冲冲的张、马二人身后，像条死鱼那样被动，头天夜里，他几乎彻夜捧读那本叶芝诗集，一对近视眼几乎贴到了书页上，像是在嗅闻那些诗行的味道，他长久地叹息着，对马仲文说："还记得几天前我对你说起的那句吗，'一种可怕的美已经诞生'，诗人们为什么总能预言现实呢,为什么好端端的相遇、欢聚,最终都将迎来最可怕的灾祸呢?"

那天,小雨瘦长的身躯上胡乱披挂着一件浅灰的西服,不知是不是洗涤缩水的缘故,看着过于短小、局促了些;西装里头的白衬衣也颜色暗淡,无限接近于他那泥灰色的肤色。因为熬夜,他那对秀气的、对于一个男人而言睫毛过于浓密了的大眼睛微微发红,经过最后那个拐角时,他忽然长时间地停驻不前,马仲文折返催促,却见他正瞪眼凝望一株弱小的桑树一动不动。凌晨雷电的袭击,将树苗拦腰截断,小雨竟在那里兀自连声惊叹,看起来早晨的雨还真不小呢。

很多年过去,马仲文都仍对小雨凝望桑树的样子记忆犹新,他的眼睛,照民间的说法,算是典型的"桃花眼",无可避免地会招来各式各样的桃花运抑或是厄运,而那个瞬间,马仲文却蓦地发现,小雨的身体里居住着一个女人,那女人正透过那双秀目偷看外面的世界,她看得实在是太过忘情,仿佛对那死去的桑树也无比痴迷的样子。

上午十点十分,他们抵达那个寂寥院落。

阳光有气无力地跌落在院坝中央,不见一个人影,铁路施工队的驻地在那个时节仿佛鬼域一般,无论是临街的红砖小楼,还是内院那一圈围合起来的平房,都死气沉沉,暗黑的窗框如同挖空的眼眶。

为他们开门的,正是提供了关键目击证词的老郭头。

一个瘸子,拎一大串钥匙,丁零当啷跛着脚,来到一间平房门前,不想却横竖也拧不开那把暗锁。张学东不耐烦地一把将他拨开,一深一浅那么试了两下，门咔嗒一声，居然开了。老郭头就在他们身后咧嘴咯咯笑开了，痰音很重地说："俗话说警匪一家啊，捉贼的果真是当贼的高手。"他嘴里两颗金牙晃着人眼，让马仲文无端联想起了朝鲜老电影《看不见的战线》里，那个阴险的潜伏特务。

房间里暗影重重，一本相册很随意地丢弃在旧书桌上，貌似是那个父亲被突然带走，匆忙中未及收拾的遗留物。

马仲文和宋小雨翻阅着那个杀人者还有小哑巴的留影，他们长久凝望手底下那张相当平凡的脸孔，只见五寸彩色标准照上，那张方脸带着从前务农，之后当过兵，再后来在铁路工地上日晒雨淋后理所当然的黧黑，还有些暗红，接近于刚出窑的红砖的颜色；他的眼里也很难找寻到邪恶的杀气，微凸的两只牛眼投射而出的眼光，毋宁说是憨直的，在那个晦暗不明的上午，毫无戒心地迎接着两个潜入房间里来的偷窥者。

马、宋二人蹙眉摇头，几乎同时陷入了迷茫。他们继续在狭小的房间里发掘，随后陆续的发现，也并没有带给他们真正想要的答案。

那弑子者的衣物，一件夹克，一件皱巴巴的米色西装，还有一件桃红色的运动衫，也都没有太多的异样。

那些衣物一律散发出某种阴郁的腐味儿，马仲文忍不住想，那是不是就是那个父亲的体味儿呢？这样的想法，几乎立刻带给他一阵生理不适。

一只电热杯，就是用来泡煮方便面还有鸡蛋的那种玩意儿，小雨端起那杯子瞅了瞅说："这玩意儿不能用了嘛，谁那么手欠，把插座线头都拔断了。"他没想到自己随口的一说，却引来张学东的低声惊呼:"这就是那个坏蛋电击儿子的物证啊,搜查的兄弟们怎么这么大意啊,我得包起来拿回所里去。"

最终,他们还是去了半山上的蓝湖。驱车前往的途中,夏季黄昏到来前的敞亮天光底下,马、宋两个职业记者的内心,却提前坠入了黑夜。马仲文说:"那个父亲,一次又一次下手,整个工程队怎么就没有一个人察觉呢?"他接着又否定了自己的提问,说:"也难怪,那孩子不是哑巴吗,有苦也道不出啊。"张学东补充说:"那些工友讲,那孩子刚进城,怕生,像是那种特别胆小的小动物,对面随便来个人,也会低下头想要溜走的那种,他能做出的唯一抵抗,也许就是福利院的那次出逃了,但问题是小家伙怎么会选择又逃回他父亲的魔爪中去的呢?"宋小雨说:"那父亲色令智昏没错,但那个三妹儿得有多大的诱惑力,才能让一个父亲那样锲而不舍,要消灭自己的亲骨肉啊!"张学东说:"那你可想错了,那个三妹儿,整个就一水桶,就这点来说,我还真替那父亲不值。"他接着说:"那父亲的为人,在同事眼里,也特别本分、内向,没想到骨子里却藏着那么瘆人的凶残。"小雨说:"那倒不奇怪,我看美国那些连环杀手,表面往往都格外谦恭有礼,他们对外界的避让,也许是本能地要避开关注吧……"

三个人就这么胡乱议论着,直到蓝湖像一块微微起皱的丝绒,在他们眼前展开。湖面算不上太过宽阔,只有大半个足球场的面积,但湖水的颜色却在白天最后的光照下瞬息万变,如同最擅长蛊惑人的妖精。

他们的身后,山下的城市仍旧白花花的,如日中天,而山间的荫凉,却让三个人如同身处外星球的无人区。他们围绕着湖畔的杂草地，漫无目的地游逛，泥泞之中尽是那场暴雨鞭打之后的痕迹，张东文说："可惜下了雨，即便再有作案的蛛丝马迹，也被毁灭了。"

他指着那片不足半人高的灌木丛，告诉那两个愈发没了头绪的记者，说这案子其实一点儿也没有技术含量。

那晚那个父亲就是在这里，领着小狗一样的儿子，跨过这片灌木丛，一眼就看见了脚下那潭暗沉的碧水。四下无人，那父亲于是对着幽深的湖水呆望了好一会儿，然后对身边的孩儿唤道，去洗个澡吧，凉快得很。那孩儿扭过头来，冲他点了点头。孩儿并没有笑，黑森森的眼睛里却大有深意，他是不是已经看穿了自己父亲的企图呢？战栗于是从那父亲的下腹部慢慢升了起来。

无论如何，那孩儿还是悄没声地下了水，一直走到了湖水深处，那会儿湖水已经淹及孩儿瘦小的胸脯。那父亲在背后十几米的岸边紧盯着儿子，紧盯着他光溜溜的脊背在水中一上一下地漂浮，无声无息。看上去那孩儿似乎完全被水面上变幻莫测的夕照迷住了，又或者，他只是放弃了抵抗，默默等待着最后的发落。

那个父亲就是那会儿从孩儿背后发起袭击的。他伸手将儿子柔软的脖颈摁入水中，但变故发生了，那小狗般弱小的身躯，却本能地一次又一次要从他父亲的手底下挣脱，挣扎出水面！

张学东说："总共得有三四次吧，那父亲却早已忘情于眼前的搏斗，最后两手并用，将儿子死死摁在了齐腰的湖水以下。"

事情结束，当他准备离开，又一个变故发生了。那孩儿白白的尸身竟然挣脱了重力的束缚，执拗地浮上了水面，"那就像是一只忧伤的，怪异的大鸟，"张学东延用了自己最初的那个比喻，他告诉两个记者，那忧伤的尸体，却让那个父亲陷入了混乱的恐慌，他在恐慌中失去了基本的判断力,从岸边的乱石中胡乱抱起一块,死抵在了死去儿子的肩头上……

离开那片灌木丛,马仲文忍不住又一次回望,那时他们正处于白日将尽的那个临界点上,湖水的表面,几分钟前还闪烁着黄昏金色的光斑,却在那个临界点瞬间背过了脸去,无情地将世界黑暗的反面抛给了他们。湖水在那时也失去了所有的颜色,黑沉沉的一片,在马仲文心中,从此成了这个世上所有罪恶的渊薮。

八

当天晚上,他们在一间出售红焖青蛙的小食店里,感谢张学东提供新闻线索,夏玲玲也应约而来。

那些青蛙大多生长于附近一带的水田,十分细小,却鲜美异常。食店距离中铁施工队的驻地不到百米,几个男人被无形的冲动所驱使,自告奋勇地扑向盛满冰冻啤酒的酒杯。那晚斗酒的最高对决,马仲文只记得张学东不断将一盆接一盆的啤酒,推到了他和小雨的面前。也不知那洗脸盆大小的铝盆,究竟是从哪里找来的。

但他们却仍然没法摆脱那个终极的问题,那就是:那个父亲何以忍心、怎么可能,在那样一个迷人的黄昏,一次又一次对亲生的儿子下手?

夏玲玲说:"在我看来,太多太多的恶行都是无解的,无因的。"她看向了马仲文,几乎同时,马仲文也看向了她,她知道他明白她暗中指向的,是那个她父亲被伏击的月夜。

马仲文说:"我的观点吧,事情始终都不会那么简单、单一。比如我们对孩童家暴的防范机制难道不是缺失了预警吗?比如父母双双进城务工,留守儿童无人看管,是不是已经成了普遍现象?又比如那个父亲是不是存在某种精神隐疾,是不是被刑案的侦破无意间遮蔽了?"

宋小雨说:"我看你们哲学系的就爱掉书袋、拽逻辑,要我说,越是灭绝人性的恶行,往往越是猝不及防,也往往由你身边最亲近的人发起。"

夏玲玲很懂得地点头:"什么亲情、爱情、友情,实际上最不堪一击了,你越是沉湎其中,最终却越是幻灭和心痛!"

马仲文说:"你喝多了吧,要不先送你回去休息。"

夏玲玲说:"你总这样,总是自以为是,你以为只有你一个人采访了一天受了打击了吗?别人的难过就不值一提了吗?"

旁边的两个人这时不得不起身,将这对争吵的恋人拖开。那晚的酒局就这样混乱地继续了下去,马仲文的记忆里,后来只剩下了以下这些纷乱的碎片:

夏玲玲伏案哭泣的样子,哭声嘤嘤,肩头如同遭受电击般地震颤不已;

宋小雨拼命抽烟的样子,他的身子蜷缩起来,空闲的左手插进大腿的中间,嘶嘶地吸气,特别怕冷似的;

而他自己的脑袋,被幽暗的灯光投放到墙壁和天花板上,不住地晃动着,就像是从他身体里面释放出来的魔鬼。

马仲文第二天还是赶去了近旁的那座农贸市场。连他自己也说不清这样的行为，究竟是为了印证什么，又是在向谁申辩和反驳。

宿醉后的头痛跟恶心，在那个空气透明的夏日清晨无形中慢慢消散，一个棒棒，挑着远超自己体积的货物，从他的身边走过，那重重叠加起来的朝天椒就像是一幢移动的红房子。他甚至在一个肉摊跟前驻立了好几分钟，饶有兴致地观看那个屠夫的尖刀，如何行云流水般剔除了皮肉深处的肉筋。

这就是喧哗的市声，盛大的日常，马仲文在心里对自己说，我就是要到他们中间去找寻那个答案。

他后来还去了那条冷僻的背街，那里，行人陡然消散，那个张学东曾经提到的烟摊儿，就那么毫无防备地来到他面前。

那不过是一个临街的门洞，敞开着，一只不足半人高的透明玻璃橱柜，横挡在门边。柜子里摆着香烟、小零食，还有可乐之类的饮料，门头上用红漆歪歪扭扭写着"三妹日杂"的字样。那女人就当街坐在橱柜背后，当马仲文意识到她就是那起弑子凶案的重要当事人时，整个人都几乎快要走过她家的门面了。他有些战战兢兢地回望，发现那三妹不过是很平常的短发，面色暗沉，或许是太过久坐已让她精疲力竭，她勉强维持着喘息，半个身子都不得不倚靠在橱柜的边上发呆。

悍妇，弑子帮凶，幕后罪魁，马仲文脑子里飞速旋转着这些极端的词语，一边小心地漫步到烟摊儿斜对面的一株洋槐树底下，继续监视对面女人的一举一动。他甚至摸出一根烟来，用很老到的姿势吞云吐雾，他在树下那散散落落的荫凉底下诘问自己：你究竟有没有勇气走到那个女人面前，然后开口提问。

他有一种预感，那些一直困扰着自己的疑问的谜底，就藏在对面那个女人的口中。探求的渴望让马仲文口中发干，他握着香烟的右手也颤抖起来，他的右脚开始试探性地踏上夏日里变得松软了的柏油路面，而就在那个瞬间，一声脆响，吓得马仲文触电一般将脚收回。

他的第一反应是，有人开了一枪，然后他就看见对面的玻璃橱柜已碎了一地。

袭击者不过是三五个半大小孩，眨眼间就闪身不见了。三妹儿艰难地起身，这期间她也许是轻叹了一声，她的脸上，马仲文连一丝惊吓的表情也没看见，甚至连孩子们逃跑的方向，她也懒得去瞄上一眼。她只是回屋拿来了簸箕和笤帚，紧盯着一地闪闪发亮的碎玻璃扫啊扫啊，她专注而努力的样子，让她愈发显出蠢笨来。

马仲文就是在那一刻发现她已有身孕的。那已经相当明显了，也让她没有办法完全地弯下腰去。六个月还是七个月了，马仲文很难准确地断定，那个时候他对此还毫无经验。

他沿着那条背街漫无目的地走了下去，他听见身后火车的响动，那巨大的震颤仿佛从地底传来，让眼前那排低矮的老房子跟着发出了咔咔的响声。他循声来到铁轨上，看见通常的那些拾荒者，他们在铁道的路基边游荡，走位飘忽。他们总归是不会空手而归的，背后或腰间的箩筐里，总归会拾捡起从运煤专列上洒落的煤块。马仲文听见他们相隔了很远地相互吆喝，呼唤，打趣，笑声一直传到高远的天空上去。

他之后在那个工程队的驻地一直等到了夜晚降临。他到底等来了归家的班车，他和队里的同事们随意攀谈，得到的说法仍然无外乎那个父亲平素低调，而且特别朴实，毫无心机，那一系列处心积虑的谋杀计划,是不可能诞生于那样一个淳朴的大脑的。他们共同的看法是,他不过是被那女人蒙蔽了心智而已。他的一个老乡,就是同村乡邻那种特别亲近的老乡,还对仲文说起了那个杀人父亲去世不久的妻子。她是个盲人,却是那种特别阳光的性格,每天一大早就会拄着探路的拐杖,前去村道上散步,对面一有来人,就会一脸灿烂地迎上前去说:"天好啊,今天真是一个好天儿啊。"好像在她那里,无论阴天还是晴天,都是永远不会改变的好天儿。

他回到租赁房里,将白天调查的所获一一讲给宋小雨听,他说:"没想到吧,一个退伍军人,怎么会娶了一个盲女,还生了个哑巴儿子,这命案真是越来越有意思了。"

小雨在对面的床上斜躺着,他已早早冲了凉,又抱起了那本叶芝。他看着马仲文,是那种直愣愣的眼神,然后说:"你的意思是,你今天自个儿又去跑了一天?你还真打算要把这案子写成深度调查啊?"

马仲文有点生气了,小雨自案发以来的被动、心不在焉、若有所思,这种种的反常,只让他感到莫名其妙,他说:"小雨你究竟怎么了啊?我不相信你就没发现,这案子的前前后后,埋藏了太多并且太深的人性。"

小雨说:"我倒没你那么乐观,我感到的只有黑暗,吞没一切的黑暗。你说我们去报道一起这样没救了的黑暗,究竟又有什么意义呢?"

马仲文说:"我没想和你辩论,小雨,不如这样,我们按正常采访流程完整地走一遍怎样?最后还缺最关键的一个环节,采访那个父亲的说法,你看守所不是有熟人吗?我们一起去听听那恶魔怎么讲，这应该是我们新闻从业以来最大的一次挑战了吧，我觉得。"

小雨应着，语音含糊不明，他的眼光收回到了叶芝的那些诗行中间，不再看马仲文一眼。

这成了三个人分道扬镳的最后一环。那就像是一个神奇的按钮，轻轻一摁，三个小伙伴从相遇相识到惺惺相惜、同侪共济的生涯，便戛然而止了。

马仲文一直在等候的看守所采访的通知迟迟未来，第二天，然后是第三天的傍晚，他回新桥家里的时候发现，宋小雨撂在房间角落里的那堆书籍，还有那只皱巴巴的行李袋却不翼而飞了。

宋小雨这样的不辞而别究竟意味着什么，马仲文并不愿太过深究，他反而更加投身到了对弑子案的采写中。他从张学东那儿讨要来询问笔录的复印件，在忽然变得空落了的房间里伏案苦读，奋笔摘抄，然后开始写稿。那也成了他新闻写稿史上最富激情的一次书写，细节奔涌而至，比喻闪耀发亮，和从前他所习惯的那类相对远距离的拨弄和玩味式书写大相径庭。

三千多字的通讯几乎一气呵成，他盯着台灯光下团团飞舞的蚊虫，等着自己燃烧的体温慢慢冷却下来。

夜里十一点半，他又从头对稿件进行了修整、删减，最终压缩到一千八百多字。他发觉自己后背上的热汗不知不觉已蒸发结晶，他最终在那沓稿纸的顶端写下了一行斗大的标题：他为何杀死亲生儿子？然后将稿子一页一页传到都市新闻部二十四小时待命的那台传真机上。

第二天他一觉睡到了上午十点，然后趿拉着一双凉拖鞋去街边的那个早点摊儿点了两根油条和一碗凉透了的豆浆。他在摊儿边那台摇摇晃晃的座机上拨通了小雨的传呼机，几分钟后，小雨的回话打来了，他说起话来瓮声瓮气的，对马仲文解释说，选题在他们值班总编那里被毙了，总编说，这是毫无深度价值的罪案猎奇。总编还说，他有个女儿正上小学，他不想女儿从自己报纸上看到如此惨绝人寰的报道，小雨在电话里说："对不住了哥们儿，我这边就只好放弃了。"马仲文说："扯什么淡，你们《西南都市报》不是一向很野吗，你不是总说你们从站长到总编成天都在你们耳边嚷嚷着要猛料、要猛料吗，这次怎么就戾了呢？这不太正常啊兄弟。"电话的那头，宋小雨没再吱声，再后来就剩下了吭哧的呼气声，就一把将听筒砸了下去。

马仲文的稿件却没有受到任何阻碍，就在那天早晨登上了报纸的头版，超粗黑的标题，倒头条的位置，几乎毫无删减，还转发到了二版。编辑部甚至将他传过去的那个方脸膛的标准照也刊发了出来，当然是打了马赛克。他在那个剩余的白天里仍然没回报社，似乎有意要让自己尽享在了却了一桩大事儿后，冒出来的这个短时间的空当。他坐在小屋里，清理边边角角里凭空多出来的杂物，甚至以前所未有的决心要清扫房间里无处不在的积尘。他后来意识到自己其实是在暗自忐忑，等待头顶上的那只靴子最终落下来，但那一天却始终风平浪静，无事发生地过去了。

夏玲玲的讨伐延迟了一天，还是席卷而来。傍晚，她坐在租赁房门前那把竹椅上，马仲文绕过弯弯曲曲的石板小路回家，远远地看见，觉得那就像一尊威严的佛像。她让忙不迭脱去外套、换上裤衩的马仲文就不必开灯了，她说自己有话对他讲，讲完就离开。她追问马仲文说:"你稿子里为什么要专门写到那次收养,还要特别提到'那对未婚的临时父母',你究竟在暗示什么?"马仲文说:"我看你是想多了,我只是想要强调那个小哑巴走投无路的绝境。"夏玲玲说:"不是的,你是想要暗示我和小雨的收养,最终激怒了那个恶魔,给孩子引来了杀身之祸,你看这句,'那对临时父母没有想到,他们把孩子送进福利院的决定,却带给了他灭顶之灾'。"马仲文听不下去了,说:"你怎么可以这样断章取义呢?这哪是在怪罪你们,这明明是在追问收养体制的不完善啊。"夏玲玲说:"不是的,你字里行间里都在指责我和小雨幼稚、冲动、感情用事,'临时父母',亏你想得出这么搞笑的名头,我以前说你自私,小雨还不信,现在我还要加上一个词,你不仅自私,而且阴险。"

夏玲玲始终都语气平静,她常见的那种尖声锐气,反倒一次都没有出现,但那一通控诉,在她抽身离去之后,好长时间都在马仲文耳边回响。后来他闻到了房间里一股子灰尘的味道,辛辣而浓烈,这让他在那张书桌的里里外外翻找起来,他并没有明确的目标,只是忘情地翻找着,完全停不下来。

最终,小雨留给他的一张纸条竟水落石出,小雨特有的狂放笔迹撑满了整整两页稿纸,他抄录的是《1916年复活节》的全诗,叶芝那如同咒语一般的反复吟唱,仲文其实早已相当熟悉:但一切变了,彻底变了/一种可怕的美已经诞生。

九

渐行渐远,这个词后来被马仲文越来越多地用于人生中相遇又分离的那些人身上。但如果将它用于曾经亲如一家的他们三个人,他更多地会想到河流,想到他们最后分别投入了三条完全不同的河流,此后各奔东西,永无交集。他只能通过各种非正式的渠道,才能拼凑起他们分别以后迥然不同的轨迹,诸如共同朋友的只言片语,或是报章上以及后来的社交媒体上的蛛丝马迹等等。

宋小雨先是主动申请去了报社的广告经营部,专司房地产业务。几年后他在那个小小的地产圈里风生水起,朋友遍天下,并且获得了某个头部开发商老大的青睐。传说那个大佬几乎将他视如自出,亲生儿子一般,他很快从报社辞职,转去跟在大佬屁股后面形影不离。

所有这些,其实都没有太出乎马仲文的意料。小雨这人总能凭借与生俱来的魔力,俘获他人的宠溺,并被纳入对方最亲近的关系圈中,这样的故事,几乎自马仲文与他相识之初起,就在反复上演。

他认为那是人家的本事,不运用白不运用,他唯一的疑惑反而是,小雨这么急切地从新闻采写上脱离,并加速度地奔向了它的反面,真的是受了那起弑子案的刺激吗?他难道真的在那罪恶的深渊,洞见了新闻的虚无了吗?

2009年夏天,新浪运营的一个小妹妹前来他们报社推广微博,他稀里糊涂注册了一个带V的账号。某天深夜,在他的一条评说某幅名画的微博下,突然冒出一个人来打招呼,问他知道他是谁吗。那人起了个昵称叫"叶芝门徒",他一时没能反应过来那就是宋小雨,你来我往的几番猜谜后，那人发来哈哈大笑的表情，才暴露了身份，有一瞬间，他竟产生了逝去鬼魂忽然发声的错觉。那以后，他们却并没有过多的互动，马仲文也并没有将自己当初对他背离新闻的疑惑问出口，总觉得时过境迁，已没有旧话重提的必要。他只知道他那时已离开了地产大佬，自立门户，开了间房产咨询销售公司。再后来，那个互关的对象重归沉寂，变得就像是一座死去的坟茔。

而夏玲玲在弑子案发生后的第二年春假，独自去了青海。她并没有向马、宋二人解释，为何会将旅行的目的地选在宋小雨的第二故乡。在从青海发来的明信片上，她大大咧咧地宣称，自己只是在西宁站打了下望，马上就决定深入腹地，向青海湖挺进。

她对小雨说，西宁灰扑扑的，跟个大村庄没两样，她终于明白当年你为什么死也要跑去海南冒险了。不过那里的酸奶很不错，那么浓稠，比重庆的豆花还要对我胃口。

她在给马仲文的明信片上说，她后来被一辆长途客车扔在了高原深处的一个荒僻小镇，她说，你想象不出这里有多落后，苍蝇有一粒蚕豆那么粗壮，不断结队朝我发起攻击。

她最后还是搭上了一辆运货卡车，抵达了鸟岛。风景区根本没有像样的旅店，鸟岛管理处只好设在储物室里，用办公桌为游客搭起了临时的床铺。她在那两张一模一样的明信片上，对两个男人写下了相同的话语：当你站在那个碉堡似的观测站内，看见数以万计的鸟儿朝你汇聚而来，那就像是一场铺天盖地的大雪只为你一人而下，那个时候，你会觉得，旅途上的所有艰辛都不值一提。

观鸟站的圆形堡垒沿线开着小窗，近在咫尺的鸟儿和观测站内的夏玲玲长时间地对视，毫不闪躲。她想起听人讲过，伸手出窗就能直接摘取沙土中的鸟蛋,她这么做了,将浑圆的鸟蛋捧在手心,她最后说:"那鸟蛋比最大的鹅蛋还要大,热乎乎的,那里面的小鸟呼之欲出,眼看就要蹦出来。这,就是生命原初的模样吧,包含了我们对世界最初和最后的爱,只要上路,你就一定会与这样的奇迹相遇。"

从那以后,她旅行的明信片时不时还会飘向马仲文位于成都闹市中心的报社办公室。他有时也会去想,夏玲玲一次次地踏上旅途,会不会也是一种变相的逃避,就跟他执意要从重庆逃来成都一样。但他同样也没有对她问出口,不仅因为缺少勇气,也因为那时的夏玲玲已越发行踪不定,他的疑问,其实根本没有办法及时投递到她的手上。

她最后一个确切的消息,也要追溯到2011年了。那张明信片寄到报社八楼他的那间临街的办公室里,纸片的正面,是遥远雪山的夕照图,金灿灿的岩石顶上累积着圣洁的白雪;背面,夏玲玲随手划拉的几句话,一看就知道是在某个偏远邮局的案台上匆忙写就的。那段话是:"亲爱的马,我在青藏线上,又一次被司机赶下了车,有什么法子呢,还是要继续走下去啊。"

夏玲玲没有具体说明那是在青藏线的哪里,邮戳上的地址也糊成了一团,很难辨认,马仲文遥想天高地远的青藏公路路边,不知夏玲玲一个人是否仍在踽踽独行。他将目光投向楼底下空坝子里那株歪脖子的老槐树。槐树周遭的土地,已全部被水泥硬化,让那棵树看上去特别孤立无援,最终长成了那种歪七扭八的怪模样。

那个下午,马仲文凝望着那株畸形的老树,真切感到过去十几年时光的虚妄。

两个兄弟

秋天的末尾，宋小雨又一次打来电话邀约马仲文，问他有没有兴趣一起去重访蓝湖。电话那头，马仲文的热切反应有些出乎小雨的预料，他听见他说："真是巧了，我也一直琢磨着啥时候旧地重访一把呢！"

前往的轿车里，小雨问马仲文，最近有没有夏玲玲的消息，一边还说："那还真是个奇女子，没想到她最后连工作都不要了，当起了职业旅行家。"

他告诉马仲文，他最后一次听到她的消息，起码也是六七年前了。那时她正行走在雅鲁藏布江的峡谷中，她在给他发来的长长的微信里说，某天下午，她爬上江边一座峭壁的山顶，那里有个小小的坝子，散落着几十户人家，却簇拥着一座破旧的天主教教堂。那是欧洲传教士几百年前的遗留物，黄昏时分的阳光像黄金那样发亮，她在教堂前的铁栅栏门前伫立良久，也不见有人前来应门，正欲讪讪地离开，一回头，却见一个衣衫破烂的女童，从围墙拐角的那头朝自己奔来。那个孩童逆光飞奔，让她一时错愕，不知发生了什么。

她在微信中对宋小雨说："你猜得到吗，她跑了那么一长段路过来，居然就是为了递给我一朵小小的野花！她站在我的面前，仰起头来望向我，全无戒心地冲我笑着，即便背光，我也可以看见她灿烂的牙齿。我当场就泪水长流，你知道那一瞬间那样的一个举动，对我意味着什么吗？我觉得我成了那个被选中之人，被一个孩童救赎了，净化了。我觉得我一直在逃离的那份罪恶，也一下子化解了，不存在了。"

她把那朵野花夹在快件里，寄给了宋小雨，并在随件附送的纸条里对小雨说："希望这花也带给你那份神奇。"

马仲文坐在车里,一时不知怎样回话才好,只好含混地说:"她一向都有那么一股子疯劲的,或许这才是她的本性吧。她应该还在某个远方行走着,并且会一直那么走下去吧……"

最终展现在这两个兄弟面前的蓝湖,却相当令人失望。湖畔散落着乱石还有白色垃圾,让那里更接近于一个被遗弃的郊游目的地。那里的青草和灌木在遭遇了莫名的碾压之后,也成了秃头上的几根癞毛。湖水干涸了不少,再也不复马仲文记忆里那潭深不可测的罪恶黑水,不仅看不到变幻的幽暗之色,而且沦为了那种肮脏的绿色,并且散发出烂白菜的臭味。

马仲文说:"现在,那些湖底的蕨藻植物应该只剩下尸体了吧?"

他的身边,宋小雨先是无语地苦笑,接着才提起了邻近道观里那个传说中法力无边的道士。他说几年前一份全国发行的杂志执意打假,揪出了道士自我包装的斑斑劣迹,目前他人已被限制,禁止再出来作妖,小雨说:"总之,这里已完全褪去了神光,成了被遗忘的角落。"

马仲文听见自己发出了几声断续的冷笑,他实在找不到更好的方式来进行这场大型的自嘲。过去的二十几年里,在他内心深处如同魔障的那片湖水,竟然颓败到这般田地,除了冷笑,还能怎样?

小雨的宣讲接着又响了起来,那个人带着他记忆里熟悉的鼻音在那里自说自话:"不过,我可以负责任地向你透露一个内幕消息,这里很快就要大变样了。"

马仲文扭头朝身边的那个人看去,看见他白色的衬衣扎在灰色西裤的腰带里,背着两手正凝望眼前的湖水,一副沉思者的架势,他很快明白了那人话里的意思："你的意思是说，你的公司就要来蓝湖搞开发了？"

小雨继续沉吟着，然后慢慢地说："我在想蓝湖这几年成了死湖，是不是就因为某个关键的泉眼干涸了，或者说是被堵死了呢？那也没啥，我一定有办法为它重新找回活水的源头……"

马仲文的冷笑难以克制，又一次响了起来。

请跟我来

- 白鲟 -

这支队伍看上去和平常的自驾游团队没什么两样,只是两个孩子的加入,还是引发了小小的骚动。

他们的队长叫李航,原本计划就他们五个人,李航后来说,他一个表妹儿要参加,大家起初也没太在意。出发集合的地点,就定在北环高速口下红星美凯龙的门前,那儿有块相对宽绰的坝子,当上午十点半钟的约定时间都过去一刻钟了,李航和伙伴们才看见两个半大孩子一前一后,怯生生朝他们挨过来。

那真是两个孩子,稚嫩的神情一眼就能看出他们不过高中二三年级的光景,两人都一身松垮垮的嘻哈打头,七月份重庆的天气照例自天亮起就进入了烘烤模式,空坝子里又不见树荫,所以李航他们每个人的脸上都布满了黏着的油汗,他们瞬间暗沉下来的脸色明显强抑着恼怒,让那个表妹儿明显被吓住了,介绍同伴时两眼躲闪,声音发抖:"我同学林皓文,他特别厉害的……"

李航依旧铁青着脸,咬牙切齿说:"我表妹儿何依依,你俩就坐我后座吧。"

两台车就这么上路了。

李航的 Jeep 指南者后座，装备占去了起码一半空间，俩孩子缩在一旁，大气也不敢出。直至过了重庆收费站，李航将车载音响里的许巍拧到了塞满整个车厢的超大音量，他才用缓和的语气考问两个小家伙，知道唱歌的是谁吗。

那男孩立刻焕发出自来熟的社牛天性："许巍啊，哥，这谁不知道啊。"

他们很快展开了一场关于许巍名曲的讨论，林皓文最爱《蓝莲花》，李航选了《曾经的你》，何依依居然挑了个冷门的《时光》，她说那歌里暗藏了一场伤心却温暖的爱情，李航手握方向盘，发出了胸腔共鸣的大笑："妹儿，你不简单啊！"

他一向是有些疼爱这个表妹的，打小就听自己母亲也就是何依依的大姨说："依依这孩子可怜，还没落地就没了父亲……"而关于那神秘父亲的踪迹，他母亲却始终欲言又止，李航也因此对依依表妹格外迁就，即使她在许多时候都显得有点儿过分骄纵。

李航他们这次并非普通意义上的出游，而是奔一条神秘的大鱼而去。大鱼的学名儿叫长江白鲟，1985 年以来，就在长江沿线那些幽暗、迂回的河道中消隐无声了，几乎被专家们宣判了灭绝。

十多天前，李航他们组织里一位自由摄影师却得到线报，说是重庆巫山县大宁河畔，垂钓的渔民在月光底下看见了长江白鲟的脊背。一群人在微信群里炸开了锅，跃跃欲试，要用镜头定格传说中的白鲟，改写历史。要知道，自 1950 年代之后，就再也没有人类拍到过白鲟的清晰照片了。

仅用了一周时间，这个特别行动小组就组建完成。他们同属于一个民间野生动物保护组织，平常通过论坛、贴吧、微信联络，不定期还会组织小规模的集体活动,寻访某条河流的源头,并在那里拾捡垃圾,或是曝光宰杀、食用野生动物的恶行,之后拍摄制作成图文专辑,在网上发布。他们大多各自拥有安身立命的职业,只能利用年假出动,图的就是个兴之所至,尽兴即归。

一次闲聊,何依依无意间透露了表哥追拍长江白鲟的计划,林皓文的疯魔就此点燃。

他先是模仿周杰伦的语气,由衷赞叹说:"屌哦,超屌的,屌爆了!"接着不知从哪儿查了一通资料,告诉何依依说,《诗经》里的诗句中,居然也能找到白鲟的踪影,它是水中大象,淡水鱼之王,一吨是它们通常的体重,可以生吞所有不幸和它们遭遇的对手。他还跑去李航他们的贴吧疯狂留言,当他得知白鲟小分队的行程恰好排在暑假期间后,就拉起何依依,谋划参与其中。

对林皓文突如其来的环保热情,何依依略有迟疑,但联想到他一向爱出风头,并阵发性头脑发热的秉性,也就依了他。

她开始向李航发起一轮又一轮软磨硬泡、死缠烂打的游说攻势,在答应了绝对服从指挥、确保安全,并征得她母亲也就是李航小姨何维的同意后,何依依才正式向林皓文宣布了堡垒攻陷的好消息。那一刻,对面那个男孩欢呼狂喜的样子,她暗自感动了许久。

一路上,林皓文谨遵何依依让自己好好表现的叮嘱,简直对长江白鲟话不离口。他甚至对白鲟因为视力退化,已接近于盲人,只能靠皮肤上密布的梅花状陷器和罗伦氏器,如雷达般在湍急水流中找寻前路的特性,也津津乐道。虽说临时抱佛脚的痕迹太过明显,少年得志的张扬也有些显摆过度,但全程六七小时那么激情渲染,尤其最后那句总结发言,"哥,我有个特别强烈的预感,这次我们一定能如愿以偿,带给全世界惊喜",让李航在巫山县城的夜色中泊车时,几乎有点喜欢上了他。

　　这队人马接下去的行动有些飘摇不定。这个最小编制的车队开始奔赴双龙镇的大宁河畔,有点儿像是飞蛾扑火。那里几乎要算长江三峡风景最为秀美的河段了,他们追随河面上神出鬼没的渔船,沿途打探那个忽明忽灭的白鲟神话,一路上还因为长江白鲟究竟是不是白色争吵不休,各自搬出一套论据,却又都找不着压倒性的铁证。

　　这让他们的搜寻愈发接近于一场盲人摸象。

　　两台越野车后来行至双龙镇下属那些最为辽远的乡下,甚至进了村。有时那里的道路根本无法通行,只能弃车徒步,在凹凸不平的青石板路甚至是野蛮生长的密林中急行军。随队的两个孩儿,却奇迹般地并没有成为这支敢死队的拖累,林皓文更是和队里的成年人展开了暗中较量,他在铺着厚厚落叶以及其他腐殖质的林地间猫腰前进,并不大理会身后已上气不接下气的何依依。有好几次他都因为求胜心切,被脚下错综复杂的树根绊倒,摔倒在泥地里却仍旧哈哈大笑。

　　他们中间最激烈的一次争吵,发生在李航和那个爆料摄影师之间。李航眼见道路崎岖,那一湾碧绿的河水也慢慢来到了潺潺小溪的上游,断定像白鲟那样的大型鱼类已不可能在此寄居,主张探险就此放弃。摄影师却执拗地相信自己的线报,认为现在只是"黎明前的黑暗",放弃将带来终身遗憾!

　　大多数队员都保持了中立观望,唯有林皓文挺身而出,坚决支持摄影师。他似乎忘记了自己编外队员的身份,一再申自己出发前强烈的预感,他的那张尖尖的小脸涨得通红,因为担心行动取消而呼吸急促,居然却成了全队意见天平最终倾斜的决定性砝码。

结果,李航那辆指南者的右后轮,傍晚七点天色刚刚断黑时,终于在那条蜿蜒的碎石子儿路中央爆胎。这时,即便那个摄影师也缩回到另一辆帕杰罗的后座上不再吭声,林皓文这时却热切地忙前跑后,当起了李航换胎的第一助手。他纯真到如此不要脸的地步,也让李航没法跟他置气。

他们那晚最终驻扎在巫山县城。一行七人找了个家常菜馆,摆开满当当的一桌,执意要大醉一场。酒桌上林皓文同样骁勇善战,频频出击,猜拳伸出来的手指坚定并极具攻击性,他不久前才结束变声期的嗓音,也接近于一只好斗的公鸡。

这场凄凉旅程的参与者们事后回想起来,那晚酒局林皓文脸上癫狂的神情,还有他张口就来的"两路口涨水,七星岗闹鬼""骑个烂摩托,八方找老婆"之类猜拳行令的言子儿,几乎成了他们关于那孩子晦暗记忆里最为闪亮的瞬间。

宾馆临江,两层楼的底下是类似吊脚楼的结构,他们在分配房间时略费了些功夫。刨去原本的一对夫妻,何依依最后和队中市中区新华路的那个电器老板娘结成了一对。老板娘下身穿条紧绷绷的七分裤,圆滚滚的屁股扭动着,拐进二楼房间时,她的朗声大笑在楼道里回响:"我不晓得是不是坏了人家的好事哟……"李航从房间里探出头来喝止她:"疯婆娘,莫教坏了孩子。"

第二天那个失血的清晨,李航蓦然惊醒,却发现对面皓文的床上空空如也。他不露声色地下楼,在慢慢苏醒过来的县城搜索,两只眼睛不放过沿途任何一个可能的角落。他最终在江边码头的石级上发现了那两个孩子。石级面对长江,豁然开敞,他们在那壮阔石阶的顶端紧紧搂抱,唯余一片天苍苍、水茫茫。

那个一米八几的精瘦男孩儿,那时仰面朝天,像是一个空空的支架,预备承接所有的恩宠。两个美好至极的青春身体,旁若无人地痴缠起来。他们相互凝望,冲着对方傻笑,不时又分别发起亲吻的袭击,总之是恋爱早期最美好的那类逗弄,一时间让十几米开外的那个兄长有些进退两难。

平心而论,作为表妹另一半的林皓文,并不算是个太差的对象,但那个比何依依年长了十五六岁的表哥,却还是感到了隐隐的不安。那个男孩实在太过执着,就在头天酒后的深夜,还闹着要拉李航一起去江边,说那会儿的江里说不定会有一只白鲟冒出来呢。如此旺盛的想象力,在李航看来,暗藏了某种说不清的不祥之感。而且作为在读的高中生,林皓文沿途的表现也太激进了些。对,就是激进,他对于那个多少有些无稽的鱼类的渴求,那种没法被满足的执念,都让李航认定了他应该不算是自己表妹理想的托付之人。

他们将离开前最后的晚餐,选在了江边的那个坝子。

话题仍然离不开长江白鲟。即便是那些已非常荒僻的支流的支流,也矗立起各式各样的水泥怪物。还有沿江工厂的排污,以及恨不能挖穿江底的采砂作业,目空一切的巨大航船,最终让那神奇的鱼王断了生路。

他们接着围攻起了爆料的摄影师,说那个声称亲眼看见了白鲟的渔民,莫不是在夜钓的晚上做了个梦吧?他们仿佛直到那时才恍然大悟,指出或许就是那个渔民捕获了这长江里最后的一条白鲟……

没人留意到林皓文那时的怅然若失，这支队伍做出的撤回市区的决定，令他垂头丧气，闷闷不乐。李航后来回想起那孩子坐在桌边的样子，那就像他心爱的玩具被强行掳走了一般。

后来下起了雨来，这群人里又有人开始跩文："不是'巴山夜雨涨秋池'吗？怎么秋天没到，夜雨倒先来了？"直到那时，他们才发现那孩子早已不声不响地离席，消失了踪影。

他们沿江边的石级开始找寻。那一段江岸相对平缓，江水流经这里，被重山抱拥，也平躺、舒展下身子，做回了一个温柔女子。那夜的雨也不大，颗颗粒粒，沙子一般探入人的发丛深处和衣裳的褶皱里。水雾蒸腾而起，如稀释的奶粉，在夜晚的空气里流淌得到处都是，李航他们的寻找有些像是无头苍蝇，从一开始他们就不知该去哪儿锁定目标，直到最终被黑暗里爆发的争吵声所吸引。循声而去，他们看见了那个白衣少年，那时，他已和那个身披黑色雨衣的人影抓扯起来。

黑雨衣就是个夜钓者。那晚的夜钓者并不多，不足十人的样子，稀稀落落散布在喧闹夜市堤坝下的暗影里，不知皓文为何偏偏瞄中了那人。

那人孔武而高大，黑色胶皮的雨衣将整颗脑袋和脸孔罩住，遮去了大半。李航他们事后议论起来，众口一词，将那人形容为奇幻小说里的邪灵，或是 B 级片中的杀手。那晚初见之下的惊骇，在他们心中久久不散，他们始终搞不明白，那样一个邪灵，怎么会在那个时辰出现在那里。

两人的撕打中，看上去林皓文应该是更加灵动和激越的那一个，他的退避和攻击富于弹性和变化，雨衣男一直被动回应，笨拙而僵化的动作,显示出他已成为那场小脑对决的明显下风者。但他们的缠斗却毫无征兆地停止了,黑暗中没等众人反应过来,林皓文就歪歪斜斜地倒地,像是忽然断了线的木偶。他的倒地动作狼狈不堪,与先前他的光彩夺目简直判若两人。

那把刀子,应该是夜钓者用来打理钓具或其他杂物的工具。抑或那人原本就是一个刀具的痴迷者,刀不离身。当那把刀子作为伤害案的证物被拍成了照片,李航看着,觉得黑乎乎的,平平无奇而且奇丑无比,但却足以刺穿那天衣衫单薄的林皓文。

那人在警察的询问笔录里说,是林皓文率先动手攻击的,污言秽语,说什么就怪他们将江里的白鲟赶尽杀绝的,一度还伸手强夺自己的渔竿。案情简单得近乎无聊,但李航脑子里的疑惑却愈发浓重,他搞不明白,难道仅仅是那晚他们关于长江捕鱼的声讨,就刺激得那娃儿做出了如此偏激的行为吗?而且,那孩子从始至终的欲求不满,究竟又来自哪里呢?

他在漫长时间的流逝后,仍不时回想起那个孩子的遗容。那还真是个孩子啊,当他被推进巫山县医院急救室的长廊,担架车猛地撞开雪亮手术室的弹簧门,他都仍旧保持着那种愣头愣脑、懵懂无助的模样。那是一个少年刚要出发,准备去经历所有未知考验,并尚且完好如初的模样,但在那一刹那,却被否决了所有的可能。他白T恤的胸前,顶着一只 Paul Frank 的大嘴猴,那里此前污黑的血迹,被雨水洇湿,慢慢退化成了一片粉色的烟云。

- 全家福 -

大约十四天后,嘉滨世家小区大门外,母亲何维强拉着女儿何依依,准备前往林皓文的家中负荆请罪。

天气阴霾,母女二人东张西望,都有些畏缩不前。

之前的一天,林皓文的尸体被装在冷冻冰棺里,拉回了石桥铺殡仪馆。何维感到这起事件牵扯到自己的女儿和侄子,就特意请假,出席了那个潦草的火化仪式。蹊跷的是,男孩儿那边,却没有一个亲人到场,她追问何依依:"他家里人究竟怎么回事?这像什么话!"

何依依一脸的无辜,说:"他从前就跟我说过,他们家里人都死光了,他爸他妈都死了啊。"

孩子的班主任告诉何维,他只知道眼下,只有林皓文跟他爷爷两个人相依为命,爷爷不久前中了风,卧床不起,无奈将丧事全权委托给了学校方面,"我们也完全是出于人道的考虑,才出现在这里的。"

这个无人送别的孤儿,临进焚烧炉的最后时刻,何维还是鼓足勇气上前看了他最后一眼。

孩子的面容在入殓师娴熟的技术下完美如初,依旧眉清目秀,却带有某种飘浮的虚无感,像是纸片儿上灰扑扑的画像。何维凝视良久,想起眼前的幻象背后,当初那个活泼的生命早已烟消云散了吧,就站在那里发起了怔。

紧挨她的焚化师二十出头,面白如雪,忍不住打量了她一眼,小伙儿眼里满是诧异跟不解,何维知道,他将自己误会成了孩子的母亲,不相信这世上居然有如此铁石心肠的妈妈。

焚化炉前的那个时刻，于是被一阵古怪的寂静所笼罩，原本就稀稀拉拉的送别队伍开始不自觉地退缩着，仿佛那个少年的遗体正在散播不祥的瘟疫。何维无名火起，瞪大双眼冲着那个小焚化师怒目而视，吓得那小子慌张起来，忙不迭地收起皓文的遮脸布，一把揿动了传送带的按钮。

她的女儿，死去的林皓文的历时一年零一个月的小小恋人，却始终龟缩在人群最靠后的角落里，将自己包裹在宽大的韩式装束中。她的整张脸也用松垮垮的帽子遮挡了起来。丧事流程中，面对不断涌现的环节，她都任由母亲一个人去应对，她自己反倒成了无关痛痒的局外人。只不过，在这炎热的季节，她身上那件长外套实在不合时宜，像一层怪异的皮肤。

开车返回的路上，何维强压怒火，觉得简直就要被这个莫须有的当家人角色、这一整件事情的荒谬所压垮。后来她安慰自己说，毕竟，对何依依来说，那还是她头一遭亲历真实的死亡，她只是被吓坏了而已，她也并不是麻木，只是还没有余力感到悲伤。

林皓文的住址，是班主任给的，嘉滨世家 A3 楼四单元 13-4 号，手机屏幕上的这行文字，让何维不禁皱起了眉头。

正值重庆一年中短暂的梅雨季节，一场骤雨眼看着就要破云而出。何依依歪坐在副驾座的靠背里，依旧在那几乎称得上反季的帽子衫中潜伏。看她居然在随着耳机里的音乐微微点头，何维忍不住一把将那耳机扯脱，扔在了操作台上说："看你给我惹出的这档子好事儿，都连着牺牲好几个工作日了。"

女儿说："又没人逼你来，不是你自己硬要拉我来的吗？"

这个亲生女儿，四肢茁壮，拉长的脸上总是一副不以为然的鄙夷神情,这和小巧、迅捷,有时又略显凶悍的何维,看上去多么地不同。她没法儿不联想到那个亡者,或许一切都要怪他,怪他在女儿身体里延续的基因在作祟吧,她有些无奈地叹了口气说:"好端端一个自驾游,怎么就被你们搞成这样了呢?"

女儿翻了个白眼儿说:"哪里是什么自驾游?明明是环保公益行动,我们要搜寻的是国家一级保护动物长江白鲟。"

"什么鲟?"

"我看你是真的不懂啊。"

说话间,她们已来到那个扼守重庆解放碑咽喉门户的老旧小区,那小区在过去很长的一段时间里,都是何维刻意回避、不愿重提的所在。

小区毗邻嘉陵江陡峭的江岸,将滨江的晦暗下半城和坡顶上敞亮的上半城,这两个分别如同地狱和天堂的世界连接了起来,何维领着女儿,在其间的树丛中穿行,恍若穿越神奇的时光隧道。

一切都还是最早期的商品房胡乱堆砌的景观模样,树种芜杂,小区的道路也摆出了复杂而扭曲的蛇形。

"你究竟知不知道怎么走哦?"女儿的埋怨声中,她瞄准了前方数十米一个踽踽独行的身影,她加快脚步想要追上那个先行者,却只见那人的步履瞬间恍若摆脱了重力,如风行而过,根本无法超越。

她们紧随其后,好歹来到了坡顶的那个组团。何维发现,幽暗树影下,那人耷拉在屁股上方的衣裳后摆诡异地翻飞拂动,催眠一般,让自己坠入了往昔的回忆。她仿佛又回到了多年前在此寄居的时光,而那人就是当年的某个熟悉而亲切的邻居,连他的名字也已来到了嘴边,就要脱口而出了,可他却一个忽闪,消隐在了黑洞洞的楼道间。

那朵阳光从茂密树叶的缝隙遗漏而下,这时停留在何维脚下,它瑟瑟发抖,像一团鬼火那样幽微。何维两眼呆滞,不得不承认自己在这个伤心之地中了蛊,遭遇了鬼打墙。

江岸崎岖,这嘉滨世家的布局,自规划建设之初就很难确保规整,全无规律,找到了A1、A2,甚至A5、A6,但你就是没法依次将A3打捞出来。母女两人在这史前社会般荒凉的小区内茫然打转,就在她们快要绝望之际,却在那个呈不规则多边形的中庭拐角,听见了低低的呻吟声。

她们循声跨过一段地砖松动的泥地,发现灌木丛边有个仰面摔倒的老人。老人一件白色汗衫,那时已被拉扯得歪七扭八,露出圆鼓鼓、光溜溜的肚皮,状如案板上的蛤蟆。平时用来支撑他行走的铝合金助行器,也滚落在几米开外。

那是一条蜿蜒下行的小道,凌晨的那场暴雨,将路边的草叶,甚至个别娇弱的树苗连根拔起,淤泥随之飞溅横行,坑洼不平的路面上,犹如临时铺设了一层溜滑的薄冰。

何维俯身,向老人发问:"有没有哪里特别疼痛?四肢抬不抬得起来?呼吸还能不能继续?请转动一下眼睛,现在你都能看见些什么?……"

老人只是不住点头,发出嗯嗯啊啊、不成句子的语音,她们试探着,好歹将老人搀扶了起来。护送他回家途中,何依依一直在旁边冲母亲递眼色,示意老人正是她们要找的皓文的爷爷。

老人的居所散发出女性缺席的那种凄凉。沙发,橱柜,台几,电视,甚至冰箱，清一色都是十几年前的旧样式。餐桌上剩余的饭菜也未及收敛，一股酸腐味儿。

两室一厅的格局，其中一室的房门严丝合缝地紧闭，想必就是那个死去少年的巢穴。何维发现女儿何依依紧盯那扇房门目不转睛，眼里已霎时布满泪光，就打了一下她的手肘。

所幸老人只是受了点儿皮外伤，何维只好吞吞吐吐，向他说明来意，不想原本还倚靠在污迹斑斑懒人沙发上的老人，却坐直身子摆手说："谁叫你们来的？要怪也怪不到你们头上啊，只怪我们皓儿中了邪，偏要跑去那鬼地方充老大，还哄我说是去搞啥子暑期实践，不成器的东西！"

何维仍低着头，将早先准备好的话语说了出来："无论怎样，我们都还是该来说声对不起，我们当家长的，各自都要管好自家娃儿，这份责任总是推脱不了的啊。"

"管个屁。我家那个，早就是脱缰的小马驹儿，反正我是管不动了！"

老人说起话来痰音很重，遮掩不住的江湖气，何维只好将眼光转向了别处说："家里，没别的人了吗？"

"有个鬼。"

老人说，那天早上，他本来打算下到江边，为死去的孙孙儿烧点钱纸的，哪知走到烂泥巴路上就脚底发虚，仰面八叉的一跤后，竟再也爬不起来了。"真是不中用了啊！"他咒骂着自己，将对面的母女两人当作了倾诉对象。

在老人滔滔不绝的絮叨中，她们很快发现，他的潜意识里，孙子林皓文的幽魂，至今仍在那条浩荡东去的江水中沉浮。连日阴雨，江水满溢，他托付东流之水，遥寄哀思的冲动，也油然而生。

老人叫林守奕，从前在重庆长江轮船公司跑船，1970年代初就登上了最早那批"东方红号"，一直做到了大副，在那座统共4层船舱、800多个客位的移动城堡里掌舵，跑上海直达重庆的航线。他总记得船过三峡，不时会有孩子脱离大人守护，从那光秃秃的甲板上滑落江中，船上迷信的水手总说，那些孩儿是受了江中水妖的魅惑，会趁爸妈熟睡的深夜，梦游般踏上甲板，最后投身江中。

"我早先当然根本不信，"老人说，直到后来，他当值的船上，至少连续发生了三起儿童失足江中，无处找寻的事故，才彻底动摇了信念，"我觉得我们家皓儿就跟那些不懂事的娃儿一个样，都是被水妖下的蛊……"

黑夜悄没声儿地爬上13楼上这长方形的房间来，最终完成了自己的统治。何维不得不起身作别，一面叮嘱老人有事一定打电话，何依依这时偷偷拉了拉母亲的衬衣，让她留意沙发条几上的那张老照片。

那是一张全家福，黑白照片上，林守奕被两男一女簇拥在一幢老式平房前，他们的头顶上，那棵苦楝子树枝叶稀疏，完全无力抵挡拍照当天炽烈的阳光。照片上，他们每个人的脸孔都白乎乎的一团，除了老人，何维忖度，其余的应该是那个始终缺席的儿子，他的妻子，还有幼儿时期的林皓文。那个儿媳美得惊人，置身于拥有相同血脉的三个男人中间，更显出冰雪美艳的异质来，非常格格不入。她就像是一个被临时聘来的演员，随时都有可能抽身离去，又像是来自外星的不同人种，随身携带人类认知所无法破解的黑洞……

何维怀揣着那个女人所带来的震惊离开,沉吟中又觉得那个儿子似曾相识,却怎么也想不起曾在哪里见过。

- 重逢 -

高中同学刚哥的那个电话,在五天之后打来。

手机那头,刚哥话只说半句,玩起了神秘:"今晚大记者可一定得出席哦,刚哥让你见识下什么才叫极品男人。"

刚哥在重庆某医院的胸外科当主任,隔三差五,就会拿起刀子为病人开膛剖肚。几年前,一场突如其来的肝衰竭,让他从头到脚的身体,绿得就像一株刚从夜里逃出来的植物。大难不死,他焕发出火山爆发般的热情,先是上天入地,八方串连,建立起一个覆盖率高达80%的中学同学群,然后开始以各种超出你想象的名头频繁张罗同学聚会。

何维的情事,在重新集结起来的同学们中间,一度成为颇为诱人的热门话题。同学们各式各样的猜测、议论,不用说都是背着何维秘而不宣地进行的,但他们浓厚、蔓生的兴趣,还是传递回了何维这里。他们开始主动为她拉郎配,显示出坚决消除这个异类的决心。

这些1960年代末生的人,已集体迈入儿女成年,甚或谈婚论嫁的全新人生阶段,依旧孤家寡人的何维,仿佛提前向他们预演了未来可能面临的凄凉老境,一个个的,简直比她自己还要惊慌失措。

在青春时期,她的情爱冒险,曾一度领跑过所有这些人。

大二期末，她就和她的英语老师，一个讲台上总是西装笔挺的留美博士，义无反顾地坠入爱河。恋情败露，博士夫人采取严防死守的战术，除了课程表上的排课时间，勒令博士足不出户。如此猝然销声匿迹了近两个月后，暑假在即，何维刚撂下期末考试试卷，就径直冲到了那幢四层的灰砖教师楼前。当着川流不息的老师和同学，她直呼博士的大名，骂他缩头乌龟、胆小鬼、不是男人。她小巧玲珑，身高才挨边儿一米五，但鹅蛋脸上那对黑漆漆的大眼睛，以及披散而下的卷发，让她酷似从动漫中杀出的美少女战士，吓得那个海归博士第二学期就主动申请，逃去了同城的另一所高校。

这样的女子，理应拥有更为轰轰烈烈的爱情才对啊，但自从他们全班大二暑假重返中学母校，看望班主任张文玲，她被一致推举为恋爱楷模之后，何维的恋爱就陷入了蹊跷的沉寂。对这其中必然存在的巨大的谜团，她却始终缄默不语，并没有对他们其中的任何一个，吐露过有关那个人的半个字。

那个人的存在，准确地说，是那个人的消逝，成了他们全班同学无人知晓的秘密。她怀揣这个秘密，眼看着那个人在女儿何依依的身上慢慢成形、长大，当她发现这个明显比同龄女孩要高出半个头的高三女生，开始以她所熟悉的那个人的方式愁闷、辩驳，甚或发笑时，她总会怵然心惊，感受到那人依然在场的魔力。

是的，他从来都没有真正地离去。尤其是刚刚过去的那个星期，她接连造访嘉滨世家，探望行动不便的林守奕，每次结束之后下楼，她都不禁在黑暗的中庭花园久久徘徊。他的存在，他无声的跟随，连她的皮肤都可以感受得到。

那其实和他在记忆里的模样没有多大的区别。过去，她同样是在那些看不见底的黑夜深处同他紧紧拥抱在一起,他光溜溜的皮肤,也是这样不留一丝缝隙地紧贴着她。他的皮肤,干爽而清凉,自始至终都不见一丝汗迹,全然没有俗常男人在那个时刻按捺不住的燥热之气和急躁脾性。

她开始钻心入骨地想他,想得快要哭出来。

同学会的地点,安排在市级领导聚居的那个半山小区旁边。那些顶着渝A00X车牌号的黑色奥迪轿车,总会从那神秘小区的大门内无声息地驶出,汽车的轮胎与地面上的进口沥青摩擦,发出意味深长的沙沙声。轿车会一路沿那道45度的斜坡俯冲而下,跃上坡底那座高架引桥之后,最终才驶入喧闹而庸常的凡间。

而从何维和同学们聚餐的那座封闭小院儿,就能全景俯瞰桥的全景。踏着院坝里青苔侵蚀的石板儿小路,几乎每一次,同学们都会对那桥正对的那座小区里发生的兴衰和更迭,津津乐道。

据说,这个吃饭的"窝子",也绝非寻常人可以随便进出。几幢相连互通的平房,围合成一个U字形,坡屋顶的青瓦加上红墙,枝叶森森的几棵大树,将那份与纷乱市声彻底隔绝的阴冷,一直延续到那张古朴的木质饭桌边。况且,那里面供应的几道菜品,比如开水白菜、鸡豆花之类的,还是川菜江湖上几近失传的神品,"多亏了刘胖子,否则我们哪来这样的口福?"同学们口中的刘胖子,是公安局某处处长。在何维的记忆里,他自中学时代起就是个吃相特别忘我的饕客,当时实行席桌制,他主动请缨当上了席长,然后,就在众目睽睽之下尽可能多地往自己碗里刨取饭菜……

刚哥的号召力不容小觑,临时一声令下,也召来了将近二十个男女同学。他们从前就读的重庆一中,是数一数二的重点中学,高考升学率高达百分之九十几,如今这些同学大都混成了有头有脸的角色。在见惯不惊的一轮亲热寒暄后,刚哥左手边的那个空位,明确预告了那位神秘嘉宾的即将登场,虽说从一开始,在与几个女同学讨论某种新型去皱美容针疗效时,何维都显得不是一般的投入,但不得不说,那人的姗姗来迟,还是成功勾起了她的好奇心。

比约定的开席时间足足晚了半个多小时,那人才匆匆现身,他从暗影里那个遥远的门洞中疾步而出。走过进门那条有些过于悠长了的通道,一迭声地说着抱歉。他中等个头,却相当壮硕。刚哥立马起立,装模作样为大家介绍"海外游子林天星",她也一眼就注意到了那人相较于国内男生们尤显黧黑的肤色。

几乎就在同时,关于几天前林守奕客厅里那张全家福的一个答案,也在何维心底引爆——那个早夭少年的父亲,居然出现在了同学会的席桌边,这让她不得不恍然以为,那天的饭局从头至尾,都是一个阴险的圈套!

她的眼光自此不再游离林天星片刻。

他紧绷在两块胸肌上的那件蓝白花T恤,有些过于花哨了,在刚哥为首的几个男生的劝酒攻势下,他唯唯诺诺颔首的低调姿态,又不知到底是在心虚着什么。而关于这个老同学在中学时代的记忆,在何维的脑中仍旧混沌一团,也始终没能找到任何一个确凿而明亮的瞬间。

他的丧子哀痛想必痛切,并且和自己难脱干系,可在眼前这浮华的欢宴上,却变得有些虚飘。恰在这时,同学们已将第二轮的攻势,转移到了何维身上,他们毫不遮掩地将林、何二人当作当晚的速配对象，有人甚至起哄让两人当众表演交杯酒。有些被逼急了的何维，立马换上重庆女子典型的豪放姿态，她一屁股挤坐在林天星的右侧，直视他的眼睛，举起那只红酒杯说："天星，我们今晚就满足一下广大人民观众的要求，当一回露水夫妻怎样？"

她本想着在对方的那双细长眼里，找出哪怕一丝一毫的悸动，却仍然只看见他单纯的羞赧和约略的愕然，就鼓起勇气，将杯中的红酒一仰脖先干了。

同学们的欢呼响得就像炸雷："快说愿意，说我愿意啊，天星你个呆瓜，人家一个婆娘家都这么耿直，你还扭捏个啥？"

林天星愈发窘迫，似乎他唯一能做的，就是闷头喝酒，最大量地吸入那危险的液体，以此平复同学们令人瞠目的亢奋。

席间，关于他零星的讯息，也陆续传入何维的耳中。

大约在上个世纪末远赴加拿大多伦多后，他居然长达十余年一去不返。最早进的是银行，却与那里刁钻的华人女主管针尖对麦芒，拂袖而去，然后有一搭没一搭地做起了房产经纪。好在近几年移民加国的华人渐多，他手头的客户倒也并不短缺，另外他还开了家自助洗衣店，二十四小时不打烊的那种。

"最多算勉强糊口啦。"同学们随口奉上的"万恶的资本家"的名头，居然引来他好一番较真的纠正。对递到嘴边来的每一杯酒，他也来者不拒，一律勤勤恳恳喝下，何维在一边看他喝得两眼发直，又想起这个男人此次回国，背负了多么巨大的伤痛，就愈发于心不忍起来，可他却始终保持着那种略显木讷的隐忍，显然对在场的每一位都刻意隐瞒了一切，这倒让何维平添了几分敬佩。

直至深夜，十一点半，一伙人才闹嚷嚷地涌进暗影幢幢的院子中央。他们的笑闹回声震荡，而林天星脑袋飞旋，居然在脚底的青苔上滑了一跤。他一屁股跌坐在地上，发出一记闷响，大多已喝得上头了的同学们，再次爆发出一阵狂笑，他们嘴里念叨着"天星你小子情场得意，活该啊活该"，然后就依次散了。

遵刚哥指令，开车护送天星回家的任务，落到了何维头上，"你那半杯红酒早挥发了，机会难得哦。"刚哥边说还边冲她挤了挤眼。

午夜街头，经过的车辆，无一例外地几乎都以一种带着愤怒的高速一掠而过。突然降落到两人之间的静寂，让何维再次忐忑起来，正犹豫要不要将真相和盘托出，却听他倚靠在窗边发出了感慨："我们都老了。说真的，你还记得我们在一中的时光吗？你真是我的同班同学吗？我怎么记不起班上曾有过一个这么漂亮的女生了呢？"

"你嘴倒挺甜。没听过那句话么？女大十八变。"

他们那辆马自达保持均匀的低速，已来到跨越嘉陵江的黄花园大桥。雨忽然落得稠密起来，雨声嘈切，从车窗望向空蒙的江面，那里看上去就像一个阔大无比的黑洞，路程已所剩无几，再不开口就来不及了，坐在飘移的驾驶席上，何维到底听见自己的声音响了起来："你应该还不知道吧，我女儿何依依，就是你儿子林皓文的同班同学。"

忽明忽暗的路灯光下，林天星朝她缓慢地扭过头来，像是头一回见面那样地端详起她。他看见了女人的眼角，就像两条奇妙的水波纹，不经意地那么起伏了一下，便消隐在脸庞的两边。那应该属于那种特别妖媚的眼形，狐一样不可捉摸。林天星在那眉眼间长久地探询，他的沉默不语越发地让何维心虚："我也不知道这究竟是怎么一回事。出了那样的事，而你却竟然是我的中学同学……"

林天星只是无力地摆了摆手,他让何维把自己摆在桥头的这个拐角就好。刚才还兴致勃勃的醉意,瞬间坍塌,几秒钟的时间,何维眼里的林天星就只剩下了垂死的躯壳,已完全没有力气发起她原本料想中的反击。

"听我爸说,我儿和你女儿很要好的……他究竟怎么样?我离开的时候,他才刚上小学。"他坐在车里头,仍不见动弹,他是那样精疲力竭,连抬脚下车的动作也完成不了的样子。

细密的雨声中,何维听出了他乞求的语气,这个父亲,与一天天长大的儿子几乎隔绝了数十年,这会儿居然在向她讨要自己孩子的青春,她不得不对他说起了他们之前曾有过的寥寥几次会面。

一次是女儿过生,领他来一起庆祝,林皓文坐在她家桌边,不住口地夸奖她的手艺,稀里呼噜将半盆红烧肉全吞下了肚。问起她在报社的工作,他也两眼放光说:"昨天那条地下车库谋杀案的稿子,那么大一版,都是阿姨你一个人写的啊?真心厉害了。"

他讨好的用心虽然刻意,却一派天真,并不惹人反感。

还有一次是报社体检,她查出甲状腺乳头状癌,医生宣布并没有致死危险,只让抓紧手术。术后的夜里,她躺病床上发呆,没想到那俩孩子居然偷偷摸摸跑来,要给她一个惊喜。

那天林皓文手里还抱着一大捧康乃馨。她看都十点半了,就催他们回家:"这么晚了,你爸妈该着急了。"不料那孩子居然硬邦邦地甩出一句:"我没爸妈,他们都死了。"她见他愤愤然地搂着何依依扭头而去,迈着格外有力的步伐,倒和他爸在酒桌上的勤勉颇有几分神似……

林天星的号哭,最终打破了何维小心翼翼的讲述,那个男人的声音，在孤立无援的车厢里毫无遮拦地释放而出，就像野狼在呼叫同伴。

- 七星阁 -

林天星和王康明的第一次相遇，是在1985年秋季开学的头一天。兰州大学的阶梯教室里，新生集结，王康明作为即将毕业的大四生代表，站在讲台中央，为他们全班六十二位同学上了一堂大学生涯的启蒙课。

康明那天具体都讲了些什么，林天星早就一片模糊了，反正不外乎不要荒废四年光阴，要以全新、开放的姿态，拥抱迎面而来的一切，包括各个流派的新知，不同社团的新朋友，诸如此类的励志鸡汤。

那是澎湃、激荡的80年代，那个年代的大学生容易产生一种错觉，感觉自己可以影响这个国家、这个民族的未来，但王康明的吸引力，却更多地源于他这个人本身。他属于那种高大英俊、光芒四射的族类，随便一件短夹克穿在他身上，就显得格外干净利落、纹丝不乱。对于自己的口出之言，他也无比笃信，一脸的坚定。

演讲结束，他从讲台右侧的椅子边抄起一把吉他，自弹自唱了一首民谣，那歌叫《请跟我来》，那也是林天星第一次听到这歌。课后，那首歌的旋律在林天星脑际萦绕不休，有点着魔，他到处查找，终于知悉，那歌是台湾女歌手苏芮原唱的，他后来在《通俗歌曲》杂志上找到了这歌的曲谱，就磕磕巴巴唱熟了它。

我踩着不变的步伐,是为了配合你到来,在慌张迟疑的时候,请跟我来。我带着梦幻的期待,是无法按捺的情怀,在你不注意的时候,请跟我来!

他一句句反复吟唱,感到了歌词里越来越强大的牵引力。

王康明是兰大学生会宣传部长,林去竞聘学生会,得知王也是重庆人,就自然跟随了他。

林天星在王康明手下,工作格外卖力,作为一名初哥,却接连遭遇了校园歌手大奖赛、辩论大赛、诗歌联展等一系列的校级活动。从草拟、设计海报,到分发各类宣传稿件,再到最终校报、校刊上的总结盘点,他都无师自通,默默挑起大梁。

校园歌手大赛由各系推举候选人,竞争尤为激烈。那是春季开学的头个月,几幢教学楼门边的迎春花开得像是爆炒的鸡蛋,林天星灵机一动,策划让各大候选人每天傍晚,定时出现在校广播站的系列访谈节目中,对全校师生聊聊他们的私房话,并对着麦克风弹唱一曲。春日迷人的夕照下,春心萌动的少男少女们,拎着他们刚打好的晚饭,双双对对从架在他们头顶上的那十几只高音喇叭底下走过,耳畔响起的校园歌曲,和身边女生的白裙一起飘飘荡荡,很难不心生陶醉。

那二十几个候选歌手,也一举成了那个时期兰大校园里人气最高的偶像。一个师姐事后专程跑来对林天星说:"王部长见人就夸你呢,夸你有天分。他可是难得夸个人的哦。"

这自然让他对那个学长加老乡备感亲近,仿佛他们之间真产生了某种超出常人的关联似的。王康明毕业后去了国资委的主任办公室，当上了主任秘书。大三那年暑假，林天星回家，还特意跑去探望过他。两人在枣子岚垭熙熙攘攘的农贸市场里，找了家家常菜馆，点了一桌菜。林天星很快发现，这个昔日意气风发的大哥，那天却心事重重，眼神游离，说起为顶头上司出门寄信、买盐巴，甚至为他住院的老婆送小灶伙食的苦差来，几乎带着哭音儿。那顿闷酒喝到最后，他还因为进出的食客忘关冷气房的玻璃门，差点儿跟人打起来。临别，王康明语重心长地叮嘱天星："你毕业后可千万别回来了，这里清一色的工人大老粗，机会也少，没前途的。"

一年多后等到他毕业，兜兜转转一圈，林天星还是被分配到了远郊一家仪表厂。

仪表厂坐落在嘉陵江上游峡谷里的一个半山悬崖上，他一个历史系的本科生，在那厂里完全专业不对口，成天只出出板报，草拟下领导的讲话稿和总结报告，或是将车间里的好人好事写成新闻稿，分发各级报纸。此外，就只剩下了跑腿和打杂。

他说不上有多大怨言。那年头，这样一份国营大厂的正式工作还是分量十足，也好歹算是给自己十五年的寒窗苦读一个交代。林的那些同学，大多都比他好不到哪儿去，除了类似的厂矿，不少人被一层层地往下分，降到了地级市、县城，有人甚至被分回到了当年拼了老命也要考出来的乡镇老家。林天星给同学写信，用得最多的一个比喻，就是从前生物课上讲过的孢子，他在信里说："我们就像是一群随风飘零的孢子，不得不散落天涯，各自生根……"

那也是他人生历程中第一次萌生无能为力的飘零感。每个周末到来，他都会赶往山脚下那个远郊市镇的长途站，和背着背篓的小贩、肚兜里挎着清鼻涕长流婴儿的农妇一起,赶往灯火阑珊的重庆主城。他成了一个狼狈的天外来客,周五的夜色中,当他最终抵达磁器口背街家里的那所老屋,见到正在守望自己的老父和寄居在那里的女友刘肖,他都感觉自己像个走亲戚的乡下人,有种说不出的陌生隔膜。

王康明的电话是1994年春天末梢的一天打来的,就来自林天星办公桌边那台红色座机。王偶然从林的同学那里获取了这个号码,劈头就对他不通信息、隐居深山的做法一通埋怨,他接下去的一句话,完全出乎了林天星的预料:"赶紧地,请个假,买张进城的车票,到我办公室来报到。"

放下听筒,林天星的大脑依旧沉浸在中午饭后的困乏中,眼前的那一抹迷蒙光线,飘浮在那只亮闪闪的电话机和办公桌上横向延展的所有杂务之上,让那一刻愈发如梦如幻。

自前一年的春天起,和林天星同届分配到仪表厂里的毕业生中间,就开始频频涌现义无反顾的辞职勇士。这间国营仪表厂的效益正急遽下滑,前景暗淡,小伙伴们争先恐后,奔向陆续开禁了招聘的事业单位,还有人索性南下深圳、海南。

一个反面的例子发生在林天星后来调去的教育科。有个早一年到岗的师兄,在下班后的午夜,独自潜回漆黑的办公室,截断连接电灯的电线,触电自杀。他本科电机系掌握的专业知识,确保了那次自杀行为的准确无误。后来当林天星回想起之前几天,那师兄如何来到自己面前,一本正经要还清所欠的几块钱饭票时,记忆里师兄窖藏白菜般的脸色,让他备感风雨欲来,自己也难逃厄运。他加快了厂外求职的步伐,他去了当时的西南师范学院,拜见那个影视文学专业的权威，想要提前报考他来年的研究生，却在当晚喝得吐出了胃酸。重庆晨报的首批公开招聘笔试，他也换了好几班公交赶去奋笔疾书……

他后来在仪表厂教育科那座半山上的木楼里终日呆坐，愈发觉得身处牢笼，形如困兽，没想到王康明恰在此时，为自己递来一根救命稻草。

1994年，重庆中心城区正在兴起新一轮大规模的旧城改造。重庆的母城，被交汇的长江和嘉陵江包裹在一座半岛以内，包括大型百货商场、银行大楼、市级机关，都沿袭民国以来的惯例，密匝匝安插在了这高耸而起的沿江坡地上。那座城心半岛，仿若一头朝向宽阔江面俯身探求而去的巨蟒，堪称奇观，又因地势崎岖，尤其是江岸陡峭如高墙，在滨江沿线滋生出大片的棚户区、城中村。那里几近垂直的狭窄梯步，仅容二人迎面对过，吊脚楼、板房、毡棚几乎零间距地勾肩搭背，夏秋两季天干物燥，时常火烧连营。

邓小平南巡后，市场经济风起云涌，各方政策相继松动，政府决心消除这块重庆脸面上的牛皮癣，重庆史上第一家国资房地产开发公司海纳集团应运而生。政府的想法是，由海纳挑头，统筹重庆城心半岛的拆迁改造。当时的王康明，就这样被委派到海纳公司，当上了总经理。

新官上任，他就大手笔地从沿嘉陵江的下半城一号桥直通上半城的七星岗，勾勒出了一圈红线，搞起了重庆首个商品房住宅小区。那就是后来林守奕领着孙子林皓文，在那里安家的嘉滨世家。

很快，王康明又将眼光投向了进出重庆心脏解放碑的咽喉临江门。嘉陵江经过1300多公里的奔袭,来到这里,即将汇入长江,江面豁然开敞,满眼皓白,江天一色,在重庆百姓眼中,临江门一向被视为镇守河口的风水宝地,而王康明心中,一张惊世骇俗的蓝图正慢慢浮现。

恰在此时,林天星与王康明,这对久别的师兄弟,于海纳公司十六楼的办公室胜利会师。

那间总经理办公室宽大得好像一个完整的教室,林天星进门,一直走了好几分钟,才抵达王康明那张面积堪比乒乓球台的办公桌。办公桌后面,王康明冲他挤眼傻笑,两人恍惚间重回无邪的大学时光。那天,林天星换了三班公交,风尘仆仆地赶来,他特意新换了件白衬衣,可背心中央仍旧被汗水彻底濡湿。他下意识冲王康明眨巴着眼睛说:"房地产?我真的可以吗?"

王康明在滑轮办公椅里扭动着身子,好像很不情愿受那椅子的束缚。他已经学会了像领导那样很有气派地轻轻甩动自己的手腕,他反问林天星:"谁说不可以?我对你一向都是很有信心的。有时候机会就会这样猝不及防摆在你面前,你没有其他选项。"

他直盯着林天星,在他近前充当起了某个神秘力量的使者。一阵难以抑制的战栗,在林天星身体最深处扩散开来。

他成了王康明身边几乎日夜跟随的总经理秘书。他欣慰地发现,王康明尤其憎恶自己从前深受其苦的那套官场生态,每次提及都连连甩头。他说除了日常的家务杂事,他过去的顶头上司甚至有意将女儿许配给他:"倒也不是他女儿有多不堪,一个秀气乖巧的小学老师,也是我钟意的文静型,但那种自上而下的意志,还是让我浑身别扭,几次约会我都莫名其妙地发火,搞得人家特别委屈。我们之间可千万别那样啊,我们是兄弟,是战友,有什么请一定直说,我会特别看重来自你的意见的。"

那他现在的女朋友呢?"想什么呢。我娃儿都两岁多了,男孩儿,调皮捣蛋得上天入地。"王康明告诉他,他老婆是他父亲那所建筑学院的老师,反正结婚生子终究是需要解决的问题是不?所以早解决总比晚解决要好是不?

林天星也对他说起了自己和女友刘肖在三峡腹地巫山县的那次不期而遇,王康明听了,猛拍了一记他的肩膀说:"看不出来,你娃居然还是个情圣呢。"

这样的对话,多半发生在他们对临江门那片芜杂棚户区的巡游中。那几乎成了那段时间两个人日常的功课,大多是在处理完一天事务的傍晚,偶尔也会选择一个午休的空当,或是某个冗长会议的间隙,王康明就冲林天星一挥手说:"走,我们去那旮旯瞧瞧。"

那并不是一趟轻松的游逛,起码每次事后,林天星都会四肢酸胀,如同刚从1500米的跑道上撤下。王康明比林天星足足高出半个头,他长腿轻盈,总在漫无尽头的长长石级上将林天星甩出好远。那还是温度悄然攀升的初夏,每一次结束他们两人间的对抗赛,王康明都会对着林天星气喘吁吁,要过好一会儿才从自己脚底冒出来的脑壳顶说:"咋样?瞧我这身板儿也不比你们年轻人差吧?"

他至今保持着运动的习惯,每个星期天都会跑去建筑学院的操场,缠着学生们加入他们,踢完九十分钟的整场球赛。而一向惮于运动的林天星,却一时找不到还击的武器,只好撇嘴说:"好好好,你是老大,你是冠军。"

他关于临江门片区改造的宏伟蓝图,一直在心里憋着,直到那年夏天头一场暴雨到来,才对林天星完整披露。

那个周末傍晚,偌大的办公楼里空空如也,海纳的员工被那场事先张扬的雷暴所驱赶,早早地就择路而逃。王康明瘫倒在他那把高靠背的转椅里,背朝门口,当林天星前去探询时,看见他整个人都隐没在椅背底下,连他的脑袋也隐没不见了。

照例是浓浓的烟雾在缭绕,仿佛那张办公桌下埋伏了一整座制造烟气的工厂,过了好一会儿,台灯的遮罩才被王康明拧转过来,刑讯室那样刺目的灯光也直射而来,直到此时,林天星才小心发问:"康明,还不走吗?暴雨马上要来了哦。"

"你来!"他背对他招手,大有玄机的样子。

林天星凑拢,见他平伸的双腿上正摊开一张城心半岛的详细地图,上面用红笔标注了稀奇古怪的各式记号,尤其是临江门板块,更像一页写满了梵文的天书。

那就是他的计划,他准备在临江门的陡坡上建造一座空中之城。

"你能想象吗?就像是古巴比伦城那样的空中花园和巴别塔,你学历史的,应该清楚我在说什么。那应该就是我们重庆的未来之城!"

他告诉林天星,不久前他专程拜访建筑学院退了休的陆天一院长,老先生两只眼睛里已长满白内障,几乎快瞎了,但听王康明讲到重建新城的计划,当即就从躺椅上弹起。陆院长认为,重庆的城市规划和建设,可以说多多少少辜负了这座山水之城,他心目中最好的重庆,应该把江请进城里来,把山的天际线还给这片土地。说话的过程中,林天星看见王康明细长眼睛里,有两块红彤彤的火炭,在暗影重叠的房间里灼烧。

请跟我来　271

经过反复考察、比较，王康明得出一个结论，再没有比古巴比伦城更好的借鉴了。重庆起伏立体的地形，天然应该生长出向上延伸的城市，而临江门自古就建有七星阁。那座三楼一底的高塔，登高即可远眺两江交汇的朝天门，古时无论做生意还是考科举，人们都会设法去那里登顶，放眼天际，祈求七星连珠的好运。只不过解放后扩建进城马路，伫立江边的七星阁无形间成了拦路虎，改天换地的建设者们于是将其碾平，铺成了黑黢黢的柏油马路，"所以我们完全可以借势复建七星阁，为这个取自巴比伦的空中城市，植入重庆的魂魄"。

在王康明的构想里，这座依崖而建的全新七星阁，将分七层，大门朝向奔涌而至的嘉陵江江水，然后层层叠高，直至几百米之上的解放碑平坝。

七星阁的每一层，将分别对应北斗七星中的天枢星、天璇星、天玑星、天权星、玉衡星、开阳星和摇光星，并相应设立居住、餐饮、酒店、游乐园等功能区，尽最大可能采用架空结构或是玻璃幕墙设计，一扫这座滨江城市素来深重的阴霾之气。

王康明的阐述，在那个周末之夜无边无际地弥散，直至那场暴风雨如期抵达。电闪雷鸣中，那扇半开的落地玻璃窗被哐当一下弹开，强风劲吹，长驱直入，将满桌子摊开的地图、画册、老照片、摘编资料等等，一股脑扫荡到房间里的各个角落里。

王康明带头满屋子追逐飞舞的纸片，林天星在他身后跟随，听见他爽朗的笑声自丹田而起，如一串重拳散落在当时激荡的空气中。

接下去的那个夏天，他们联手建筑学院的城市规划与设计研究院，雷厉风行地着手草拟重建七星阁的可行性报告。

那也成了林天星终生难忘的一个夏天。他跟随海纳的决策团队，一头扎进了所有可以搜罗到的，关于古巴比伦的著述和图集中。

他这个历史系的本科生，当然对源起幼发拉底河、底格里斯河的古巴比伦再熟悉不过。美索不达米亚平原，还有《圣经·旧约》中称颂的"流淌着奶与蜜之地"，那些人类幼年时期的光景，总让他满眼一片橙色的光线。他这个前诗歌狂热分子，很自然就联想起了俄罗斯白银时代诗人曼德尔施塔姆的诗句："黄金在天上舞蹈，命令我歌唱。"

相传，巴别塔的建造者叫宁录，这个世界上最早的君王，希望这座圣塔可以象征自己统辖天下的权力，"塔顶通天"，并且"传扬我们的名"。他很快煽动起人类普罗米修斯式的热情，以至于在他们眼里，建塔的砖石甚至比生命还要珍贵。女工们连生育孩子的哺乳期也不甘心停歇，她们将新生儿在围裙里一裹，就直奔工地。

"那时天下的人口音、言语，都是一样""他们成为一样的人民……如今既做起这事来，以后他们所要做的事就没有不成就的了"，人类的空前团结，最终却引来上帝的震怒，他摧毁了那塔，将塔的三分之一沉入地下，三分之一用火烧毁，最后只剩下了三分之一的残塔。

那塔的遗骸依然高耸屹立，登顶俯瞰，地面上的一棵棕榈树也只有蚂蚱那么大，传说塔身投下的长长阴影，一个人要足足走上三天，仍没有办法走出……

林天星将这个故事说给王康明听，对方陷入了长时间的沉默不语。那时他们正站在临江门那片高坡的坡顶，那个季节的霞光完全不输画片里璀璨的古巴比伦。林天星至今仍清晰地记得那个傍晚，记得之前王康明沿途如何对自己宣讲着"属于我们这代人的机会注定要到来了""现在轮到我们来改变什么了",诸如此类的豪言壮语。

但林天星却始终保持了这个夏天以来的低调收敛,遇事一向悲观的他,对王康明极力推进的这个激荡人心的计划,心存挥之不去的隐忧。他比王康明矮了将近十厘米,那个傍晚,他们在高高的石级上长久伫立,在林天星仰望王康明的眼光中,他忽然发现,王康明瘦了许多。不是那种普通意义上的体重增减,而是猝然之间就被掏去了一大块的那种暴瘦。他暗自担心,康明莫不是患上了某种连他自己也没有觉察到的恶疾吧?

- 迷雾 -

1995年秋,七星阁最终如期上马,这多少有点出乎林天星的预料。

之前,他们开过太多的论证会、现场办公会。会议在市中区远近高低各不同的建筑里轮转,相关的部门坐在圆桌或长桌对面相互指责,偶尔恶语相向,最终无一例外地陷入烟雾浓稠的马拉松之中。王康明的焦虑随之愈演愈烈,一天,他居然指着市财办那个倨傲的,总爱对人翻白眼儿的美女一把手大骂:"你他妈就是最大的官僚主义。"

他口腔溃烂,即便喝凉水也喉咙生疼,林天星劝他说:"依我看,七星阁也并不是唯一选项吧,我们尽力而为,问心无愧就好。"后视镜里,王康明抬眼瞪他,眼神遥远,跟看个仇敌似的,而他自己那张灰白而尖锐的小脸,则被夜色包围,愈发像是漂浮在暗河上的一张鬼脸。

市政府主持的那场办公会上,市长坐镇,谁也没料到王康明竟搬来了奇兵,就像那些经典法庭电影的高潮戏码,他请出了一位出其不意的"证人",建筑学院的退休院长陆天一。

当着那位头发凌乱、一脸厌倦的市长,陆院长用颤抖的手指,点开幻灯片里如梦如幻的老重庆,迷人江岸、往日繁华一一浮现,他用他老年人的那种尖厉嗓音斥责说:"重庆的老城再不改造,我们就是历史罪人,愧对子孙!"市政府一号会议厅,最终在陆院长半瞎眼仁里滚落的浑浊泪水面前,陷入无解的沉寂。

王康明这个多少有点儿违背原则的做法,最终换来了市长在主席台上的当众拍板,但谁也没有想到,灾祸却自此接踵而至。

深秋的一天,天色蜡黄,十几个残疾人浩浩荡荡直奔十六楼的海纳总经办门前。大楼保安那一刻的失守,显得有点别有用心,门前那两张三人沙发显然又不够安顿,他们中的大多数人索性坐在了冰凉的瓷砖地上。

领头的是个丢失了双腿的中年男子,灰布裤管在他两臂支撑的拐杖间晃荡。那人的上唇生着一团浓郁的小胡子,一上来就点名要找王康明。王康明也不避讳,拉起小胡子一同坐下,摆出促膝长谈的姿态。

对方的诉求简单明了,他们都是那片棚户区里做生意的小贩,裁缝铺、火锅店、小吃店、剃头摊、小卖部之类,这些他们过去赖以维生的饭碗,因为大面积铺开的七星阁工程拆迁,变得岌岌可危,而具体执行的区拆迁办,并没有出台针对这类人群的专项补偿。

请跟我来　275

小胡子声称自己过去当过兵，那条断腿就遗落在了濡湿、泥泞的越南战场上。他和王康明相距不过一两米，始终不急不恼，甚至设身处地地对王康明语重心长："这个问题解决不好，后续可能激发范围更大的矛盾哦。"

王康明有些仓皇，勉强保住了镇静，他一口答应尽快和区拆迁办协调，并招呼前台，给这个静坐的小团队发放饮料，预定午餐盒饭。他还请出江湖气十足的办公室女主任担当全权对接人，而那小胡子却只是淡淡一笑说："王总你忙你的，放心我们不是来闹事儿的。问题解决了我们立马撤，最终摆不平，我们还会来找你。"

这场静坐，不明不白地拖了半个多月。那伙人倒也如他们的承诺，不吵不闹，就像一帮按时考勤的小学生。但他们把守总经办的入口，所有办事人员猛地撞见这支横七竖八的队伍，还是暗自发怵，十六楼上这个海纳公司的最高决策地，也成了地雷密布的险恶去处。

王康明最终只好搬来武警，将那伙人强行驱逐。执法当天，王康明把自己锁在了办公室里，埋进高高的办公椅里。那靠背远远看着，就像是一副抵御门外骚乱的铠甲。自己老板长达大半天时间的绝对休止，虽说让林天星不安，但对王那一刻的苦闷，他也无能为力，他深知那个人的痛苦，其实来源于和那个片区太过深切的羁绊。

过去，他俩前去巡游，王康明总会表现出对那里居民别样的深情。他在这家注意到一个爱哭闹的孩童，下次重访，就会特意带上一包巧克力；他在那家发现一名孤寡老太，不出一周时间，一名专科医生就会被他请去上门诊治。

关于他湮没于那片江岸的家族传奇，林天星是后来才听人说起的。

原来，王康明的爷爷在那个昔日繁华的粪码头（那年月，可以用来种田浇地的屎溺被视作宝贝，从重庆的各大街区，由推着粪车的民工收集而来，就会在临江门码头分发上船，逆流而上，运往乡下的田地），是一名远近闻名的裁缝。爷爷的前妻，据说就是在某一次攀爬那时更加陡峭、险恶的江岸石级时，跌下万丈悬崖，一命呜呼的。最终还是临江门当时最大的那家地主婆做主，将贴身丫鬟许配给了这个自己钟意的裁缝鳏夫，才有了后续的王康明这一大家子。

所以，林天星多少都理解王康明打定主意重归故里，欲解救乡民于水火的情怀，对他不得不面对的这个几近失控的烂摊子，也满心同情。

那个小胡子所言不虚，残疾人小分队遭遇公安打压，表面上的偃旗息鼓之后，来自临江门拆迁区的抗议，在接下去的一年多时间里此起彼伏。当地居民动不动就涌上那条狭窄如鸭肠的进城通道，阻拦汽车和行人，还打出横幅，白底黑字写着"向海纳讨还血债""黑心开发商，良心被狗吃"之类的标语。

当地派出所对此怨声载道，声称为严防死守临江门居民轧马路，并且要在清理马路中央那些斗志昂扬的老太太时轻拿轻放，几乎牵扯了他们全部的警力，以至于辖区内刑案频发，扒手过起了狂欢节……

那个时节，海纳公司从上到下的员工，都被绝望的深夜加班所淹没。林天星陪王康明熬夜，隔三岔五睡在办公室的折叠钢丝床上。有的时候体力和脑力燃尽，他们会去楼底那家通宵营业的烧腊摊儿上点上几盘卤菜，放纵地喝上好几瓶儿。

他们的争论就发生在那样的一次对饮中。

那本六二年版的《通向奴役的道路》，不知林天星是从哪儿弄来的，酱色的封皮儿已有些破烂，盖着"内部资料"的红章。

在书里，哈耶克认为，放弃市场竞争和价格机制，用中央计划和政府行政手段干预经济过程和进行资源配置，必然限制个人自由。他在那晚望着王康明，结结巴巴地引用了哈耶克的名言后，借着酒劲儿试探说，他们竭力推进七星阁建设的做法，会不会无意中损伤了诉求各异的不同个体呢？

他没想到王康明竟冲自己摔了酒瓶子："你他妈少拿这种囫囵吞枣的理论来吓唬我，他们七爷子八条心的，你确定他们能选出一个比七星阁更优的方案？那一片焦点的问题是什么，你不明白吗？是它所代表的重庆的贫困和落后，让他们自由选择，能快速发展吗？"

那晚的争辩，以两人自相识以来从未发生过的互相伤害而告终。林天星只记得不欢而散时，王康明不住摇头，一副悲从中来的语气："其他的人误会我倒也罢了，居然你也来骂我……"

林天星眼看着王康明一天天成了一个病人。那人过去虽说也瘦条条的，却"精蹦"得很，是那种一个团体里永远的活跃因子，而如今他那在重庆人中鹤立鸡群的身板儿居然也有几分佝偻了，他口腔里的溃疡，让他对一向嗜好的麻辣菜品也敬而远之。他办公室内间的洗漱池落水口边，林天星发现了大块的脱发，当他端起一碗茶水时，右手剧烈震颤，以至于杯碟随之发出了咔咔咔的轰鸣……

夏日里一个溽热清晨，王康明居然戴着一只大口罩现身办公室，林天星一句戏谑已溜到了嘴边："这大热天的，你是想捂痱子吗？"

但看他一张脸阴沉沉地垮着,终于把那句玩笑咽了下去。中午吃饭,王康明仍窝在办公桌边一动不动,只让那个女主任订了份盒饭给他送去,一层楼的人随后就听到了那女人长长呜咽一般的叫声。她一阵风似的跑来向林天星求证说:"王总怎么啦?你一点不知道吗?他半边脸都歪了,这段时间领导随时会过来检查,到时可怎么交代啊!不行不行,我马上给他买药去。"

然而并没有什么管用的药,市中医院的诊断是面瘫。王康明对此的坦白极其有限,只对林天星说,那天好不容易回家酣睡,一觉醒来,他迷迷瞪瞪对着镜子漱口,一口凉水喝下去,一低头,那股水却从他右边的嘴角侧漏而下。他试了几回仍旧包不住水,就无奈地冲着镜子苦笑,却发现右边的整个脸颊如同死水,波澜不兴……

他并没有提及病症之外的任何遭遇。那时七星阁工程已百孔千疮,那总经办频繁地房门紧闭,门背后传出隐约的咆哮声,声源就来自于那些从天而降的各路领导。至于在那座写字楼以外,王康明究竟又发生了什么,林天星虽说直觉到了它的惨烈,却不能从王康明那里听到一个字。他担心那个深夜啤酒摊儿上的争执,让他俩产生了无法弥合的隔膜,他感到现在他们之间,许多话都已没法像过去那样百无禁忌地说破,兀自伤心了好久。

秋天来了,王、林间的冷战仍未消除。那天夜里十点过,林天星起身向王康明告辞,不想王却在文件堆里抬头来冲他一笑说:"我这边马上就完,我们两兄弟好好聊会儿。"

凌晨一点半,他俩才锁门离开。从直达电梯到地下车库,沿途不见一人,林天星等着王康明开口,却终究一路无言,临要开车门了,王康明忽然提议说,不如一起步行一段。

他们步行的路线，选在了直抵嘉陵江边的那条长长坡道上。坡道盘旋而下，穿楼而过，架空层的拱门由条石垒就，透过那道拱门，正对夹在两座高楼中间巴掌宽的一条窄缝，嘉陵江水在其间闪烁，波光粼粼。

那晚，他俩似乎成了这座城里仅剩的两个行人。空气里一二级的小风正在奔跑，难免有几分清寒，却将长久笼罩着重庆的水汽一扫而净。他们拾级而下，难得一见的清晖，在江面上撒满碎银，林天星想起家中老父千年不变的抱怨："这一级航道上的轮船咋就越来越少了呢？放着黄金水道不用，不是最大的浪费吗？"哑然失笑间，却听得康明在耳边沉郁地发声了："天星，我给你讲个故事吧。"

故事的主角是个秀才，那秀才写得一手锦绣文章，所以从乡试到会试一路高中榜首，但他有一个致命的弱点，就是很丑，特别丑，丑到让人惊吓的程度。当这个满脸麻子，走路还一瘸一拐的状元，糊里糊涂来到皇帝面试的大殿，尽管他面对皇上的提问，灵机一动，将脸上的麻子形容为"满天摘星"，并夸耀自己的瘸腿是"独占鳌头"，但皇上还是认定此人丑态凶险，将他的名字从金榜上勾销了。秀才落第返乡，郁闷至极，想不通自己这样的旷世奇才，为什么居然输在了外貌上。那天午后的细雨密得像针脚，他在河边踯躅良久，最终投水溺亡。乡亲们替他抱不平，为他修筑了高高的七星阁，顶层上的正殿就供着秀才的塑像，青面獠牙，怒目圆睁，赤红的头发，金光闪亮的身子，但这个凶神恶煞，却引得远远近近的读书人络绎不绝地赶来，纷纷祈求他保佑自己金榜高中，成就功名。

"天星，你知道那秀才叫什么名儿吗？魁星。魁字怎么写的？鬼加斗，那意思是你纵有才高八斗，也难逃化身为鬼的噩运。古时说法,魁星,就是北斗七星中领首的天枢、天璇、天玑、天权四颗星的总称,临江门从前的七星阁上,也供着一尊魁星,但怎么说,他也不是神而是个鬼啊!"

王康明接着凑近了对林天星耳语说:"不知怎么的,最近我总在梦里遇见那家伙,却总也看不到他的正面。他就像一个不屈不挠的尾随者,跟踪我爬坡上坎,好几次他投下的影子又长又黑,都要爬到我脚背上面来了,当我忍不住回头,每一次都在那个千钧一发之际从梦里醒来……"

王康明的笑声,就那么刺喇喇地响起来,林天星不自觉地后退了半步,一抬眼,真的看见在王康明的身后,拖曳着一个巨大而骇人的影子。影子足有两三层楼那么高,铺天盖地,倾覆而来,眼看就要将眼前还在手舞足蹈的王康明吞噬。

林天星将随后发生的一切,都归咎为了那一夜王康明的鬼上身。

开工第三年的冬天,七星阁的建设摇摇欲坠,终究还是进行了下去。其间设计方案几经修改,最终沦为了一个不中不洋的临崖高楼。不止一次的脚手架倒塌事故,更让这个饱受争议的空中楼阁雪上加霜。事故中,两名民工的肋部被地面堆积的钢筋刺穿,一人当场殒命,另一人终身残疾。

七星阁好歹留存了七层的骨架,不过却与王康明最初设想的巴别塔相差了十万八千里。楼顶上加盖的琉璃瓦以及飞檐坡屋顶,也倍受八方耻笑。工程收尾阶段,资金链断裂的危机袭来,所有人都感觉有点儿坚持不下去了。

那天下午,按照行程安排,王明康本应奔赴由市长主持的七星阁紧急办公会,午饭前的一通电话,让他霎时脸色惨白,面无人色。

十六楼上每天中午的工作聚餐照例进行,但王康明却一再走神,仿佛在思考究竟该拿手里的饭菜怎么办。他后来将林天星叫到一边说:"拜托你到医院跑一趟怎么样?我儿子得了猩红热,他妈又出差,只有他爷爷奶奶,我怕搞不定。"林天星不太理解,就这么点儿小事何以让王康明如此失魂落魄,随口安慰他说:"放心吧,又不是什么大不了的病。"但仅仅过了一刻钟,那个人又跑来对林天星说:"还是我自己去一趟算了……"

其他同事围坐简易饭桌边,望着他俩在一旁鬼鬼祟祟又反反复复,一脸的疑惑,林天星只好打起了圆场:"王总家出了点急事儿,下午市里的会就让郑总出席吧。小孔你把材料转郑总尽快熟悉下。"

他跟随王康明踅进办公室拿包,不想那人中途又折转身来解释,仿佛在请求他的原谅:"瞧这事儿闹得,我真是非去不可……"说话间他就那么瞟了林天星一眼,就是那从未有过的心虚而躲闪的一瞥,让林天星怵然心惊,意识到王康明是真的摊上大事儿了。

他匆匆下楼,几分钟后,一楼门房又打来电话说,他将手机落下了,让林天星给送下去。那是重庆冬天格外浓稠的大雾天,即使正午时分,那铺天盖地的浩大白雾也没有一点儿要撤离的意思。车库出口,林天星透过驾驶室那扇小窗,将手机递过去,看见浓雾已将上下左右、远近高低的物事彻底淹没,连唯一幸存的小窗和小窗里的王康明,那时也有些岌岌可危了。

王康明接过手机,从车窗深处朝林天星看来,林天星觉得,那个人简直就像是囚困在最深的地底。见他枯瘦脸上的两只眼睛充血发红,仍在炽烈灼烧,就挥挥手让他别再耽搁了,却听见对方轻飘飘的一句叹息传来:"天晓得我儿会不会死哦。"

他带着对那人大惊小怪的嗤笑返回办公室,可就在几分钟之后,王康明就撞上了那条下坡弯道尽头的一株行道树。那梧桐树足有碗口粗细,但遭受巨大的重力加速度后,仍被拦腰折断,王康明的那辆公务奥迪的车头也翻卷起来,发动机报废,成了一堆破铜烂铁。王康明本人却奇迹般没有伤及要害,只是右手手肘粉碎性骨折,打起了厚厚的石膏绷带。大约十来天后,他就带着这副行动不便的夹板,从嘉滨世家其中一栋的楼顶天台上纵身跳下。

林天星忍住了没去现场。他后来才知道,王康明的坠楼地点,恰在底楼那间过道小食店近旁。那间食店是他们之前深夜加班后最爱的去处,一个饮食公司的中年下岗男人,几乎每次都会在那口临时架起的锅灶、案台前守候。那大叔是个话痨,不知从哪里将他们的底细打探得一清二楚,每次将烧腊、抄手或是面条端上桌来,都会有意添加一点儿优惠,还特别声称,这可不是白给的,今后买嘉滨世家还请王总多批点儿折扣。

他俩都非常痴迷那小店的滋味,清新而灵动,那粗黑汉子看不出居然有那样一双巧手。王康明好几次对那老板打趣说,找机会让他也参个股,自己哪天下岗了就找他学手艺,开家连锁店。

林天星想不明白,王康明最终为何选择了去人家的店门前以头抢地,好在那间小店的生意依旧红火,夜里经过,仍是氖气灯高照,只是心虚的林天星却再也不曾光顾。

关于王康明坠楼的传言,之后在海纳公司内外一天天甚嚣尘上,浮现出了多个版本。

最流行的说法是,他以前的顶头上司,授意王康明在海纳的注册资本上做了手脚。所谓的"中港合资",不过是他私人资金在香港注册后的偷梁换柱。在七星阁的工程发包中,这位上司联手王康明,也多有猫腻,而王康明跳楼的时间点,更是恰好选在了七星阁资金链全面吃紧,工程面临瘫痪,市政府准备派驻工作组进驻彻查的生死时刻。

一个更加离奇的说法则关乎鬼神。

重庆作为码头城市,历来三教九流云集,信奉的是"水流沙坝"的江湖义气,高雅精致的文化基因天生稀薄,史上除南宋出过一个状元,元、明、清都打了白板。两百多年的清朝更是惨淡,只拥有一个独苗进士。于是雍正三年,临江门一带兴建文庙,立七星阁,就是想要匡扶重庆缺失的文气。也就是说,后来临江门一带的七星阁、文庙,包括庙前那座旧时文人用来洗毛笔的夫子池,正是重庆性命攸关的文脉所在。照迷信的说法,王康明他们重建七星阁,算是惊动了文脉,亵渎了魁星,自然会恶鬼上身,灾祸不断。

在重庆人愈演愈烈的传说里,自王康明坠楼起,嘉滨世家作为重庆最早也最高档的商住盘,也开始凶灵出没。某一片临街的窗户玻璃在盛夏的正午突然跌落,楼底下偶然路过的行人被莫名割穿了脖子。某户家中的孕妇,深夜独自在家,却被入户抢劫的歹徒刺杀,母子双亡。小区里走夜路,时不时有人报告身后有鬼影紧紧相随。据说那鬼影顶天立地,一直投射到斑驳墙面的二楼高度以上……嘉滨世家以及最终烂尾的七星阁,也因此成了重庆市中心最著名的几大凶宅。

另外的说法,涉及王康明的私生活。说他那时其实早已身染某种无法医治的怪病,而他的那位秘密情人,却一再胁迫,要他和原配妻子、儿子一刀两断,他们说早前的那起蹊跷车祸,就是他自杀计划里的一步,只不过那次没能成功罢了。

林天星觉得,所有那些传说里的王康明,都与那个和他朝夕相处的兰州大学的师兄没有任何关系,并且严重走形。他宁愿相信,那些恶劣版、异化版的王康明,并非真实的王康明,他宁愿在心中将那个兄长私藏起来,独自一人去默默咀嚼那个人最深沉的心意,以及他还没有来得及说出口的委屈。

之后漫长的岁月里,林天星无数次在梦中或是在意念中重返那个车库的出口,浓雾封锁下,他又一次和王康明隔窗相会。他越来越将那天匆忙的会面,看作了自己和王康明最后的告别,直至多年以后,他才慢慢读出了那个时间点上,那人眼中求救的意味,愈发后悔当时没有拉他一把。

- 他们的爱情 -

林天星决定在返回多伦多之前,集合所有的家人,完成一次五星级豪华邮轮的三峡游。

网页滑动的画片儿上,"世纪之星"号邮轮高达五层,神似他父亲当年掌舵的"东方红号"客轮。林天星相信,这样的旅行,一定会给辛苦了一辈子的老爷子带来巨大的安慰。

他的假期只剩下最后十天,他的家人,除了林守奕,也只有长住精神病院的妻子刘肖了。行期来临,他不得不正视出行计划里埋伏的那个隐秘冲动，仅仅犹豫了两分钟，他就拨通了何维的手机号，邀请她和女儿加入到他们全家的三峡游中来，他在电话里对何维说："我不想留下遗憾。"

之前的某个晚上，十点钟以后了，他也是这样贸然拨去一个电话，开口就说："我总算想起来了。"

那是 1980 年代，他们就读的重庆一中的教学楼背后，每到上午十点那个较长的课间，还有下午课后的空当，他们班上十来个同学，就会集体站在那排作为老师宿舍的平房跟前，接受近视眼治疗。那是一名医生推荐的矫正术，就是让假性近视的孩子们戴上类似老花镜的矫正眼镜，然后盯着眼前的一棵绿树或是乱石间生长的野草，每次盯上十来分钟，据说会神奇地恢复视力。

林天星想起，和自己一起站在那个队伍里的，就有何维。终于可以在自己青春记忆的源头找寻到何维的踪影，让林天星兴奋不已："你还记得我们那些男娃儿吗，我们总会摘下那破眼镜儿，对着地上的爬虫一通猛照，希望用放大的阳光烧死它们……我真的全都想起来了！"

关于何维的一个鲜明记忆，是一个星期天返校的下午，他们照例在班主任张文玲家门前戴眼镜，可那天何维却最后一个赶来，满脸涨红，气急败坏，来了也不加入他们，只是一个人扑到张老师怀中嘤嘤哭泣。

原来，在从家里赶来的公交车上，有个流氓一直在何维身边侧立，在一次刹车靠站的前一秒钟，那人居然扭过头来亲了她一口，然后一个闪身溜走了，"就像天塌了一样"。林天星说那应该是她当年的原话，后来在班上流传了很久，让一群小男生兴奋莫名。林天星记得那时的何维有一张圆圆的脸蛋儿，红扑扑的腮晕，对迎面而来的无论是谁，都会略微侧歪起来，眯缝的近视眼里投射出探究的眼光。

"你怎么会从那样的一个矮冬瓜，变成现在这样一个妖媚女人了呢？真是神了。"

"放屁。"何维用她一向的泼辣回应着，心里却知道，自己终归不大好违拂林天星的这番好意，而用这样的一次旅行，来对之前发生的一切做个了结，在她看来，也不失为一个不错的选择。

那个女人跟在他们出游队伍的末尾，任谁第一眼就能看出她的与众不同来。她头发梳得光光生生，穿一件明显历经了多次搓洗的浅色衬衫，式样明显过时了，从登船的那一刻起，林天星就格外小心地呵护着她。和他的暗自紧张相比，那女人倒显得淡漠从容，几乎从不搭理同行的另外几个人，连对林守奕也只是匆匆一眼扫过，就像根本就不相识一般，最终还是林天星站出来解释："没办法，她现在对好多事情都搞忘了，甚至对我也有些模糊了……"

仿佛为了安抚他的失落，隔了几米远的距离，那女人冲林天星绽放出一个笑容来，那会儿，"世纪之星"还在重庆市区内的江面上盘桓，甲板上太阳明晃晃的，那个逆光的笑脸，却让一直和女儿手挽着手的何维，下意识地背转了脸去。

她们回到一等舱的那个标间，母女两人都不发一言，对于未来那个不祥的旅程，她们都已心生悔意。

"那就是皓文的妈妈。对不起啊，我事先没有通知你们她也会来。我总觉得吧，这趟旅行，我欠家里人实在太多了。"

晚饭后,林天星特意把何维叫到了甲板上。那个时候,何依依和林守奕竟已完全打成了一片,不知道是不是有意迎合,依依一直缠着林守奕让他重述当年川江航运的传奇,把老爷子逗得合不拢嘴。

"你女儿倒真是乖巧。"林天星幽幽地说。

"你可千万别被表面蒙蔽了。那家伙精得很,打小就懂得见人说人话,见鬼说鬼话。"

"也是,孩子其实生下来就开始脱离父母了。以前总以为毕竟血肉相连,割舍不了的,到现在才明白,他们长大后往往根本没法儿捉摸,鬼才知道我们家皓文到底为啥要为长江白鲟丢了性命哦……"

何维扭过头去望他,他瘦削的头颅,安放在健硕的躯体上,总不大协调的样子,那看上去就像是对那副超重的铠甲不堪重负似的。他最终对着江面上正四散开来的暮色叹息说:"这些天来我一直在想,或许这一切就是个报应吧,说到底,还是我亏欠那娃儿的啊。"

他告诉何维,孩子的妈妈叫刘肖,其实在皓文幼稚园时就被送去了金子山。那是重庆市区内一所著名的精神病院,何维曾去那里采访过,只记得墙壁一律涂成了奶黄色,据说那颜色有助于患者安神醒脑,但她对此却始终有点儿将信将疑。

刘肖最先在巫山县城一家电影院里当售票员,她和林天星偶然相识于当地的一场舞会,不多久林就将她带回了主城。

那些年他们一家还住在磁器口背街的老屋里,天星通过各种关系,为她引荐了一份又一份临时的工作。从托儿所的代管老师,到重庆后来逐渐多起来的摩配厂的库管,再到他一个小学同学承包的中巴车的售票员,虽说每一次她都会兴致勃勃跑去新岗位上岗,但又注定干不长久，三个月，顶多半年不到就会垂头丧气，嚷嚷着要回巫山老家。

有一次格外奇葩，就是她去中巴车上售票那次，周末傍晚下班，她竟然人间蒸发，消失了踪影。天星打电话追到同学那里，那边说之前换班很准时啊，看上去也乐呵呵的没啥不对头啊。他万万没料到，第二天下午，派出所会一个电话打到他这里，让他去领人。民警说，她居然在成渝线中途的内江迷了路，过了午夜还在路边向人打听怎么坐车回重庆，那边的派出所见她身无分文，才拜托了返渝列车的乘警将她捎回来。

林天星盘问她具体的经过，她双手死攥天星的衣袖，一双眼睛又黑又亮，脸上兴奋的红晕仍未退去，过了许久才坦白说，那天收车，她注意到终点线旁有个货运火车站，鬼使神差就去了那里的站台："你绝对想不到那车站里头居然那么宽广，总共有七八条轨道纵横，你没法猜中它们到底会开往哪里。"

她说自己随便挑了一列火车，就任由它把自己载到了内江。她说话时的眼睛里，很快弥漫起一层烟雾，接着又闪过一丝得意的光彩："我其实揣得有零钱，但如果他们发现了，不是就不会免费送我回来了吗？我才没那么傻呢！"他父亲在一旁听了，把他拉到一边，忧心忡忡戳着自己脑壳说："她这里是不是有问题哦？你稀里糊涂领个人回家来，今后莫要后悔哟……"

夜里躺在床上，刘肖在他身边，总会比他更快地抵达黑甜乡。时不时地，他会听见她在梦中念念有词，身体扭动，仿佛在努力挣脱着什么。天星想，那就是老辈人说的魇吧。他伸手过去想要搭救她，却摸到她额头滚烫，像个发烧的病人。即便是这样，他也没太当回事儿，他的整个青春期都在仓皇逃窜，几乎没有经历过什么像样的恋爱，他安慰自己说，或许，这种惴惴不安，想要握住又生怕消散的感觉，就是爱情本来的样子吧。

他们还是结了婚，皓文也很快降生在了这个纷乱之家。刘肖当时已调往重庆百货大楼顶楼的服装部，两班倒的工作，让她夜里的睡眠变得无比珍贵，"但我们家皓文婴儿时期就不肯安分，每到夜里就兴奋得像大闹天宫的孙悟空。"黑暗里那孩儿啼哭得抓心挠肺，刘肖就在他耳边叽里咕噜地咒骂，他们不得不轮流起身安抚那个小冤家。他几乎总是行动比较主动的那一个，但日久天长，免不了有几次对刘肖耍赖，让她上阵，直到他后来发现了孩子身体上青紫的瘀伤。伤痕遍及小皓文的后背、肋下、大腿根儿，让他感到了入骨入髓的寒意，有些不敢相信地望向那个依旧若无其事的母亲。

那是夏天，他们一家子在屋后院坝里，顶着快要落坡的日头喝稀饭吃凉菜。那女人的头发迷人地卷曲、奓着，触了电一般，他一时间又宁愿相信，暗夜深处的那些罪行，不过是这个苦痛女人的无心之过罢了。他在那样的疑神疑鬼中看着林皓文一天天长大，皓文五岁的一天，他下班回家，那孩子却缩在屋角打哆嗦，怎么拉也不肯回到屋子中央。孩子面色铁青，两只手拼了命地藏在身后，天星执意拖出来检查，发现他右手的手肘竟已完全脱臼！医院的病床上，孩子两只眼睛死盯着天星身后如影相随的刘肖，咬着嘴唇一声不吭，天星看出其中的蹊跷，借故支开刘肖，那孩子才哆嗦着对他说："爸爸救我，妈妈要杀了我……"

后来他曾和金子山医院的主治医生反复讨论，始终很难为刘肖对皓文的虐待找出合理的解释，"或许是她将自己对周遭环境所感

船舷以外，三峡的峭壁黑森森的，他们都还有太多的话想要讲。

到的危机,投射到了那可怜孩子的身上吧。"那个面善教授的推论,并没有带给天星多大的安慰,他对何维说:"这也是我没法原谅自己的地方。我们带给孩子那样畸形的一个家庭,他迷恋上白姆按说也就是理所当然的了吧……"

起风了,何依依跑出船舱来嚷嚷说想睡了,几个人各自回房安顿下来。午夜后的船行,只剩下桅杆上雪亮的探照灯照耀,那个庞然大物也慢慢陷入了沉寂,船舷之下,被劈开的波浪也收敛了喧哗,变得像无奈的叹息。何维平躺着呆望天花板,却没有一丝睡意,大约午夜两点,敲门声响起,果然不出意料,又是林天星,他拎着一整瓶红酒,冲她不住摇晃,示意一起去船尾的吧台喝个痛快。

船舱以外,风大了不少,何维用塑料杯吞下一大口,等着那冰凉的液体直抵肠胃的终点。

他们都还有太多的话想要讲,船舷以外,三峡的峭壁黑森森的,看上去迫近了不少,面对这眼前的黑洞,过去的日子在两人心中变得了无牵绊,轻舞飞扬。

他慢慢讲起了王康明。

他讲到坠楼惨剧后,自己怎样走投无路,心如死灰,之后又怎样决心出走……十多年前那场纠缠不休的噩梦,之前他还从未对人这样透彻地讲过。

飞机盘旋降落在多伦多机场的那个夜晚,他的脚下,是异国的灯火,璀璨而陌生,他一度以为自己可以抛弃他在重庆遭遇的所有,开启一个全新的人生。

"我做梦都没想到,最后竟然要靠那个可怜的孩子,用他的死亡来提醒我,我不过是一直都在躲避!十几年了,是时候做一个最后的了断了。"

他对何维转过脸来,直视着她说:"我在想啊,有没有一种可能,我只是说可能啊,你给我一个机会,让我可以挽回一点儿什么?"

他给出的方案是,能不能由他把她们母女俩一起接去多伦多,"让我们一切从头来过"。

何维回应着他的目光,神情凛然:"我看你真是喝多了,经历了那么多之后,你怎么还跟个孩子似的!"

不等他回话,她接着说:"天星,不如这样,你来听我讲个故事。我的故事,你当然可以把它叫做爱情故事。他,是一个有妇之夫,我在一次采访中遇见了他,他高高在上,以前连正眼都不会瞧我们这些记者一下的,可他却牢牢记住了我。另外一次相遇,他居然叫住了我,并准确复述出了我之前对他的那个提问。他看向我,两眼放光,让我欣喜若狂又惴惴不安,所以,这也是一个白天鹅爱上了丑小鸭的故事。"

他们爱得很疯,但这场自始至终的地下之恋、非法之恋,就像一场席卷而过的山林大火,还没等他们反应过来,就已万物俱焚,只剩乌黑灰烬了。

"我没想到他会在一夜之间死去。真的任何的预告都没有。他死去以后,我才发现怀上了他的孩子。那就是依依,你也看到了,那以后的岁月,都被我用在了怎样将她抚养成人这一件事情上面。你认为这到底算不算是个爱情故事呢?其实我自己对其中爱情的部分,也没那么确定。比如他总说他爱我鼻梁上的那颗痣,就这颗,你注意到没?这颗米粒大小的痣,血红色的,过去我一直担心有癌变的可能,也一直在犹豫要不要彻底把它去除了。那还是在遇见他之前,但他那么说了以后,我就一点也不再害怕了,我决定把这颗痣永远保留下去。我不知道我把我的意思说清楚了没有,我的意思是,尽管那个人已经死去那么久了,我也没有可能跟你走的……"

第二天一早,狂风大作,雷雨倾盆,"世纪之星"邮轮在突如其来的风暴中不安地左摇右晃。九点钟光景,他们紧急停靠在了一座就近的港口上。广播里反复播放着船长的通告,他告诫所有乘客少安毋躁,静待风雨过境。

船舱里的林守奕一直对着船舱外的风雨放声大笑,不知中了什么邪。没人留意到那个自上船后就收声敛气的刘肖,那会儿去了哪里。

下午两点过,暴风雨的扫荡结束,"世纪之星"拉响了启航的汽笛,林天星直到那时才发现,刘肖又一次悄没声儿地失踪了,而他们正在驶离的港口,正是她阔别已久的故乡巫山。

- 请跟我来 -

1980年代最后的那个夏天。一天,林天星发现自己站立在了巫山县中心最繁华的十字马路街头。

他刚从兰大历史系毕业,正经历人生中最长的一段漫游期。和那年数量庞大的毕业生一样,他的人事档案按照"哪里来回哪里去"的原则,滞留在了老家重庆市人事局,听候发落。

他在家中百无聊赖,有天在沙坪坝三角碑转盘的新华书店遇见了一个发小。发小绰号叫李麻子,他身着店员服,远远看见正在翻书的林天星,就亲热地跑过来打招呼,递上一根烟说:"真巧啊,你要是明天来店里就见不着我了。这书店老子干得快崩溃了,我们明天就出发,你要不要一起来?"

李麻子说的"我们",是他们组的一个地下乐队,他弹贝斯,哥几个约好了要奔赴三峡,在那里刚刚兴起的舞厅里,为求偶的青年男女伴奏。

他就这样稀里糊涂被裹挟到了三峡,只不过这一趟天地悠悠、不知所终的旅程,恰恰是那个时候的林天星特别需要的。

话说乐队那几个糙人下了三峡,几乎夜夜大酒,时不时还会搂上个暗中勾搭的漂亮妹妹,离队单独去开房。漫长而燠热的白日,他们的驻地往往死水一潭,林天星依照一贯的作息早起,无所事事,鬼使神差地,那天就来到了县城中心。

他即将迎来生命中一次致命的相遇,但起初的时候当然还浑然不觉。峡谷地带进入仲夏时节后的日光,凶猛炙热,茫然踯躅的天星很快就溃不成军,不得不遁入街边的那座电影院。午后放映的第一场是部老片儿,《等到满山红叶时》,因取景地就在巫山,被当地影院当作了保留片目,无限循环。

故事相当老旧,并没留给林天星太多印象。但大银幕上徐徐展开的峡谷,群山,江水,轮船,航标灯,对他却有如再亲切不过的老家。巫峡的悬崖上,满山红叶绵延不绝,像是数以万计的铃铛,在他眼前闪烁不止。他当然无法忽视女一号吴海燕姣好的面容,面如满月,林天星在黑暗中想到了这个词,那轮"满月",在巫山红叶映照下期期艾艾,祈盼着心上人归来。

电影结束，他又一次退回到烈日炙烤下，伴随着深深的沉醉，他在票房前那块空地里连续兜圈儿。他并不知道，距离他不足十米，另一个女人，正将他的一举一动纳入自己饶有兴味的视线以内。

她叫刘肖，县川剧团第一旦角和一名中学教师的女儿，头一年高考落榜，她妈就将她安排进了自己所在的文化系统，在那家影院当起售票员。她很快发现，这份工作与她从前的想象相距遥远，天天免费看电影的快乐，远远抵不过枯坐票房的寂寞无聊。倒是也有街头的阿飞流氓，时不时会蹭到售票窗口前来言语轻薄，但有水泥堡垒掩护，窗口前还排着长长一队的群众，那些街头恶少到底不敢太过造次。每逢下晚班，她总是特别小心地从影院那扇不起眼的侧门撤离，想着那些仍然咬牙坚持在门口围堵自己的"天棒"（重庆土话，意即胆大妄为之徒），她的嘴角会浮起一丝嘲讽的轻笑。而那天她之所以瞩目林天星，实在是因为他那失魂落魄的模样太过暴露无遗，而他类似港台男星的偏分发型，新潮的运动装，又远远领先于这个偏远县城的时尚，加上忧郁的眼神、苍白的面色，在这满大街兴高采烈的浑噩庸众之中，更成了一个触目的闯入者。电影终场，当天星仍在票房前徘徊不去，她开始预感到将有事情发生。

她没有料到他会第二次朝自己走来，他几乎有些步履踉跄，显然正被巨大的内心风暴所侵袭。他向刘肖再次递上零钱，要购买紧接着的那场"红叶"，眼前这个男人急切的神情，终于令她忍俊不禁："真有那么好看么？不就是部老片儿么，我们主任完全是用它来打发白天时段的。"

刘肖突然的询问，让林天星几乎受到了惊吓："唔唔，我也是在打发时间。"

她觉得更好玩了，一抹绽放的笑容，让她隐没暗影的面孔瞬间明亮了许多："你应该是我们影院近段时间连看两场'红叶'的第一人了，要不这张票算我请你的。"

林天星终于定睛看向了刘肖，但天性羞怯，他最终只是陷入了自身的狼狈，接过电影票，闪进了门后的黑暗。

这样的主动出击，其实违背了刘肖一贯的作风，她虽然说不上清高，但也始终与身外之人、身外之事保持着界限分明的距离。那并非因为畏惧，而是想要保持一种互不伤害的风度。所以很少有人可以洞悉她骨子里灼热翻腾的白日梦。那些幻象总是如此清晰，源源不断，让刘肖的神经末梢常年高烧不退，只等一次燃烧的机会，那天林天星午后光照下的脸孔，显然成了那根导火索。

第二场电影终场，恰好赶上刘肖换班，她照例从侧门踅出，所幸，那个脸孔还在，正东张西望寻找下一个路口。接下去的进程，在刘肖的记忆里如同按下了快进键。她跟随前方十来米的那个身影，沿三峡周边县市几乎如出一辙的那种倾斜马路，朝江边码头拾级而下。

她跟随他登上了轮渡。她这个冲动的跟踪者，混迹于那艘小小机动船上的乘客，跟那些按照每日作息下班归家的寻常渡客相比，看不出有多大分别。突突震颤的轮机轰鸣中，她紧盯着林天星的侧脸不放，那个男人的头发，被行进中的江风吹得蓬乱而高扬，更显出溃败和凌乱，有好几次她都忍不住想要上前询问，想弄清这个忽然坠落偏远之地的可怜人身上，究竟发生了什么。

那是长江边县市常见的短途轮渡，一站接一站，串连起相邻的那几个乡镇。刘肖跟随林天星在大昌镇下船，眼看轮渡晃晃悠悠驶向下一站，这让脱离了日常生活轨迹的刘肖，顿生被抛弃在荒岛的遗弃之感。她继续尾随林天星，沿江边长长的缓坡而上。夕阳的光线正值一天中最动人的魔术时间，有好几次刘肖都觉得，前方的那个浪迹者已经留意到了自己的跟踪。她并没有惊慌，反倒展露出最明艳的笑容，她的头发也在脑后飞起，随清风飘出去好远，她不相信前方默默行走的那个人，没有感受到这个黄昏的美好。

那天旅途的终点，是镇上那座酒厂的篮球场。球场已被绳索圈起来，半空拉起彩灯，变成了一座露天的舞场。那年月，那种男女间搂搂抱抱的交谊舞在重庆刚刚兴起不久，酒厂这样的做法，堪称领风气之先。那个祖籍武汉的工会主席给出的说法是，厂子里的大龄青年实在是成了老大难，所以连续几个晚上的舞会都对厂外青年开放，也因此成了小镇上的狂欢盛典。

对刘肖而言，这样的交谊舞会也是纯然陌生的事物。她和身边那些乡镇青年一样，眼中透出看稀奇的羞赧神色，而舞池中央那几对寥落的舞者，却恍若孤独的游魂，他们的一举一动，都会引发围观者的偷笑。工会干部们这时开始生拉硬拽，让小伙儿们主动一点，到了下半场，好歹有了个舞会的样子。

刘肖目不转睛追踪着林天星的下落，她发现，天星和篮球架下那支乐队的几个长发侠客十分熟络的样子，甚至和他们分享了手边的瓶装啤酒。他白天里的郁郁寡欢，似乎也被那几个朋友驱散了，有一次甚至在那里仰天大笑。她不知道接下去该怎么办，轮渡和中巴早已收班，已经完全没有了归家的退路，正当她开始焦虑、犹疑了起来之时，舞场里的情势，已变成了乐队每首歌曲演奏的间隙，那些男青年就在场子边遛起了圈子。他们的外围，就是那些三五结伴、畏缩不前的姑娘，她们含羞低头，或是佯装若无其事地嬉笑，却暗中期盼男孩儿们可以挑中自己。

林天星朝她走来了,并不是徘徊的曲线,而是孤注一掷的直线。他的脸孔甚至比白天时还要苍白失血,他最终朝她举起了邀请的右手,他身后的乐队立刻爆发出一阵雀跃。

显然,那伙人对这个行动预谋了很久,然后,那首歌,就随着他们笨拙的舞步响了起来,正是那首《请跟我来》:

我踩着不变的步伐,是为了配合你到来,在慌张迟疑的时候,请跟我来。我带着梦幻的期待,是无法按捺的情怀,在你不注意的时候,请跟我来!